MARGERY ALLINGHAM

Der Hüter des Kelchs

W0266146

Buch

Ein geheimnisvoller Zirkel von Millionären hat es sich zur Aufgabe gemacht, einmalige Kunstwerke in ihren Besitz zu bringen – egal, mit welchen Mitteln. Ihr neuester Plan ist es, einen kostbaren alten Kelch von mythischer Schönheit und Ausstrahlung zu stehlen, der seit vielen Jahrhunderten im Schloss der Barone von Gyrth aufbewahrt wird. Der Verlust des Kelchs wäre der Ruin des alten Adelsgeschlechts und ein unersetzlicher Verlust für die englische Krone. Albert Campion hat Wind von der Sache bekommen und nimmt Kontakt zu Val Gyrth auf, dessen 25. Geburtstag unmittelbar bevorsteht. An diesem Tag wird er nach einer jahrhundertealten Tradition im Rahmen einer feierlichen Zeremonie in ein dunkles Geheimnis des Hauses Gyrth eingeweiht und in seine Pflichten als nächster Hüter des Kelchs eingeführt. Doch unheimliche Vorgänge im und um den Sanctuary Tower in Suffolk, wo der Kelch aufbewahrt wird, verhindern die Zeremonie: Lady Pethwick, die Schwester des alten Barons, wird tot im Wald aufgefunden. Ganz offensichtlich hat sie der Schlag getroffen. Und wenige Tage später ist der Kelch veschwunden. Albert Campion nimmt eine Verfolgungsjagd auf, die viele unliebsame Überraschungen bereithält, während bedrohliche Schatten aus alter Zeit sich über das Anwesen derer von Gyrth legen...

Autorin

Margery Allingham, geboren 1904 in London, veröffentlichte ihren ersten Roman im Alter von neunzehn Jahren. Vier Jahre später heiratete sie den Künstler Philip Youngman Carter, der den Umschlag ihres ersten Buches gestaltet hatte. Berühmt wurde sie mit ihren insgesamt 20 Kriminalromanen um den höflichen Detective Albert Campion, von dem manche behaupten, er sei eine Karikatur Lord Peter Wimseys. Heute gilt Margery Allingham wegen ihrer subtilen Erzählkunst, ihrem Witz und ihrer ungewöhnlichen Erfindungsgabe als eine der großen englischen ›Ladies of Crime‹. Margery Allingham starb 1966 in Colchester, Essex.

Von Margery Allingham außerdem lieferbar:

Das Haus am Golfplatz. Roman (3001)
Die Patientin in der Pfauenvilla. Roman (3251)
Der italienische Dolch. Ein Albert-Campion-Roman (5392)
Gefährliches Landleben. Ein Albert-Campion-Roman (5393)

Margery
Allingham

Der
Hüter des
Kelchs

Ein Albert-Campion-Roman

Aus dem Englischen von
Alexandra und Gerhard Baumrucker

GOLDMANN

Dieser Roman ist bereits unter dem Titel
»Achten Sie auf die Dame«
auf deutsch erschienen.

Die englische Originalausgabe erschien 1931 unter dem Titel
»Look to the Lady«.

Umwelthinweis:
Alle bedruckten Materialien dieses Taschenbuches
sind chlorfrei und umweltschonend.

Taschenbuchausgabe Oktober 2002
Copyright © der Originalausgabe
by P & M Youngman Carter Ltd
Copyright © der deutschsprachigen Ausgabe 2002
by Wilhelm Goldmann Verlag, München,
in der Verlagsgruppe Random House GmbH
Umschlaggestaltung: Design Team München
Umschlagfoto: Ernst Wrba
Satz: DTP im Verlag
Druck: Elsnerdruck, Berlin
Krimi 3079
JE · Herstellung: Max Widmaier
Made in Germany
ISBN 3-442-03079-X
www.goldmann-verlag.de

1 3 5 7 9 10 8 6 4 2

I

»Wenn Sie das hier annehmen, Sir«, sagte der Polizist, während er dem heruntergekommenen Mann einen Schilling in die Hand drückte, »haben Sie einen Nachweis, dass Sie nicht mittellos sind, und ich muss Sie nicht festnehmen. Aber ich muss Sie bitten, weiterzugehen«, fügte er leicht verlegen hinzu. »Der Inspektor kann jeden Moment hier vorbeikommen.«

Percival St. John Wykes Gyrth, einziger Sohn des Baronet Colonel Sir Percival Christian St. John Gyrth, Herrn von *Tower* bei Sanctuary in der Grafschaft Suffolk, wurde rot vor Scham, steckte die Münze in die Hosentasche und lächelte seinen Wohltäter an.

»Danke, Baker«, sagte er. »Das ist wirklich sehr nett. Ich werde es Ihnen nicht vergessen. Und wo, zum Teufel, kann ich mich hinsetzen, ohne verjagt zu werden?«

Der Polizeibeamte blickte nervös die South Molton Street hinauf und sah den Inspektor bereits herankommen.

»Ebury Square – gleich an der Southampton Row«, murmelte er hastig. »Dort sind Sie hundertprozentig sicher. Gute Nacht, Sir.«

Damit war das Gespräch beendet; der Inspektor hatte die beiden inzwischen fast erreicht. Val Gyrth schob seinen schäbigen Hut tief in die Stirn, zog die Schultern hoch und trottete in Richtung Oxford Street. Der *Nachweis, dass er nicht mittellos war* , hüpfte einsam in der einzigen unversehrten Tasche seines Anzugs, eines Anzugs, den ihm einst ehrfürchtig der Schneider überreicht hatte, an dessen Laden er gerade vorbeiging. Er betrat die Oxford Street und strebte dem Oxford Circus zu.

Es war kurz nach Mitternacht, und die breite Straße lag fast leer da. Nur ein paar heimkehrende Nachtschwärmer waren zu sehen, hier und da ein Taxi und gelegentlich ein Bus.

Val Gyrth hielt sich nach Möglichkeit im Schatten der Häuser. Der Sommergeruch der Stadt, vertraut, warm und ein wenig an eine Drogerie erinnernd, stieg ihm in die Nase, und trotz seiner Müdigkeit schritt er rasch aus. Er machte sich die bittersten Vorwürfe. Die Situation war unmöglich, verfahren und lächerlich. Der alte Baker hatte ihm einen Schilling geschenkt, um ihn davor zu bewahren, an seiner eigenen Schwelle als Landstreicher festgenommen zu werden. Unvorstellbar!

Er hatte seit dem vergangenen Abend nichts gegessen, doch an der Imbissstube, die an seinem Weg lag, ging er achtlos vorbei. Seit vier Uhr nachmittags verspürte er zu seinem Erstaunen keinen Hunger mehr. Das leichte Schwindelgefühl, das ihn stattdessen befallen hatte, erschien ihm bedeutend angenehmer.

Sein Fuß brannte dort, wo er durch ein Loch in der Sohle seines teuren Schuhs mit dem Pflaster in Berührung kam, und er begann zu hinken, als er schließlich auf einen schmuddeligen kleinen Platz einbog, dessen gepflasterter Mittelpunkt von zwei Reihen staubiger Platanen gesäumt wurde. Unter den Bäumen standen, umgeben vom Abfall eines langen Sommertages, mehrere wacklige Holzbänke, auf denen sich bereits einige zweifelhafte Gestalten niedergelassen hatten. Val Gyrth entschied sich für eine freie Bank, die etwas abgesondert unter einer Straßenlaterne stand. Er sank darauf nieder und spürte zum ersten Mal richtig, wie müde er war.

Er nahm den Hut ab und fuhr sich mit den Fingern durch das sehr helle Haar, über dessen zunehmende Länge er sich immer wieder ärgerte. Er war ein kräftiger junger Mann Mitte Zwanzig, mit einem vollen, keineswegs unschönen Gesicht und einem eigensinnigen Ausdruck; ein reiner angelsächsischer Typ, dessen starke Knochen durch eine unnatürliche Magerkeit noch hervorgehoben wurden.

Er seufzte, schlug den Kragen hoch und wollte gerade die Füße aus dem Durcheinander von Papiertüten, Orangenschalen und Zigarettenschachteln heben und auf die Bank legen, da stutzte er. Er richtete sich auf und starrte vor sich auf den Boden. Es überlief ihn siedend heiß. Ein Schreck durchfuhr ihn, der sein Herz unangenehm hämmern ließ.

Mitten unter all dem Abfall erblickte er seinen eigenen Namen auf einem zerfledderten Briefumschlag.

Er hob ihn auf und bemerkte erstaunt, dass seine Hand zitterte. Der Name war unverwechselbar: *P. St. J. W. Gyrth, Esq.* stand da deutlich in einer Handschrift, die er nicht kannte.

Er drehte das Kuvert um. Es war aus teurem Papier und leer. Am oberen Rand war es von einer anscheinend ungeduldigen Hand aufgerissen worden. Er starrte es eine Weile an und fühlte sich irgendwie unwirklich. Die Adresse war ihm völlig unbekannt: *Kemp's, 32a Wembley Road, Clerkenwell, EC l.*

Er starrte die Wörter an, als müssten sie sich vor seinen Augen verwandeln, doch sie blieben klar und unmissverständlich. *P. St. J. W. Gyrth, Esq.*

Ihm fiel nicht ein, daran zu zweifeln, dass es sich um seinen eigenen Namen handelte und dass der Brief ursprünglich für ihn bestimmt gewesen war. Der Name

Gyrth – an sich schon ungewöhnlich – zusammen mit dieser Ansammlung von Initialen ließ ihn gar nicht auf den Gedanken kommen, der Brief könnte an jemand anderen gerichtet sein.

Nachdenklich betrachtete er die Handschrift und versuchte, sie jemandem zuzuordnen. Sie gab ihm Rätsel auf. Sie war klar und eckig, mit dicken Abstrichen und scharfen griechischen E; eine individuelle Handschrift, nicht leicht zu vergessen. Er untersuchte den Poststempel, und seine Verwirrung wandelte sich in blankes Erstaunen. Der Stempel war vom 15. Juni. Heute war der 19. Juni. Der Brief war also nur vier Tage alt.

Val besaß seit über einer Woche keine Adresse mehr. Und doch war er sicher, obwohl es ihm etwas unheimlich vorkam, dass jemand ihm geschrieben hatte und jemand anderes den Brief erhalten und den Umschlag weggeworfen hatte, damit er ihn finden sollte.

Er sah sich noch einmal die Adresse auf dem rätselhaften Kuvert an: *32a Wembley Road, Clerkenwell.* Das war nicht weit von dem Platz entfernt, wo er gerade saß, und der Drang hinzugehen, um herauszufinden, ob es etwa noch einen P. St. J. W. Gyrth auf der Welt gab, wurde sehr stark.

Eigentlich war er ein konservativer Mensch, und unter normalen Umständen hätte er die Sache vielleicht mit einem Achselzucken abgetan. Aber im Moment war er völlig auf den Hund gekommen. Ein Mann, der buchstäblich haltlos ist, ist wie ein Strohhalm im Wind: der geringste Lufthauch genügt, ihn in eine neue Richtung zu treiben. Zeit und Energie haben keinen Wert, alles ist der Mühe wert. Von Neugier getrieben stand er daher auf und überquerte den Platz.

Clerkenwell nach Mitternacht ist eine der scheußlichsten Gegenden im Osten Londons, und die abgerissene und heruntergekommene Erscheinung des jungen Mannes erregte bei den wenigen Leuten, die noch unterwegs waren, keinerlei Aufmerksamkeit.

Er entdeckte zwei Polizisten, die er nach dem Weg fragte. Dabei hielt er krampfhaft den Schilling umklammert, den ihm ihr Kollege geschenkt hatte. Sie erklärten ihm gemächlich den Weg, und schließlich überquerte er eine schmutzige, schlecht beleuchtete Straße, gesäumt von niedrigen Häusern und schäbigen, kleinen Läden, deren verstaubte Auslagen alle aus zweiter Hand zu stammen schienen.

Nummer 32a war eins der wenigen Etablissements, die noch offen hatten.

Es handelte sich um ein nicht sehr vertrauenerweckendes Restaurant, dessen Eingang im Souterrain einen guten halben Meter unter dem Gehsteig lag. Sogar Val Gyrth, den eigentlich nichts mehr schreckte, zögerte, bevor er eintrat.

Die halbverglaste Eingangstür des Lokals war mit billiger Reklame für Schuhcreme und Karamellbonbons beklebt, und das Licht von drinnen drang nur schwach durch das schmutzige Ölpapier.

Gyrth warf noch einmal einen Blick auf den Briefumschlag und fand, dass er zweifellos an der richtigen Adresse war. Die Nummer 32a stand auf einem weißen Emailschild über der Tür, und der Name *Kemp's* war in halbmeterhohen Lettern an der Hausfront angebracht.

Abermals kam ihm die Absurdität seines Tuns zu Bewusstsein, und er zögerte, doch dann wiederholte er sich, dass er nichts zu verlieren und nur seine Neugier zu stillen hatte. Er drehte den Türknauf und stieg in den Raum hinab.

Drinnen war die stickige Luft so von Dampf erfüllt, dass er einen Moment lang nicht sehen konnte, wo er sich befand. Er blieb kurz stehen und versuchte, in dem Dunst etwas zu erkennen. Schließlich machte er einen langen, tristen Raum mit hohen schmierigen Nischen an den Seiten aus, in denen aber anscheinend niemand saß.

Am Ende des Ganges zwischen den Tischen befanden sich ein Tresen und ein Herd, der das meiste zur Beschaffenheit der Atmosphäre beitrug. Auf diesen gastronomischen Altar schritt nun der junge Mann zu, den Briefumschlag in der Manteltasche fest umklammernd.

Da niemand zu sehen war, klopfte er zaghaft auf die Theke. Im nächsten Moment wurde eine Tür rechts neben dem Herd aufgerissen, und es erschien ein Koloss von einem Mann mit dem größten und traurigsten Gesicht, das Val je gesehen hatte. Der Mann hatte statt einer Schürze ein kleines Tischtuch vorgebunden, und seine mächtigen muskulösen Arme waren bis zu den Ellbogen entblößt. Im Übrigen war er kahlköpfig, und sein Nasenbein hatte einen nicht wieder gutzumachenden Schaden erlitten.

Er betrachtete den jungen Mann aus kummervollen Augen.

»Eine schöne Zeit, sich auf einen Happen Essen zu besinnen«, bemerkte er, mehr bekümmert als wütend, mit Grabesstimme. »Alles ist aus, außer Wurst und Kartoffelbrei. Ich esse gerade den letzten Rest Gulasch.«

Gyrth fühlte sich von dieser melancholischen Leutseligkeit beruhigt. Es war einige Zeit her, seit ein Wirt ihn mit so etwas wie Höflichkeit behandelt hatte. Er zog das Kuvert aus der Tasche und legte es vor den Mann auf den Tresen.

»Sehen Sie sich das bitte einmal an«, sagte er. »Kommt Ihnen das irgendwie bekannt vor?«

Kein Muskel in dem traurigen Gesicht regte sich. Der Koloss beäugte das Kuvert eine Zeit lang, als habe er etwas Derartiges noch nie gesehen. Dann drehte er sich plötzlich zu dem jungen Mann um, schaute ihm fest in die Augen und gab ihm eine unter diesen Umständen höchst ungewöhnliche Antwort.

»Wie ich sehe«, sagte er deutlich und eine Spur zu bedächtig, »nehmen Sie den langen Weg.«

Gyrth starrte ihn an. Er spürte, dass eine Antwort von ihm erwartet wurde, dass die Worte eine Bedeutung besaßen, deren Sinn er nicht begriff. Er lachte verlegen.

»Ich verstehe nicht ganz«, sagte er. »Oder meinen Sie damit, dass ich herumvagabundiere? Aber ich wollte mich über den Brief erkundigen. Haben Sie ihn schon einmal gesehen?«

Der Dicke brachte die Andeutung eines Lächelns zustande, so gut es ihm seine Gesichtszüge gestatteten.

»Und wenn?«, fragte er vorsichtig. »Was dann?«

»Er ist zufällig an mich gerichtet, und ich möchte gern wissen, wer ihn geöffnet hat«, entgegnete Gyrth kurz.

»Ist das Ihr Name?« Der Dicke legte den massigen Zeigefinger auf die Adresse. »Beweisen können Sie's wohl nicht, oder?«

Gyrth wurde rot vor Verlegenheit.

»Ich kann niemanden beibringen, der mich identifiziert, falls Sie das meinen, und ich habe keine Visitenkarte bei mir. Aber«, fügte er hinzu, »falls Sie so freundlich wären, meinem Schneider zu glauben – hier in meiner Jacke ist ein Namensschildchen.«

Er knöpfte das fadenscheinige Kleidungsstück auf, bog den Rand der inneren Brusttasche um und zeigte das Webetikett vor, auf dem mit Tinte sein Name und das Datum vermerkt stand. In seinem Eifer fiel ihm das Absurde der

Situation gar nicht auf.

Der traurige Mann las das Etikett und musterte seinen Besucher eingehend.

»Wurde das auch wirklich für Sie gemacht?«, fragte er.

Gyrth knöpfte die Jacke wieder zu.

»Ich bin dünner geworden«, antwortete er knapp.

»Na schön. Nichts für ungut. Ich glaube Ihnen. Andere würden es nicht tun. Ich heiße Lugg. Freut mich, Ihre Bekanntschaft zu machen. Übrigens, ich habe noch einen Brief für Sie.«

Er drehte sich schwerfällig um, kramte zwischen den Tellern und Tassen auf einem Regal und zog ein Kuvert hervor, das dem, welches Gyrth auf die Theke gelegt hatte, glich wie ein Ei dem anderen. Es war noch ungeöffnet.

Völlig verwirrt nahm der junge Mann es entgegen. Er wollte gerade das Siegel erbrechen, als der Wirt, der sich eben mit solcher Freundlichkeit vorgestellt hatte, ihm auf die Schulter klopfte.

»Setzen Sie sich erst mal hin«, empfahl er. »Ich bringe Ihnen einen Schluck Kaffee und 'ne heiße Bockwurst. Um diese Zeit – in der Nacht wird mir auch immer ganz flau.«

»Ich habe bloß einen Schilling –« begann Gyrth verlegen.

Lugg zog die Brauen hoch.

»So?«, sagte er. »Na, setzen Sie sich ruhig, mein Junge. Bei mir kriegen Sie schon für sechs Pence ein Festessen. Dann können Sie immer noch nachweisen, dass Sie nicht mittellos sind, und zwei Pence für Notfälle bleiben Ihnen auch noch.«

Er tat, wie ihm geheißen, schob sich auf eine der schmierigen Bänke und setzte sich vor einen sauber gedeckten Tisch. Mit ungeschickten Fingern riss er das dicke Kuvert auf. Der Geruch im Lokal hatte seinen Hunger wieder geweckt und er hatte scheußliche Kopfschmerzen.

Drei Dinge fielen auf den Tisch: zwei Pfundnoten und eine geprägte Visitenkarte. Fassungslos starrte er auf die Karte. Da stand:

Mr. Albert Campion
zu Hause

Darunter, in der bekannten eckigen Schrift:

Jeden Abend nach zwölf Uhr.
Förderliche Konversation.
Bier, gepflegte Weine und kleine rosa Kuchen.
Bitte kommen Sie!

Die Adresse war gedruckt:

17 Bottle Street, W1
(Eingang links vom Polizeirevier)

Auf der Rückseite standen hingekritzelt die Worte: *Verzeihen Sie bitte die Formlosigkeit des Darlehens. Kommen Sie, sobald Sie können. Es ist wichtig. Seien Sie vorsichtig. A. C.*

Val Gyrth drehte die Karte um und um. Die ganze Geschichte wurde immer unheimlicher.

Er grübelte noch über die ungewöhnliche Botschaft nach, als der düstere, ebenfalls etwas unheimliche Lugg erschien und etwas brachte, was er sich anscheinend unter einem Festmahl vorstellte. Val aß, was ihm vorgesetzt wurde, mit einem wachsenden Gefühl der Dankbarkeit und der Ernüchterung. Als er fertig war, blickte er zu dem Mann auf, der noch immer neben ihm stand.

»Hören Sie mal«, sagte er, »haben Sie je etwas von einem Mr. Albert Campion gehört?«

Die kleinen Augen des Mannes betrachteten ihn ernst.

»Kommt mir bekannt vor«, antwortete er. »Ich weiß aber nicht, wo ich ihn hintun soll.«

Sein ausdrucksloses Gesicht verriet, dass weitere Fragen zwecklos waren. Val nahm die beiden Banknoten und die Karte in die Hand.

»Woher wissen Sie«, sagte er plötzlich, »dass ich der Mann bin, für den der Brief bestimmt ist?«

Lugg schaute ihm über die Schulter auf das andere Kuvert.

»Das ist doch Ihr Name, oder?«, fragte er. »Jedenfalls ist das der Name in Ihrer Jacke. Sie haben ihn mir gezeigt.«

»Ja, ich weiß«, sagte Val geduldig. »Aber woher wissen Sie, dass ich Percival St. John Wykes Gyrth –«

»Himmel! Alle die Namen stecken dahinter?«, staunte Lugg. »Damit haben Sie Ihre Frage selbst beantwortet, mein Junge. Es gibt keine zwei Mütter, die ihrem Balg so etwas auf den Lebensweg mitgeben. Stimmt schon, das ist Ihre Einladung. Keine Bange. Ich würde mich ranhalten – es wird spät.«

Gyrth betrachtete noch einmal die Karte. Einfach verrückt. Und doch war er schon so weit gegangen, dass es ihm unlogisch erschien, jetzt noch einen Rückzieher zu machen. Wie um sich selbst den Rückweg abzuschneiden, bezahlte er das Essen aus seinem neu erworbenen Vermögen, gab dem Wirt ein verschwenderisches Trinkgeld, wünschte ihm eine gute Nacht und verließ das leere Restaurant.

Erst draußen vor der Tür begann er zu überlegen, wie er wohl das Transportproblem lösen könnte. Zum Piccadilly waren es quer durch die Stadt gute drei Meilen, und obwohl er seinen Hunger gestillt hatte, war er immer noch todmüde. Außerdem war es schon sehr spät und hatte in Strömen zu regnen begonnen.

Während er noch unentschlossen dastand, hörte er das leise Geräusch von Autoreifen hinter sich.

»Taxi, Sir?«

Val drehte sich langsam um, nannte dem Fahrer die Adresse, die auf der Karte stand, und stieg ein.

Als er in die Polster sank, überkam ihn ein wohliges Gefühl. Das Taxi fuhr schnell durch die nass glänzenden Straßen, die er vor weniger als einer Stunde müde entlanggestapft war.

Ein paar Minuten lang dachte er über die ungewöhnliche Einladung nach, die er so blindlings angenommen hatte.

Noch einmal zog er die Karte aus der Tasche und beugte sich vor, um sie im Schein der Taxameterbeleuchtung zu lesen. Er konnte gerade noch die hingekritzelten Worte *Kommen Sie, sobald Sie können. Es ist wichtig. Seien Sie vorsichtig!* erkennen.

Aus dem letzten Satz wurde er nicht recht klug. Unter den gegebenen Umständen kam ihm der Rat so albern vor, dass er fast gelacht hätte.

Genau in diesem Moment bog das Taxi nach rechts in die Gray's Inn Road ein – und da erst fiel ihm ein, dass die Chancen, um drei Uhr früh in der Wembley Road in Clerkenwell zufällig ein Taxi zu bekommen, eins zu einer Million standen, und dass es ziemlich unwahrscheinlich war, dass ein Taxifahrer ihn in seinem gegenwärtigen Aufzug für einen zahlungskräftigen Fahrgast halten könnte. Sein Herz begann heftig zu klopfen, er beugte sich vor und fuhr mit der Hand an der Wagentür entlang. Es gab keine Türgriffe. Auch die Fenster schienen verriegelt zu sein.

Ziemlich erschrocken klopfte er heftig an die Trennscheibe zwischen sich und dem Fahrer.

Der Fahrer beugte sich über das Lenkrad und trat schwer auf das Gaspedal.

2

Val saß im Halbdunkel auf der Sitzkante und spähte hinaus. Seiner Schätzung nach fuhr das alte Taxi mit einer Geschwindigkeit von rund dreißig Meilen in der Stunde. Die regennassen Straßen waren leer, und er merkte, dass sie in die falsche Richtung fuhren.

Entweder war der Fahrer betrunken oder taub. Wieder, trommelte er an das Glas und versuchte, durch das Sprachrohr zu schreien.

»Ich will in die Bottle Street – gleich beim Piccadilly!«

Diesmal zweifelte er nicht daran, dass der Fahrer ihn gehört hatte, denn dieser schüttelte den Kopf und das Taxi schaukelte und schlingerte gefährlich. Val Gyrth musste sich mit der Situation abfinden, so absurd sie auch war. Er war ein Gefangener, der einem unbekannten Ziel entgegenfuhr.

In den letzten achtzehn Monaten hatte er sich in so manch unangenehmer Lage befunden, doch nie war rasches Handeln so nötig gewesen wie jetzt. Ein anderes Mal hätte er vielleicht gezögert, bis es zu spät war, doch heute war ihm alles egal, und er befand sich noch immer in der verwegenen Stimmung, die ihn dazu verleitet hatte, der Sache mit dem weggeworfenen Briefumschlag nachzugehen und die unkonventionelle Einladung des mysteriösen Campion anzunehmen. Überdies hatte die freundliche Bewirtung durch Lugg nicht nur seine Lebensgeister, sondern auch sein Temperament wieder erweckt.

In diesem Moment, als er in dem Taxi saß, war er ein gefährlicher Mensch, die Hände waren zu Fäusten geballt, der Unterkiefer trotzig vorgeschoben. Kaum war ihm der Einfall gekommen, da setzte er ihn auch schon entschlossen in die Tat um.

Er bückte sich und streifte den schweren Schuh mit der dünnen Sohle ab. Diese beachtliche Waffe umklammerte er mit der einen Hand, mit der anderen hielt er sich fest. Er war noch immer erstaunlich stark, und legte seine ganze Kraft in den Schlag. Die Glasscheibe zersplitterte und sein Arm sauste wie ein Schmiedehammer auf den Kopf des Fahrers nieder.

Dann ließ er sich zu Boden fallen, rollte sich zusammen und bedeckte den Kopf mit den Armen. Die dicke Mütze des Fahrers hatte den Schlag gedämpft, aber der Angriff war so plötzlich gekommen, dass der Mann die Kontrolle über den Wagen verlor. Das Taxi geriet auf der glitschigen Straße ins Schleudern, fuhr auf den Gehsteig und krachte gegen eine Steinbalustrade.

Der Zusammenstoß war furchtbar. Der Wagen prallte von der Balustrade ab, schwankte einen Moment lang und kippte dann seitwärts um.

Val wurde gegen das mürbe Verdeck des Wagens geschleudert, das unter seinem Gewicht riss. Er spürte warmes Blut aus einer Schnittwunde auf der Stirn über sein Gesicht fließen und hatte sich eine Schulter verstaucht, hatte sich aber nicht ernstlich verletzt. Er war immer noch aufgebracht, immer noch wütend. Er arbeitete sich durch die zerfetzte Plane hinaus und sah sich die Bescherung an.

Der Taxifahrer lag unter den Wrackteilen vergraben und gab keinen Laut von sich. Doch die Straße blieb nicht lange leer. Fenster wurden geöffnet und von allen Seiten näherten sich Stimmen und eilige Schritte.

Val hatte keine Lust, zu bleiben und Fragen zu beantworten. Er wischte sich mit dem Ärmel das Blut vom Gesicht, zog den Schuh an, den er immer noch in der Hand gehalten hatte, und verschwand wie ein Schatten in einer Seitenstraße.

Den Rest des Weges legte er zu Fuß zurück.

Die einzelne blaue Laterne über dem Polizeirevier wirkte wenig einladend, doch die Tür von Nummer 17, gleich links daneben, stand einen Spalt breit offen. Er stieß sie behutsam auf.

Fast am Ende seiner Kräfte stieg er mühsam die Holztreppe hinauf und stand endlich vor einer geschnitzten Eichentür, an der auf einem schlichten kleinen Messingschild *Mr. Albert Campion* stand.

Bevor er den schönen florentinischen Türklopfer benutzen konnte, ging die die Tür auf, und in der Öffnung erschien ein schmaler junger Mann mit blassem, harmlosem Gesicht und freundlichen Augen hinter riesigen, horngefassten Brillengläsern, der ihn freundlich anlächelte. Er trug einen tadellosen Abendanzug, doch die Korrektheit seiner Erscheinung wurde ein wenig dadurch getrübt, dass er einen Bindfaden in der Hand hielt, an dem ein grell rosa Luftballon befestigt war.

Sobald er seinen Besucher erblickte, schien er sich dieses unpassenden Angebindes bewusst zu werden, denn er unternahm mehrmals den vergeblichen Versuch, den Ballon hinter seinem Rücken zu verbergen. Dann streckte er die Hand aus.

»Doktor Livingstone, nehme ich an?«, fragte er mit einer kultivierten, etwas hohen Stimme.

Val reichte ihm zutiefst verwirrt die Hand.

»Ich weiß nicht, wer Sie sind«, begann er. »Aber ich bin Val Gyrth, und ich suche einen Mann, der sich Albert Campion nennt.«

»In Ordnung«, sagte der Fremde, während er mit der

Miene eines Mannes, der ein ärgerliches Problem aufgibt, den Luftballon zur Zimmerdecke entschweben ließ. »Das bin ich – meine Tür, mein Luftballon. Bitte treten Sie ein und nehmen Sie einen Drink. Sie sind spät dran – ich hatte schon Angst, dass Sie gar nicht mehr kommen.«

Er führte seinen Besucher durch einen schmalen Gang in ein kleines, aber sehr gemütlich und originell eingerichtetes Wohnzimmer. Val Gyrth sank in den Sessel, den ihm sein Gastgeber zurecht schob. Dieses unerwartete Ende seines nächtlichen Abenteuers, das an sich schon erstaunlich genug gewesen war, hatte ihm nun vollends die Sprache verschlagen. Er nahm den Drink, den ihm der blasse junge Mann in die Hand drückte, und begann wortlos daran zu nippen.

Campion schien erst jetzt die Schnittwunde an der Stirn seines Besuchers zu bemerken.

»Sie hatten also einigen Ärger beim Herkommen?«, erkundigte er sich besorgt. »Hoffentlich hat man Sie nicht zu hart angefasst.«

Val setzte das Glas ab, beugte sich im Sitzen vor und blickte seinem Gastgeber ins Gesicht.

»Hören Sie mal«, sagte er, »ich habe keine Ahnung, wer Sie sind, und die ganze Geschichte kommt mir vor wie ein Märchen. Ich finde einen geöffneten, an mich gerichteten Briefumschlag, mitten auf dem Ebury Square. Aus verrückter Neugier gehe ich der Sache nach. In Kemp's Restaurant in Clerkenwell erwartet mich ein Brief von Ihnen, der zwei Pfundnoten und eine merkwürdige Einladungskarte enthält. Ich steige in ein Taxi, um hierherzufahren, und der Fahrer versucht mich zu entführen. Ich entgehe dem Desaster ziemlich angeschlagen, der Taxifahrer noch angeschlagener, und als ich hier ankomme, treffe ich Sie, der mit einem Luftballon spielt und über meine Angelegenheiten offenbar bestens informiert ist. Vielleicht bin ich verrückt – ich weiß es nicht.«

Campion schaute gekränkt drein.

»Das mit dem Ballon tut mir Leid«, sagte er. »Ich war gerade von einer Galavorstellung im Athenaeum zurückgekehrt, als Lugg mich anrief und angekündigt hat, dass Sie auf dem Weg sind. Er ist heute Abend nicht da, deshalb musste ich Sie selbst hereinlassen. Darüber können Sie sich doch wohl nicht beschweren. Das mit dem Taxi klingt bös. Ich nehme an, Sie sind deshalb so spät gekommen?«

»Schon gut«, sagte Val, immer noch erregt. »Aber Sie müssen doch einsehen, dass ich eine Erklärung verlange, und Sie wissen ganz genau, dass Sie mir eine schulden.«

Da trat Mr. Albert Campion zur Seite, so dass das Licht der Leselampe, die hinter ihm auf dem Tisch stand, seinem Besucher voll ins Gesicht fiel. Er räusperte sich und sprach mit einer eigenartigen Bedächtigkeit, die sich von seinem vorherigen Tonfall gänzlich unterschied.

»Wie ich sehe, nehmen Sie den langen Weg, Mr. Gyrth«, sagte er ruhig.

Val zog fragend die Brauen hoch. Zum zweiten Mal heute Nacht hörte er diese schlichte Feststellung, und beide Male hatte der gleiche sonderbar fragende Ton darin mitgeschwungen.

Er starrte seinen Gastgeber verständnislos an, doch das Gesicht des blassen jungen Mannes blieb ganz ohne Ausdruck. Seine Augen hinter den dicken Brillengläsern waren nicht zu erkennen. Er stand regungslos da und wartete zweifellos auf eine Antwort, und Val wurde bewusst, dass er weniger denn je eine Ahnung hatte, was hier gespielt wurde.

3

Val Gyrth erhob sich.

»Der Mann bei Kemp's hat das auch zu mir gesagt. Ich weiß nicht, was es bedeutet – und es muss etwas bedeuten. Was soll ich Ihnen darauf antworten?«

Campion änderte daraufhin sofort sein Verhalten. Er wurde liebenswürdig und charmant.

»Behalten Sie doch Platz«, bat er. »Ich schulde Ihnen eine Erklärung. Leider, wissen Sie, bin ich nicht der einzige, der sich für Sie interessiert. Und warum ich mich für Sie interessiere, werde ich Ihnen auch erklären müssen. Doch wenn die Konkurrenz Sie zuerst erwischt hätte – «

»Dann?«, warf Val ein.

»Dann«, sagte Campion, »wüssten Sie eventuell über den *langen Weg* Bescheid. Doch nun, da wir miteinander sprechen können, möchte ich Ihnen mein Herz ausschütten – das heißt, wenn Sie nicht zuvor einen Tropfen Jod auf Ihre Wunde haben möchten.«

Val zögerte und sein Gastgeber fasste ihn unter.

»Ein bisschen warmes Wasser und ein Stückchen Mull aus meinem Verbandskasten werden Ihnen gut tun«, sagte er. »Niemand kann aufmerksam einer guten Geschichte lauschen, wenn ihm ständig Blut in die Augen läuft. Kommen Sie.«

Nach zehn Minuten kehrten sie ins Wohnzimmer zurück und Campion füllte seinem Gast das Glas auf.

»Ich finde«, sagte er, »Sie sollten sich zuerst einmal diese Seite aus der *Society Illustrated* von letzter Woche ansehen. Es betrifft in gewisser Weise auch Sie.«

Er ging und holte aus einem Queen–Anne–Sekretär ein Exemplar der bekannten Illustrierten. Er schlug das Heft bei einem ganzseitigen Foto auf, das eine etwas dümmlich dreinschauende Frau über Fünfzig zeigte, die eine moderne Version eines mittelalterlichen Gewandes trug und in den gefalteten Händen einen herrlich geformten Kelch hielt. Der geschickte Fotograf hatte es verstanden, das Auge des Betrachters von den Unzulänglichkeiten der Dame weg auf den einmalig schönen Gegenstand in ihrer Hand zu lenken.

Ein massiver Becher aus poliertem Gold, etwa 45 Zentimeter hoch auf einem mit Edelsteinen besetzten Sockel. Die Bildunterschrift lautete: *Eine charmante Priesterin* und darunter ging es weiter:

Lady Pethwick, vor ihrer Verehelichung mit dem nunmehr verstorbenen Sir Lionel Pethwick allgemein als Miss Diana Gyrth bekannt, ist die Schwester von Colonel Baronet Sir Percival Gyrth, Besitzer des Tower bei Sanctuary in Suffolk und Hüter des uralten Kelches der Familie Gyrth. Unser Bild zeigt Lady Pethwick mit dem kostbaren Kleinod, das aus vornormannischer Zeit stammen soll. Sie ist auch stolze Trägerin des Ehrentitels einer ›Maid vom Kelch‹. Die Gyrths erachten die Obhut über den Kelch als heilige Familientradition. Dies ist die erste Fotografie, die jemals von dem Kelch gemacht wurde. Unsere Leser entsinnen sich vielleicht der berühmten Geschichte, derzufolge es im Gyrth-Tower einen geheimen Raum geben soll.

Val Gyrth nahm die Illustrierte ohne großes Interesse in die Hand, kaum hatte er jedoch das Foto erblickt, da sprang er auf. Sein Gesicht war dunkelrot, seine tiefblauen Augen wurden schmal. Als er die Bildunterschrift lesen wollte, zitterte seine Hand so heftig, dass er die Zeitschrift auf den Tisch legen musste. Als er damit fertig war, richtete er sich auf und wandte sich an seinen Gastgeber.

»Natürlich«, sagte er finster. »Ich verstehe. Sie tun das für meinen Vater. Ich soll nach Hause zurückkehren.«

Campion betrachtete seinen Besucher erstaunt.

»Es freut mich, dass Sie so empfinden«, sprach er. »Aber ich arbeite nicht für Ihren Vater, und ich hatte keine Ahnung, dass diese Geschmacklosigkeit Sie so aufregen würde.«

Val schnaubte. »Geschmacklosigkeit?«, wiederholte er. »Nun ja, Sie sind ein Außenstehender, aber vielleicht begreifen Sie, wie schwer es mir fällt zu erklären, was uns« – er zögerte – »der Kelch bedeutet.«

Campion hüstelte.

»Hören Sie«, sagte er schließlich. »Wenn Sie nicht so abweisend gegen mich wären, könnte ich Ihnen etwas Hochinteressantes erzählen. Tun Sie mir den Gefallen, setzen Sie sich und seien Sie nicht so abweisend.«

Val lächelte und ließ sich wieder in den Sessel fallen.

»Entschuldigen Sie«, sagte er, »aber ich weiß ja nicht, wer Sie sind. Verzeihen Sie, dass ich immer wieder darauf zurückkomme«, fügte er verlegen hinzu, »aber es erschwert die Sache, verstehen Sie? Wissen Sie, bei uns zu Hause wird der Kelch nie erwähnt. Er gehört zu den ungeheuer bedeutsamen Dingen, über die man nicht spricht. Dieses Foto hat mich tief erschüttert. Mein Vater muss verrückt geworden sein oder – « Er setzte sich voll banger Erwartung auf. »Es ist ihm doch nichts zugestoßen?«

»Nein«, versicherte der blasse junge Mann. »Dieses Foto wurde wahrscheinlich ohne sein Wissen aufgenommen und der Presse überlassen. Ich nehme an, es hat deshalb einigen Ärger gegeben.«

»Worauf Sie sich verlassen können«, versetzte Val grimmig. »Sie werden das wohl kaum verstehen, aber das ist ein Sakrileg.«

Dunkle Röte überzog sein Gesicht, und Campion begriff, dass Val sich schämte.

In sich zusammengesunken saß er im Sessel, das aufgeschlagene Heft auf dem Schoß.

Campion seufzte, ließ sich auf der Tischkante nieder und begann zu sprechen.

»Passen Sie auf«, sagte er. »Ich halte Ihnen zunächst einen Vortrag in Sozialwissenschaft, und anschließend erzähle ich Ihnen ein Märchen. Ich verlange nichts weiter von Ihnen, als dass Sie zuhören. Ich glaube, Sie werden es nicht bereuen.«

Val nickte.

»Ich weiß zwar nicht, wer Sie sind«, sagte er, »aber schießen Sie los.«

Campion grinste.

»Hören Sie mich an, und ich zeige Ihnen hinterher meinen Taufschein, wenn Sie wollen. Lehnen Sie sich zurück, es geht los.«

Val lehnte sich gehorsam zurück und Campion beugte sich vor. Sein harmloses, nichtssagendes Gesicht nahm einen etwas intelligenteren Ausdruck an.

»Ich weiß nicht, ob Sie zu den Kaufleuten gehören, die Psychologie und Volkswirtschaft und dergleichen studieren«, begann er. »Falls ja, dann müssen Sie bemerkt haben, dass – wenn man nur reich genug ist – man irgendwann an den Punkt kommt, wo einem alles andere egal ist, außer dem, was man im Augenblick begehrt. Damit meine ich, dass man sich über Lappalien wie Gesetz und Ordnung und den nächsten Derbysieger nicht den Kopf zerbricht.«

Er zögerte. Val schien zu verstehen.

»Nun«, fuhr Campion fort. »Vor rund fünfzig Jahren machten sechs der reichsten Männer der Welt – zwei Briten, ein Amerikaner, zwei Spanier und ein Franzose – diese interessante Entdeckung im Hinblick auf das Sammeln von Kunstgegenständen. Glücklicherweise ritt ein jeder von ihnen ein anderes Steckenpferd, doch alle waren sie von der Sammelleidenschaft besessen.«

Er legte eine Pause ein.

»Hier endet die Vorlesung und das Märchen beginnt. Es waren einmal sechs Herren, die sich für ihre jeweiligen Sammlungen, die ihnen äußerst lieb und teuer waren, fast alles kaufen konnten, was sie wollten. Dann begann einer von ihnen, ein habgieriger Mensch, sich nach Dingen zu sehnen, die nicht zu kaufen waren; nach Dingen, die so wertvoll waren, dass bedeutende Philanthropen sie den Museen übergeben hatten. Auch nach nationalen Kulturgütern von großem historischem Wert. Können Sie mir folgen?«

Val nickte.

»Ich weiß nicht, worauf Sie hinauswollen«, sagte er, »aber ich höre zu.«

»Der erste Mann«, fuhr Campion fort, »den wir Ethel nennen wollen, weil er ganz bestimmt nicht so hieß, sprach zu sich: ›Ethel, du hättest gern das Porträt von Marie Antoinette, das im Louvre hängt, aber es ist leider unverkäuflich, und wenn du versuchen würdest, es zu kaufen, käme es höchstwahrscheinlich zu diplomatischen Verwicklungen, und du wärst nicht mehr so reich wie heute. Daher gibt es nur eine Möglichkeit, dieses schöne Bild in deinen Besitz zu bringen.‹ Und er sagte zu seinem Diener George, der ein Genie, doch leider auch ein Tunichtgut war: ›Was meinst du, George?‹ Und George meinte, man könne das Bild stehlen, wenn genügend Geld zur Verfügung wäre, da er zufällig einen Mann kenne, der ein Meister im Bilderstehlen sei. Und so«, sagte Campion mit vor Begeisterung schriller Stimme, »hat alles angefangen.«

Val richtete sich auf.

»Erwarten Sie etwa, dass ich Ihnen das glaube?«, erkundigte er sich.

»Hören Sie zu«, gebot sein Gastgeber scharf. »Mehr verlange ich nicht von Ihnen. – Als Ethel das Gemälde hatte, forschte die Polizei von vier Ländern überall danach, nur nicht in Ethels Privatsammlung in seinem Landhaus, weil er eine ›bedeutende Persönlichkeit‹ war. Eines Tages kam Evelyn, einer seiner Freunde, genauso reich wie er und passionierter Porzellansammler, zu ihm ins Haus, und Ethel konnte der Versuchung, ihm das Porträt zu zeigen, nicht widerstehen. Nun, Evelyn war über die Maßen beeindruckt. ›Wie hast du es gekriegt?‹«, fragte er. ›Wenn du dein Bild von Marie Antoinette bekommen hast, kann ich doch auch die Ming-Vase aus dem Britischen Museum bekommen. Ich bin schließlich genauso reich wie du.‹ ›Tja‹, sagte Ethel. ›Weil du mein Freund bist und mich nicht erpressen wirst, denn dazu bist du zu ehrenhaft, will ich dich mit meinem Diener George bekannt machen, der sie dir besorgen könnte.‹ Und das tat er. Und George besorgte sie, doch diesmal über einen Meister im Vasenstehlen. Danach freute sich Evelyn sehr und konnte nicht widerstehen, seinen Freund Cecil einzuweihen, der ein kleiner König und ein großer Juwelensammler war. Natürlich gingen sie schließlich zu George, und alles geschah wie zuvor. Im Laufe von fünfzig Jahren«, sagte Campion langsam, »haben viele steinreiche Leute George und Georges Nachfolger beauftragt, mit dem Erfolg, dass es heute eine beachtliche Anzahl von Ethels und Cecils und Evelyns gibt. Sie bilden keinen Verein, aber man könnte sie vielleicht einen Ring nennen – den mächtigsten und reichsten Ring der Welt. Diese Leute sind keine Verbrecher im herkömmlichen Sinne. George und Georges Freunde sind diejenigen, die sich mit den Folgen auseinander setzen müssen, falls es welche gibt, und sie stecken auch das ganze Geld ein. Außerdem rühren sie nie etwas an, was es auf dem freien Markt zu kaufen gibt. Man kann ihnen nichts anhaben, den Ethels und den Cecils, weil sie erstens große Tiere sind und weil zweitens niemand außer George und Georges Nachfolgern weiß, wohin die Schätze gehen. Das ist die Stärke des ganzen Systems. Begreifen Sie jetzt, worauf ich hinauswill?«

Als seine Stimme verklungen war, breitete sich eine drückende Stille in dem kleinen Raum aus. Trotz der Leichtigkeit seines Vortrags hatte Campion es verstanden, seiner Geschichte einen Anstrich von Realität zu verleihen.

Val starrte ihn an.

»Ist das wahr?«, fragte er. »Wenn ja, dann ist die Sache so phantastisch wie alles andere, was mir heute passiert ist. Ich begreife nur nicht, was mich das angehen soll.«

»Darauf komme ich gleich zu sprechen«, entgegnete Campion geduldig. »Ich versichere Ihnen, dass meine kleine Geschichte wahr ist – auch wenn Sie es nicht für möglich halten. Ist nicht zum Beispiel einmal die *Mona Lisa* verschwunden und erst unter höchst rätselhaften Umständen wieder aufgetaucht? Denken Sie doch zurück. Von Zeit zu Zeit verschwinden immer wieder unersetzliche, unverkäufliche Kunstschätze. Alles Dinge, die, wie Sie bemerken müssen, aufgrund ihrer Berühmtheit auf dem Markt ohne jeglichen Wert sind.«

»Einige der ursprünglichen Mitglieder dieses – dieses Rings sind inzwischen doch wohl gestorben?«, fragte Val, der unversehens in den Sog der phantastischen Geschichte geraten war.

»Ah«, machte Campion. »Darauf wollte ich noch zu sprechen kommen. Während der letzten fünfzig Jahre ist die Zahl der Millionäre beträchtlich gestiegen. Der kleine Kreis reicher Sammler ist gewachsen. Kurz nach dem Krieg gab es etwa zwanzig Mitglieder – Männer aller Rassen und Hautfarben –, und die Organisation, die für eine kleine Anzahl so erfolgreich gearbeitet hatte, kam an ihre Grenzen. Da nahm eines der Mitglieder, ein Organisationsgenie, ein Mann, dessen Name auf drei Kontinenten berühmt ist, die Sache in die Hand und setzte vier oder fünf allgemeine Regeln fest, straffte das ganze Unternehmen und stellte es auf eine geschäftliche Basis. Der Verein, oder wie auch immer Sie es nennen wollen – meines Wissens hat er keinen Namen –, ist also in seinem eigenen Bereich praktisch allmächtig. Ich kenne nicht einmal die Hälfte der Mitglieder beim Namen und die kann ich Ihnen auch nicht verraten. Doch wenn ich Ihnen eröffne, dass weder Scotland Yard noch die Sûreté etwas wahrhaben wollen, mit dem sie immer wieder konfrontiert werden, dann werden Sie begreifen, dass Ethel und seine Freunde ziemlich bedeutende Leute sind. Wenn die Sache aufgedeckt würde, gäbe das einen ungeheuren Skandal.«

Val runzelte die Stirn.

»Ich kann mir nicht vorstellen, wie sie es gemacht haben«, sagte er, ohne auf Campions letzte Bemerkung einzugehen. »Der George in Ihrem Märchen – wie hat er das angefangen?«

Campion zuckte die Achseln.

»Ganz einfach. Etwas Klügeres hätte sich der frühere Kammerdiener nicht einfallen lassen können. Er etablierte sich als Hehler und ließ an einschlägigen Orten durchsickern, für den verlangten Artikel würden sagenhafte Summen gezahlt. Das kommt Ihnen vielleicht etwas unglaubwürdig vor, aber Sie können Onkel Albert ruhig beim Wort nehmen. Man zahlt sein Geld und hat die Wahl.«

Val seufzte.

»Nicht zu fassen«, sagte er. »Aber was habe ich damit zu tun? Ich bin kein berühmter Verbrecher«, fügte er lachend hinzu. »Ich fürchte, ich bin außerstande, etwas für Sie zu klauen.«

Campion schüttelte den Kopf.

»Sie haben mich missverstanden. Ich gehöre der Firma nicht an. Begreifen Sie denn nicht, weshalb ich Sie hergebeten habe?«

Val schaute ihn einen Moment lang verständnislos an, dann kam ihm langsam die Erkenntnis und blankes Entsetzen fiel über ihn herein. Entsetzt starrte er Campion an.

»Großer Gott!«, stieß er aus. »Der Kelch!«

»So ist es«, sagte Campion ernst. »Der Kelch.«

»Das ist doch unmöglich!« Val hatte den Gedanken nach kurzem Nachdenken bereits als absurd abgetan. »Ich will nicht darüber sprechen«, sagte er. »Was soll's? Sie sind ein Fremder Sie haben keine Ahnung – Sie können gar keine haben –, wie abwegig eine solche Vorstellung ist!«

»Mein lieber Junge«, sagte Mr Campion bedächtig, »man kann eine Sache nicht beschützen, solange man sich nicht eingesteht, dass sie in Gefahr ist. Ich habe die letzten zwei Wochen lang versucht, Sie zu finden, weil ich zufällig mit Sicherheit weiß, dass der Gyrth-Kelch sich binnen sechs Monaten in der Privatsammlung eines besonders illustren Mohammedaners befinden wird, wenn Sie nichts unternehmen.«

»Mein lieber Mann, Sie sind verrückt«, sagte Val lachend.

»Wie Sie meinen«, entgegnete Campion. »Aber was glauben Sie, wer sich die Mühe gemacht hat, Sie mit einem Taxi zu entführen? Wie erklären Sie sich den Umstand, dass meine Haustür zurzeit von vier Herren beobachtet wird? Sie können sie wahrscheinlich sehen, wenn Sie einen Blick hinauswerfen.«

Val schüttelte den Kopf.

»Das ist doch nicht Ihr Ernst!«

Campion nahm die Brille ab und blickte seinem Besucher fest in die Augen.

»Jetzt hören Sie gut zu, Val Gyrth«, empfahl er. »Sie müssen mir glauben. Ich weiß über die Bedeutung, die der Kelch für Ihre Familie – und das Land – hat, besser Bescheid, als Sie ahnen. Indem ich Sie warne, stelle ich mich einer der mächtigsten Organisationen dieser Welt in den Weg. Indem ich Ihnen meine Hilfe antrage, bringe ich mein Leben in Gefahr.«

Er machte eine Pause und fuhr dann fort: »Soll ich Ihnen etwas von den Zeremonien erzählen, die um den Kelch herum abgehalten werden? Von den Besuchen des Großschatzmeisters, die seit der Restauration im Jahre 1660 regelmäßig alle zehn Jahre stattfinden? Oder über die Urkunde, derzufolge der gesamte Besitz an die Krone fällt, wenn der Kelch verloren geht? Ich kann Ihnen noch viel mehr erzählen. Ihrer Familientradition zufolge werden Sie an Ihrem fünfundzwanzigsten Geburtstag volljährig, und dann findet im Ostflügel des Tower eine Zeremonie statt. Deshalb werden Sie nach Sanctuary zurückkehren müssen.«

Val schöpfte tief Atem. Er hatte sein Vorurteil überwunden. Der Umschwung in Campions Betragen hatte etwas Überzeugendes.

»Auf jeden Fall dürften Ihnen und Ihrer Familie unruhige Zeiten bevorstehen«, fuhr Campion fort. »Deshalb habe ich mich mit Ihnen in Verbindung gesetzt. ›Ethel‹ und seine Freunde haben es auf den Kelch abgesehen. Und sie werden ihn bekommen, wenn wir nichts unternehmen.«

Val schwieg ein paar Minuten lang und musterte seinen Gastgeber mit kritischen Blicken. Er war rot angelaufen und die starken Wangenmuskeln traten unter den Bartstoppeln knotig hervor.

»Die Schweine!«, sagte er plötzlich. »Wenn ihnen das gelingt, sind wir erledigt. Da Sie so viel wissen, ist Ihnen sicherlich auch klar, dass wir unsere Existenz nur dem Kelch verdanken. Wir sind eine der ältesten Familien in England. Aber wir betätigen uns weder politisch noch auf anderen Gebieten. Wir widmen uns nur der Erhaltung des Kelches.«

Er verstummte plötzlich und warf seinem Gastgeber einen argwöhnischen Blick zu.

»Warum interessieren Sie sich überhaupt so für die Sache?«, wollte er wissen.

Campion zögerte.

»Das ist ziemlich schwer zu erklären«, sagte er »Ich bin – vielmehr ich war – eine Art Universalist, Freund eines Polizeibeamten und Faktotum von Meisterverbrechern. Worauf es letztlich hinauslief, war, dass ich gegen ein kleines Honorar die Abenteuer anderer Leute auf mich nahm. Ich kann Ihnen nötigenfalls Empfehlungen von Scotland

Yard oder anderen Behörden zeigen, inoffizielle natürlich. Im vergangenen Jahr ist mein lieber Onkel, Seine Gnaden der Bischof von Devizes, gestorben, der einzige meiner Verwandten, der mich je geschätzt hat, und hat mir die Ersparnisse seines bischöflichen Lebens hinterlassen. Nachdem ich Kapitalist geworden war, konnte ich meine unterbezahlten Dienstleistungen natürlich nicht mehr anbieten und sah mich gezwungen, nach passenderen Fällen Ausschau zu halten, denen ich einen kleinen Teil meiner Intelligenz und Schönheit angedeihen lassen konnte. Das ist der eine Grund. Zweitens nehme ich, im Vertrauen gesagt, an der Sache auch ein bisschen persönlichen Anteil. Meine Familie hat mich praktisch hinausgeworfen. Der Großteil meiner Angehörigen glaubt sogar, ich sei vor zehn Jahren irgendwohin ausgewandert.«

Val fiel ihm ins Wort: »Als Sie vorhin die Brille abnahmen, erinnerten Sie mich an –«

Campions blasses Gesicht rötete sich.

»Wollen wir es nicht dabei lassen?«, schlug er vor.

Vals Gesicht drückte Verständnis aus. Er schenkte sich noch einen Drink ein.

»Sie gestatten doch?«, erkundigte er sich. »Sie haben mir nämlich etliche Tiefschläge verpasst. Überhaupt sind sie ein bisschen schwer zu nehmen, wissen Sie, besonders wenn man bedenkt, wie Sie mich hierhergebracht haben. Wie haben Sie das gemacht?«

»Zauberei«, antwortete Campion schlicht und unzureichend. »Spaß beiseite – ich habe seit vierzehn Tagen nach Ihnen gesucht. Und als ich Sie entdeckt hatte, kam ich nicht an Sie heran, denn ›Georges‹ Freunde interessieren sich ebenfalls für Sie, und ich wollte nicht ins Wespennest stechen. Die kennen mich nämlich besser, als ich sie kenne.«

»Man hat mich beobachtet?«, wunderte sich Val. »Warum denn?«

»Tja, man wollte Ihrer habhaft werden, genau wie ich«, erläuterte Campion. »Wenn einer meiner Freunde Sie angetippt und in ein Lokal mitgenommen hätte, wäre auch einer von ›Georges‹ Freunden mitgegangen. Sie mussten aus freien Stücken zu mir kommen. Zumindest sollte es so aussehen. Das erklärt auch, warum meine Leute Dutzende von Briefumschlägen vor Ihrer Nase fallen lassen mussten, bis Sie endlich angebissen haben. Lugg hat die letzten vierzehn Tage jeden Abend bei Kemp's zugebracht. Lugg ist übrigens mein Diener. – Es blieb also nichts anderes übrig, als Sie zunächst nach Clerkenwell zu lotsen, um sich zu vergewissern, dass man noch nicht an Sie herangetreten war. Ich denke mir, man wollte warten, bis Ihre Lage noch ein bisschen verzweifelter wurde, ehe man Ihnen einen Vorschlag unterbreitete.« Er blickte seinen Besucher an. »Können Sie mir folgen?«

»Ich bemühe mich«, versicherte Val tapfer. »Ich verstehe bloß nicht, warum man es auf mich abgesehen hat. Da bin ich, total pleite, zu nichts nütze. Ich habe es nicht einmal geschafft, einen Job zu bekommen.«

»Hier«, sagte der blasse junge Mann ernst, »berühren wir eine persönliche und knifflige Sache. Sie haben sich mit Ihrem Vater überworfen?«

»Stimmt.«

Campion bückte sich und schürte das Feuer im Kamin.

»Mein lieber Junge«, sagte er, »wie bereits erwähnt, pflegen die bewussten Sammler stets den geeignetsten Mann für den bevorstehenden Coup einzusetzen. Und obwohl jedem, der Sie kennt, klar sein müsste, dass die Chance, Ihre Mithilfe zu erkaufen, etwa so groß ist wie die, dass ich das Spitzenklöppeln lerne, hat der Dunkelmann, der diesen Auftrag übernommen hat, dies offensichtlich nicht bemerkt. Manche Leute glauben, ein halb verhungerter Mann würde alles verkaufen.«

Val explodierte, er schäumte vor Wut. Campion wartete, bis der Ausbruch vorbei war. Erst dann äußerte er sich.

»Ganz meine Meinung«, sagte er mild. »Aber das wäre doch eine Erklärung, nicht?«

Val nickte.

»Und der lange Weg?«, fragte er.

»Eine Form der Begrüßung zwischen ›Georges‹ Freunden.«

Val seufzte.

»Unglaublich«, stellte er fest. »Ich gebe mich ganz in Ihre Hände, wenn ich darf. Was werden wir tun? Die Polizei einschalten?«

Campion ließ sich in einen Sessel neben seinem Gast fallen.

»Wenn wir das könnten! Aber die Sache hat einen Haken. Wenn wir die Polizei rufen, solange noch nichts gestohlen worden ist, wird die Polizei nicht sehr freundlich sein und auch nicht auf ewig aufpassen. Ist der Kelch erst einmal gestohlen, geht er unverzüglich in den Besitz der Leute über, denen man nichts anhaben kann. Die Polizei könnte nichts ausrichten. Ich habe auch einmal für Scotland Yard gearbeitet. Einer meiner besten Freunde ist ein hoher Beamter des Yard. Er wird uns nach Kräften unterstützen, aber Sie sehen selbst, wie vertrackt die Sache ist.«

»Was geschieht als Nächstes?«, fragte Val.

Campion überlegte.

»Sie müssen sich mit Ihrem Vater aussöhnen«, sagte er ruhig. »Das dürfte Ihnen doch klar geworden sein?«

Val lächelte schwach.

»Komisch, wie eine einzige Mitteilung genügt, die Sache, wegen der ich noch heute Morgen bereit war zu verhungern, als eine Lappalie erscheinen zu lassen«, fand er. »Ich wusste, dass ich im Juli nach Sanctuary muss. Ich werde am zweiten Juli fünfundzwanzig. Aber ich hatte vor, wieder wegzugehen. Ich weiß nicht, wie wir das Vater beibringen sollen. Aber wenn das wahr ist«, fügte er ratlos hinzu, »was können wir dann tun? Wir können einen solchen Ring nicht ewig bekämpfen. Das ist unmöglich; die Leute sind zu stark.«

»Dies«, sagte Campion, »ist der springende Punkt. Wir haben eine einzige Chance, mein Junge, ansonsten wäre jeder Versuch, die Sache zu vereiteln, vergeblich, und wir hätten einander nie kennen gelernt. Die Regeln dieser habgierigen Bruderschaft sind nicht zahlreich, aber streng genommen laufen sie auf folgendes hinaus: Alle Aufträge der Mitglieder, die sich ausdrücklich auf unverkäufliche Gegenstände beschränken müssen, werden gleich behandelt; der für den Coup am besten geeignete Mann wird ausgewählt, Geld wird in unbegrenzter Höhe zur Verfügung gestellt, und damit ist ›Georges‹ und ›Ethels‹ Arbeit getan, bis der Kunstgegenstand in ihren Besitz gelangt.« Er blickte Val fest an. »Indes, und darin sehe ich unsere einzige Chance – sollte der ausgewählte Experte in Ausübung seiner Pflicht das Zeitliche segnen –, ich meine, sollte der Besitzer des Kunstschatzes beim Versuch, ihn zu bewahren, den Dieb töten, geben sie den Auftrag auf und sehen sich nach anderen Erbstücken um.«

»Und wenn er erwischt wird –« begann Val zweifelnd.

Campion zuckte die Achseln.

»Wenn er erwischt wird, trägt er die Konsequenzen. Wer würde ihm denn glauben, falls er singen sollte? Nein, in einem solchen Fall überlässt ihn der Ring seinem Schicksal und beauftragt jemand anderen. Das ist durchaus verständlich. Nur wenn einer ihrer persönlichen Agenten in die Klemme gerät, bekommen sie kalte Füße. Die kleinen Fische – Einbrecher, Diebe und Fälscher – dürfen sterben wie die Fliegen. Mit denen haben ›George‹ und ›Ethel‹ nichts zu tun. Nur wenn ihr eigener Mittelsmann eins aufs Dach bekommt, betrachten sie die Affäre sozusagen als beendet.«

»Wer ist der Agent, der den Kelch beschaffen soll?«, fragte Val unvermittelt.

Campions blasse Augen hinter den dicken Brillengläsern verdüsterten sich.

»Das ist es ja eben«, klagte er. »Ich weiß es nicht. Da sehen Sie, worauf wir uns eingelassen haben.«

Val stand auf und starrte mit wachsendem Entsetzen auf Campion hinunter.

»Was Sie da sagen, bedeutet doch im Endeffekt nichts anderes als: Wenn wir den einzigen Gegenstand, der mir und meiner Familie mehr als alles andere bedeutet, das einzige, was für mich an erster Stelle stehen muss, schützen wollen, dann müssen wir den Mann, der von dem Ring beauftragt worden ist, finden und ermorden?«

Campion blickte seinen Gast todernst an.

»Nennen wir es lieber aus dem Weg räumen«, schlug er sanft vor.

4

»Das letzte Mal, als ich hier vorbeigekommen bin«, sagte Lugg mit Grabesstimme aus dem Fond des Wagens, »habe ich in einem Polizeiauto gesessen. Ich weiß es noch genau, weil ich drei Monate aufgebrummt bekommen habe. Aber die hohen Herren haben sich gründlich blamiert. Es ist nämlich herausgekommen, dass ich der Falsche war, und mein Alibi war allerhand wert, das können Sie mir glauben.«

Campion, der am Steuer saß, sagte, ohne sich umzudrehen: »Ich möchte Ihnen empfehlen, den Mund zu halten, Lugg. Wir kommen vielleicht in ein Haus, wo es richtiges Dienstpersonal gibt. Sie werden sich anständig benehmen müssen.«

»Dienstpersonal?« wiederholte Lugg indigniert. »Ich bin der Kammerdiener in dieser Firma, das will ich Ihnen flüstern, und ich lasse mir keine Frechheiten gefallen. Mr. Gyrth weiß, wer ich bin. Ich habe ihm heute Früh beim Rasieren verraten, dass ich ein berüchtigter Messerheld gewesen bin.«

Val, der vorn neben Campion saß, lachte.

»Lugg und Branch, der alte Butler meines Vaters, müssten sich eigentlich blendend miteinander verstehen«, meinte er. »Soviel ich weiß, war Branch in seiner Jugend auch kein Musterknabe, obwohl seine Familie seit Jahrzehnten in unseren Diensten steht.«

»Heißt der Roger mit Vornamen?« Luggs Stimme verriet ein gelindes Interesse. »Ein dürrer kleiner Wicht mit krummer Nase – spricht einen schauderhaften Dialekt?«

»Stimmt.« Val drehte sich überrascht und belustigt um. »Sie kennen ihn?«

Lugg rümpfte die Nase und nickte.

»Wir haben ihn immer den Prinzen von Parkhurst genannt«, sagte er, und damit war das Thema für ihn beendet.

Val wandte sich an Campion.

»Sie beide sind wirklich ein phantastisches Paar.«

»Keine Spur«, widersprach der blasse junge Mann hinter dem Lenkrad. »Seitdem wir Französisch gelernt haben, können wir uns in jeder Gesellschaft bewegen, ohne unangenehm aufzufallen.«

Val lachte, und die Unterhaltung stockte für eine Weile. Sie brausten in Richtung Colchester auf der Hauptstraße dahin, rund sechsunddreißig Stunden nachdem Val in Campions Wohnung getaumelt war. Nach jenem ersten Gespräch mit Campion hatte er sich vorbehaltlos diesem ungewöhnlichen jungen Mann anvertraut.

Ihre Abfahrt aus London hatte sich ziemlich dramatisch gestaltet. Val hatte die Wohnung auf etwas ungewöhnliche Weise in einem Speisenaufzug verlassen, der ihn in ein exklusives Restaurant an der Regent Street hinuntertrug. Von dort hatte ihn ein Bentley mit halsbrecherischer Geschwindigkeit entführt. Er konnte nicht länger daran zweifeln, dass er – wenn sein Gastgeber nicht ein besonders überzeugender Irrer war – wirklich in Gefahr schwebte.

Campions sanfte Stimme unterbrach sein Sinnieren.

»Halten Sie mich bitte nicht für übertrieben neugierig«, sagte er, »aber ich wüsste gern, ob Sie irgendwelche ernsthafte Schwierigkeiten bei der Aussöhnung mit Ihrem Vater erwarten. Ich halte diesen Punkt für wichtig.«

Val schüttelte den Kopf.

»Ich glaube nicht. Im Grunde war es nur meine eigene Verbohrtheit, die mich davon abgehalten hat, zurückzukehren, nachdem –«

Er brach ab. Er schien auch nicht gewillt, den Satz zu beenden.

Campion öffnete den Mund, zweifellos um eine taktvolle Bemerkung zu machen, doch der vorlaute Lugg kam ihm zuvor.

»Wenn eine Frau dahintersteckt, können Sie's ihm ruhig erzählen. Er hat selbst eine Enttäuschung hinter sich«, erklärte er trübsinnig.

Campion saß wie erstarrt da; sein Gesicht blieb völlig ausdruckslos. Sie fuhren gerade durch eines der vielen kleinen Städtchen entlang der Straße, und er lenkte den Wagen vor ein kunstvoll restauriertes Gasthaus im Tudorstil.

»Der innere Campion protestiert«, verkündete er. »Wir müssen essen. Sie kümmern sich um sich selbst, Lugg.«

»Wird gemacht« sagte Lugg. Er genierte sich für den Lapsus von vorhin und benahm sich daher ein bisschen aufsässig. »Kauen Sie ruhig an Ihrem *Kraftfahrermenü* herum, ich lasse mir an der Bar was Deftiges zu essen bringen. Ihr feinen Herrschaften seid Schuld daran, dass aus alten ehrlichen Wirtschaften die reinsten Neppschuppen werden.«

Er stieg aus dem Wagen, machte Campion die Tür auf, fand es jedoch nicht der Mühe wert, sie ihm aufzuhalten. Sein Arbeitgeber schaute ihm entrüstet nach.

»Blödmann«, sagte er. »Man hat schon seinen Kummer mit Lugg. Er ist immer noch der alte Draufgänger. Früher war er nämlich ein viel versprechender Einbrecher. Jetzt wollen wir aber drinnen mal nachsehen, was sie hier zu bieten haben.«

Val folgte der schmalen, unauffälligen Gestalt zwei Stufen hinunter in den kühlen Speisesaal, der auf Geheiß einer wohlmeinenden, wenngleich nicht besonders stilkundigen Direktion mit alten Möbeln fast schon kitschig eingerichtet worden war.

»Dort drüben sehe ich einen guten Platz«, sagte Campion und zeigte auf einen Tisch, der etwas abseits in einem Alkoven stand.

Als Val sich setzte, sah er sich er ein wenig nervös um. Er hatte keine Lust, irgendwelchen alten Bekannten zu begegnen. Campion blickte ebenfalls in die Runde, jedoch, aus anderen Gründen. Die wenigen Leute, die noch beim Essen saßen, waren zum Großteil ländliche, gesetzte Typen, die sich mehr für ihre Zeitung und das Essen als für ihre Tischnachbarn interessierten.

Campion runzelte die Stirn.

»Wenn ich nur wüsste«, sagte er, »wen sie sich für die Schmutzarbeit aussuchen werden.«

Val beugte sich vor.

»Jede zwielichtige Type dürfte hier in der Gegend einigen Argwohn erwecken«, murmelte er.

Der blasse junge Mann neben ihm lächelte nicht.

»Ich weiß«, sagte er. »Das macht es noch schlimmer. Ich bilde mir ein, dass unsere habgierigen Freunde mir die Ehre erweisen werden, einen Unbekannten für die Aufgabe einzusetzen. Vielleicht sogar einen Amateur, und da weiß man dann nie, woran man ist.« Er senkte die Stimme. »Darf ich Sie etwas Persönliches fragen? Ist Ihre Tante Diana – äh – ich meine, könnte man sie mit Schmeicheleien und List verführen?«

Val runzelte die Stirn.

»Meine Tante Diana«, antwortete er leise, »sieht sich als eine Art Vestalin. Seit Onkel Lionel gestorben ist, wohnt sie im Kelchhaus – es steht auf unserem Grundstück –, und seit Vater verwitwet ist, spielt sie sich ein bisschen als Frau des Hauses auf. Ich glaube, Penny hat mit ihr allerhand Kummer.«

»Penny?«, fragte Campion.

»Meine Schwester Penelope«, erklärte Val. »Sie ist wirklich in Ordnung.«

Campion prägte sich das ein.

»Zurück zu Ihrer Tante«, sagte er. »Tut mir Leid, dass ich darauf zu sprechen kommen muss, aber ist sie – äh – verrückt?«

Val grinste.

»Nicht wirklich reif für die Anstalt. Aber sie ist eine dumme, eitle Person, die sich einbildet, Herz zu haben. Und sie macht ein Mordstrara um die Sache mit der ›Maid vom Kelch‹.«

Campion schaute zweifelnd drein.

»Was hat es denn auf sich mit diesem ›Maid-vom-Kelch‹-Getue? Ich habe nie etwas davon gehört.«

Val überlegte.

»Ach, es ist ganz einfach«, sagte er schließlich. »Anscheinend erwartete man im Mittelalter, wenn die Männer in den Kampf gezogen waren, von der ältesten Tochter, dass sie unverheiratet blieb, sich im ›Kelchhaus‹ einschloss und den Kelch hütete. Selbstverständlich wurden diese Praktiken aufgegeben, als die Zeiten friedlicher wurden, und erst Tante Diana grub alles wieder aus, als sie Witwe wurde, und legte sich den vollen Titel zu. Vater war das gar nicht recht, aber einer solchen Frau kann man ja so leicht nichts ausreden.«

»Nein«, stimmte Campion zu. »Sonst noch etwas Ausgefallenes?«

»Tja, sie macht in Pseudo–Mystizismus. Trägt komische Kleider und wandert nachts im Freien umher, hält Zwiesprache mit den Sternen und scheucht das Wild auf. Ziemlich harmlos, aber reichlich albern. Ich glaube, wenn jemand mit einem anrüchigen Angebot an sie heranträte, würde sie schreien wie am Spieß, und damit wäre die Sache erledigt.«

Ein klappriger Kellner servierte ihnen das unvermeidliche Roastbeef mit Pickles und schlurfte dann wieder davon.

Val war anscheinend zu weiteren Vertraulichkeiten bereit.

»Ich erwarte mir keine Schwierigkeiten mit Vater«, sagte er. »Sie wissen doch, warum ich von zu Hause fort bin?«

Campion machte ein noch zerstreuteres Gesicht als gewöhnlich.

»Nein«, behauptete er. »Sie hatten in Cambridge Ärger, nicht?«

»Ich habe in Cambridge geheiratet«, gab Val zur Antwort. »Die übliche Geschichte. Sie war einmalig attraktiv – sie hat zur Theatergruppe gehört. Ich habe Vater telefonisch von der Neuigkeit verständigt. Er wurde wütend und setzte meinen Monatswechsel auf die Hälfte herab, und da« – er zuckte die Achseln – »ist sie gegangen. Zurück nach Cambridge.«

Er legte eine kleine Pause ein und fragte dann verlegen: »Sie haben doch nichts dagegen, dass ich Ihnen das alles erzähle? Jetzt, da Sie quasi dazugehören, habe ich das Gefühl, ich sollte Ihnen alles sagen. Also, ich kehrte nach Sanctuary zurück, und Hepplewhite, Vaters Anwalt, bereitete den Papierkram für die Scheidung vor, als ich einen Brief von ihr erhielt. Sie war in London, krank, und es ging ihr sehr schlecht. Vater war wütend, aber ich fuhr hin und kümmerte mich um sie, verkaufte meine Wohnung und nach und nach alles andere, bis sie starb. Dann gab es einen grauenhaften Krach, und ich ging nicht mehr nach Hause zurück. Hepplewhite hat mich im Auftrag meines alten Herrn öfter zu sich gebeten, aber ich wollte ihn nicht sehen. Eine ziemlich traurige Geschichte, fürchte ich, aber jetzt wissen Sie, wie es war. Frauen bringen anscheinend immer alles durcheinander.«

Campion überlegte.

»Ach, ich weiß nicht recht«, meinte er, und dann schwieg er.

Sie waren so in ihr Gespräch vertieft gewesen, dass sie den kleinen Tumult gar nicht bemerkt hatten, der am anderen Ende des Raumes entstanden war. Eine Frau war eingetreten und begrüßte auf dem Weg zu ihrem Tisch diesen und jenen Bekannten. Erst als ihre hohe, durchdringende Stimme die gedämpfte Unterhaltung der anderen Gäste übertönte, wurden die beiden jungen Männer in der Nische auf sie aufmerksam.

Sie war ein Typ, wie er unter den ›Landedelleuten‹ häufig, anderswo jedoch glücklicherweise nur selten anzutreffen ist. Sie strahlte eine beneidenswerte Selbstsicherheit aus. Ihre Figur war etwas maskulin, breitschultrig und schmalhüftig. Ihr Haar unter dem strengen Filzhut war kurz geschnitten, ihr Kostüm, unter dem sie eine hochgeschlossene Bluse trug, verriet den erstklassigen Schneider.

Sie trat geräuschvoll auf und setzte sich so, dass sie ihnen das Gesicht zukehrte. Es war ein Gesicht, das sich nicht zu verstecken brauchte, obwohl man es nicht als schön bezeichnen konnte. Sie war blass, hatte eine kräftig vorspringende Nase und harte, eng beeinander liegende graublaue Augen. Sie warf Handschuhe, Schals und Zeitungen bunt durcheinander auf den Stuhl neben sich und rief laut nach dem Kellner.

Man merkte, dass sie eine Persönlichkeit war, und das leichte Unbehagen, das unweigerlich alle Leute in einem Raum erfasst, wenn eine Berühmtheit anwesend ist, begann sich auszubreiten. Val wandte hastig das Gesicht ab.

»Oh Gott!«, stieß er aus.

Campion zog die Brauen hoch.

»Wer ist diese ungehobelte Dame?«, erkundigte er sich gelassen.

Val senkte die Stimme. »Mrs. Shannon«, raunte er. »Sie müssen doch schon von ihr gehört haben. Sie besitzt einen Rennstall in Heronhoe Heath. Eines dieser verdammten Weiber mit Persönlichkeit. Sie kennt mich. Könnten Sie mich nicht ein bisschen abschirmen? Sie hat Augen wie ein Falke.«

Campion tat sein Möglichstes, doch beim Verlassen des Lokals mussten sie notgedrungen an ihrem Tisch vorbei. Val war schnell, aber nicht schnell genug.

»Val Gyrth!«

Der Name schallte durch den Raum, und Mrs. Shannons Opfer hatte den Eindruck, die ganze Stadt müsste es gehört haben. Die Frau packte den jungen Mann am Ärmel und hielt ihn mit eiserner Hand zurück.

»Sie sind also wieder da? Ich hatte keine Ahnung, dass Sie sich mit Ihrem Vater ausgesöhnt haben!« Auch dieses private Detail wurde herausgebrüllt. »Wann war denn das?«

Sie ignorierte Campion mit der vorsätzlichen Unhöflichkeit, die typisch für Menschen ihres Schlages ist. Campion stand eine Welle unbeachtet da, dann entfernte er sich, um die Rechnung zu begleichen.

Schutzlos der Frau preisgegeben, versuchte Val, sich

aus ihren Fängen zu befreien. Er merkte sehr wohl, dass alle im Raum mit gespitzten Ohren auf seine Antwort warteten. Der Name Gyrth wirkte in dieser Gegend wie eine Zauberformel.

Mrs. Shannon beachtete ihre Zuhörer nicht weiter.

»Ich komme soeben vom Tower«, sagte sie. »Ich will Ihren Vater überreden, mir zwei Einjährige zu verkaufen. Wozu braucht er Reitpferde? Ich habe ihm gesagt, dass er nichts vom Zureiten versteht. Und der Mann, den er dafür eingestellt hat, ist ein Trottel. Ich habe auch Ihre Tante gesprochen«, fuhr sie fort, ohne auf eine Erwiderung zu warten. »Sie wird von Tag zu Tag verrückter.«

Val schluckte und murmelte ein paar zusammenhanglose Abschiedsworte. Mrs. Shannon packte seine Hand und schüttelte sie kräftig.

»Also, dann leben Sie wohl. Wir sehen uns wieder. Sie können Ihrem Vater ausrichten, dass ich die Pferde bekomme, und wenn ich sie stehlen müsste.«

Der junge Mann lächelte höflich, wenngleich ein bisschen nervös, und wandte sich ab.

»Wie ich höre, ist Ihre Frau gestorben – mein Beileid!«, posaunte Mrs. Shannon in die Welt hinaus.

Val floh. Seine Stirn glänzte schweißnass als er Campion auf der Schwelle des Gasthofes einholte.

»Nichts wie weg von hier«, sagte er. »Ich hasse diese Person.«

»Ich habe sie nur im Vorübergehen gesehen, aber das hat mir gereicht«, versicherte Campion. »Vermutlich ihr Auto.« Er deutete auf einen schnittigen rot-weißen Sportwagen. »Hallo, da kommt Lugg und sieht aus wie einer, der eine Botschaft hat.«

Lugg trat aus der Tür der Bar. Sein ansonsten düsteres Gesicht wirkte beinahe lebhaft.

»Einsteigen«, gebot er heiser, als er herangekommen war. »Ich habe Ihnen was zu erzählen. Während Sie den feinen Herrn gespielt haben, habe ich die Augen offen gehalten.«

Erst als sie alle wieder in dem Bentley saßen und zur Stadt hinausfuhren, rückte er mit den Neuigkeiten heraus.

Er beugte sich vor und hauchte Campion ins Ohr: »Was glauben Sie, wen ich in der Bar gesehen habe?«

»Irgendeinen Ihrer feinen Freunde, nehme ich an«, antwortete Campion, während er geschickt einem ihm entgegenkommenden Lieferwagen auswich, der einen Laster überholte.

»Das kann man wohl sagen«, bestätigte Lugg. »Es war der kleine Natty Johnson, einer der dreckigsten, gemeinsten und lausigsten Rennplatzgauner, vor denen ich je den Hut gezogen habe.«

Campion spitzte die Ohren.

»Die Cleaver-Bande?«, fragte er. »War noch jemand bei ihm?«

»Nur nicht so hastig«, beschwerte sich Lugg. »Sie können's aber auch nie abwarten. Er hat mit einem komischen Kerl geredet, so mit Bart. Ein Künstlertyp. Wissen Sie was? Der hat mich an den Bloomsbury-Knilch erinnert, der bei uns zu Besuch war und auf dem Fußboden gesessen ist und mich um Räucherfisch und Chianti geschickt hat. Sie sind allein in einer Fensternische gesessen und haben geredet, was das Zeug hält. Ich hatte leider Watte in einem Ohr, sonst hätte ich gehört, was sie gesagt haben. Aber das war noch nicht das wirklich Interessante. Das kommt erst jetzt. Der Künstlertyp und noch ein paar solche wie er logieren im Tower in Sanctuary. Ich weiß es, weil es mir der Barmann erzählt hat. Freunde von Lady Pethwick, angeblich, als wenn damit alles erklärt wäre.«

Campions blasse Augen flackerten hinter den Brillengläsern.

»Das ist ja interessant«, sagte er. »Und dieser Mann –«

»Jawohl«, fiel Lugg ihm ins Wort. »Der hat vertraulich mit Natty Johnson geredet. Ich kenne ein paar erstklassige Bullen, die ihn allein deswegen schon verhaften würden.«

5

Das Dorf Sanctuary lag in einem tief eingeschnittenen Tal, an dessen einer Seite sich eine gedrungene normannische Kirche kauerte und an dessen anderer sich der Tower erhob. Der Ort war von atemberaubender Schönheit.

Ein Flüsschen plätscherte zwischen den beiden Hügeln dahin, die Häuschen schmiegten sich beiderseits der Straße an die Hänge.

Es war gegen fünf Uhr, als der Bentley vor dem Gasthaus ›Zu den drei Trommlern‹ hielt und Val Gyrth nebst Campion vor dem Haupteingang absetzte. Die beiden jungen Männer betraten den kühlen, angenehm riechenden Korridor. Val hatte den Kragen hochgeschlagen.

»Ich möchte nicht gleich erkannt werden«, murmelte er. »Und ich möchte erst mit Penny sprechen, bevor ich mich meinem alten Herrn präsentiere. Hoffentlich erwische ich Mrs. Bullock, die regelt alles für mich.«

Er schlich auf Zehenspitzen den Korridor hinunter und steckte den Kopf zur Küchentür hinein. »Bully!«, rief er leise.

Ein unterdrückter Schrei erscholl, und eine Pfanne fiel rasselnd auf den Steinfußboden. Im nächsten Augenblick erschien die brave Frau des Hauses, eine stattliche Person in geblümtem Kleid und großer blauer Schürze. Sie strahlte. Es hätte nicht viel gefehlt, und sie hätte den jungen Mann stürmisch umarmt.

»Ihr habt euch versöhnt«, sagte sie. »Ich hab's ja gewusst, wo doch bald dein – Ihr Geburtstag ist.«

Sie hatte eine tiefe, sonore Stimme.

»Wollen Sie nicht in die Schankstube kommen und sich zeigen?« fragte sie.

Val schüttelte den Kopf.

»Wissen Sie, Bully, es ist noch nicht alles in Butter. Könnten Sie meinem Freund, Campion, ein Zimmer geben und uns sagen, wo wir ungestört sprechen können? Ich möchte Penny eine Nachricht schicken, wenn das möglich wäre. Wie geht es allen im Tower? Haben Sie eine Ahnung?«

Mrs. Bullock, die die Dringlichkeit seines Anliegens erfasste, war so klug, keine Fragen zu stellen. Seit sie damals im Tower als Köchin angefangen hatte, war sie die treue Freundin und Vertraute der Kinder, und deren Angelegenheiten hatten bei ihr immer Vorrang.

Sie führte ihre Gäste hinauf in ein prachtvolles altes Schlafzimmer, an das sich ein kleines Wohnzimmer anschloss.

»Schreiben Sie Ihren Brief, Sir, und ich bringe Ihnen etwas herauf«, sagte sie, während sie das Fenster öffnete, um die duftende Luft hereinzulassen. »Sie haben nach Ihren Leuten gefragt, Mr. Val. Ihrem Vater geht es gut, er sieht nur ein bisschen abgehärmt aus. Und Penny – die ist reizend. Ich sehe direkt Ihre Mutter in ihr – die gleichen Augen, der gleiche Gang, alles gleich.«

»Und Tante?«, fragte Val gespannt.

Mrs. Bullock schnaubte.

»Über die werden Sie noch früh genug hören«, meinte sie. »Lässt sich mit dem Ding fotografieren!«

Dabei schlug sie die Augen nieder, als wäre ihr die Erwähnung des Kelches peinlich.

»Ich habe schon davon gehört«, entgegnete Val ruhig. »Aber sonst geht es ihr gut?«

»Ja doch, bloß – sie hat immer ein ganzes Rudel verrückter Nichtsnutze um sich; rennen in komischen Kleidern herum wie Schauspieler. Ihre Mama wird sich im Grab umdrehen, wenn sie's nicht schon getan hat.«

»Künstler?«, fragte Val forschend.

»Künstler? Das sind keine Künstler«, ereiferte sich Mrs. Bullock. »Künstler kenne ich. Ich hatte schon welche im Haus. Stille, saubere, Leute – aber eigen mit dem Essen. Ich weiß nicht, was Ihre Tante da erwischt hat – Bolschewiken, wahrscheinlich. Papier und Bleistift finden Sie da drüben, Mr. Val.«

Und sie verließ mit raschelnden Röcken das Zimmer.

Val setzte sich an den Tisch in der Mitte des kleineren Raumes und brachte ein paar Worte zu Papier.

»Liebe Penny«, schrieb er, *»ich bin in den Trommlern. Kannst Du hierher kommen? Gruß, Val.«*

Er faltete das Papier, steckte es in einen Umschlag und ging zur Treppe. Mrs. Bullocks zerzauster Kopf tauchte unten auf.

»Werfen Sie's herunter«, flüsterte sie. »Ich schicke den jungen George damit los.«

Val kehrte zu Campion zurück.

»Was ist mit Lugg?«, wollte er wissen. »Er wird doch nichts ausplaudern?«

»Unter keinen Umständen«, versicherte Campion. »Lugg sitzt unten in der Schankstube und labt sich an Stammtischgerede und Bier.«

Val trat ans Fenster und schaute über den Wirtshausgarten hinweg, der sich, von Kletterrosen und leuchtendem Rittersporn überwuchert, zwischen alten, hohen roten Mauern bis zu dem Flüsschen erstreckte, das unten durch das Dorf floss.

»Unbegreiflich«, sagte er. »In Ihrer Wohnung hat die Geschichte ziemlich glaubwürdig geklungen, aber hier, wo alles noch genauso ist wie früher, so still und friedlich und meilenweit von allem entfernt, erscheint sie mir einfach absurd. Bei Gott, bin ich froh, wieder hier zu sein.«

Campion blieb stumm, denn die Tür wurde geöffnet und Mrs. Bullock trat ein. Sie brachte ein Tablett mit zwei Krügen Bier, Butterbroten und einer großen Schüssel Brunnenkresse.

»Selbstgebrautes«, eröffnete sie ihnen. »Nur zum eigenen Gebrauch. Das Zeug, das die Brauerei schickt, ist nicht mehr das, was es einmal war. Man schmeckt die Hand der Regierung mit, sage ich immer. Sobald Miss Penny da ist, schicke ich sie herauf.«

Im Vorübergehen legte sie Val liebevoll die dicke rote Hand auf die Schulter, ging hinaus und schloss die Tür.

»Auf den verlorenen Sohn!«, sagte Campion und hob seinen Krug. »Sie haben etwas so Altenglisches an sich, Val, dass ich jeden Moment mit dem Eintreffen girlandengeschmückter Bauernmädchen rechne. Hoch, Sir Percy! Darauf noch einen Schluck!«

Val, mit einem gewissen Argwohn in den Augen, wandte sich Campion zu.

»Hören Sie mal«, sagte er, »ist das Ganze etwa nur albernes Theater, um mich in den Schoß der Familie zurückzuführen? Sie arbeiten doch nicht für Hepplewhite?«

Campion schaute gekränkt drein.

»Nein, nein«, widersprach er. »Ich bin jetzt mein eigener Herr, jedenfalls solange Onkels Geld vorhält. Bekanntlich bin ich ja Kapitalist.«

Val lächelte.

»Verzeihung. Aber wenn ich nüchtern darüber nachdenke. Sie wissen doch, dass sich der Kelch in der Kapelle des Kelchhauses befindet, und die ist einbruchsicher. Kein gewöhnlicher Dieb könnte dort eindringen.«

»Kein gewöhnlicher Dieb würde das versuchen«, versetzte Campion spitz. »Sie haben anscheinend Ihr Erlebnis mit dem Taxi vergessen. Sie müssten doch erfahren haben, dass der Fahrer ziemlich übel zugerichtet ist und im Krankenhaus nichts davon gesagt hat, dass er einen Fahrgast hatte? Wenn auf einen von uns nicht jeden zweiten Tag ein Mordanschlag verübt wird, bilden Sie sich wohl ein, dass nichts zu befürchten ist? Trinken Sie Ihr Bier aus wie ein braver Junge, und der gute alte Onkel Al besorgt Ihnen einen netten Gauner zum Zusammenschlagen. Ich mache mir bloß Sorgen, ob die Gegenseite nicht schon fleißig bei der Arbeit ist, während wir hier herumsitzen. Hoffentlich kommt Ihre Schwester bald. Der Tower ist doch nicht so weit entfernt, oder?«

»Gleich oben auf dem Hügel«, erklärte Val. »Man kann ihn wegen der Bäume nicht sehen. Moment mal – ich glaube, das ist sie.«

Frauenstimmen wurden auf der Treppe laut. Campion schritt auf das Schlafzimmer zu.

»Ich bleibe da drin, bis die herzzerreißende Wiedervereinigung vorbei ist«, erbot er sich.

»Seien Sie nicht albern«, entgegnete Val.

Weiter kam er nicht, denn die Tür ging auf, und nicht nur eine, sondern zwei junge Damen traten ein. Hinter ihnen wurde Mrs. Bullock sichtbar.

Vals Schwester war auf den ersten Blick zu erkennen. Sie war so groß wie er, hatte die gleichen klaren Gesichtszüge, die gleichen tiefblauen Augen. Ihr Haar war sogar noch blonder als das ihres Bruders. Sie trug keinen Hut und ein weißes Kleid mit rotem Streumuster. Sie lachte ihren Bruder an und man merkte, wie jung sie war.

»Hallo, altes Haus«, begrüßte sie ihn, ging zu ihm hin und schob ihren Arm unter den seinen.

Eine weniger emotionale Begrüßung war kaum vorstellbar, doch ihre Freude war echt. Sie strahlte aus ihren Augen und verriet sich in ihrem Lächeln.

Val gab ihr einen Kuss und warf einen fragenden Blick auf ihre Begleiterin.

»Dies ist Beth«, erläuterte Penny. »Wir wollten gerade zum Postamt, als uns George mit deiner Nachricht entgegenkam. Da habe ich Beth gleich mitgenommen. Beth, das ist mein Bruder. Val, das ist Beth Cairey. Ach so, du hast ja noch nichts von den Caireys gehört!«

Das Mädchen war das genaue Gegenteil von Penny: klein und zierlich, lebhaft, mit pechschwarzem Haar und schelmischen braunen Augen. Sie wirkte einfach hinreißend. Sie war etwas älter als Penny, die manchmal noch fast wie ein Teenager schien.

Campion wurde vorgestellt, und es entstand vorübergehend eine peinliche Pause. Er wechselte mit dem älteren Mädchen blitzschnell einen verständnisvollen Blick, einen Blick des Wiedererkennens, aber keiner von beiden sprach ein Wort.

Penny bemerkte die allgemeine Verlegenheit und rettete die Situation, indem sie begann, munter drauflos zu plaudern.

»Ich hatte ganz vergessen, dass du Beth nicht kennst. Ihre Leute haben Tye Hall gemietet. Sie sind Amerikaner, weißt du. Ich finde es herrlich, wieder Nachbarn zu haben – wenn sich bloß Tante Di nicht so abscheulich benehmen würde. Mein Lieber, wenn Beth und ich uns nicht wie anständige Menschen benommen hätten, gäbe es jetzt eine Fehde.«

Beth lachte.

»Lady Pethwick mag eben keine Ausländer«, stellte sie fest.

Sie hatte eine weiche, unerwartet tiefe Stimme mit einem leichten, ganz reizenden New-England-Akzent.

Penny fühlte sich sichtlich unbehaglich. Campion beobachtete sie aufmerksam. Ihrer Fröhlichkeit und ihrer gesunden Gesichtsfarbe zum Trotz verrieten die dünnen Linien um ihre Augen und das nervöse Zucken ihrer Hände innere Anspannung.

Val verstand die Zurückhaltung seiner Schwester und war ihr dankbar dafür. Er wandte sich zu Beth und lächelte sie an.

»Tante Di war schon immer ziemlich schwierig«, sagte er. »Ich hoffe, Vater hat die Dummheiten, die sie anstellt, wieder gutgemacht.«

Die beiden Mädchen wechselten Blicke.

»Vater«, sagte Penny, »ist etwas über die Leber gelaufen. Du weißt doch, was für ein engstirniger alter Schatz er ist. Ich glaube, er nimmt es dem Professor übel – das ist Beths Vater –, dass er den Zigeunern gestattet hat, in Fox Hollow zu kampieren. Das ist ziemlich nah am Wald. Es sähe ihm ähnlich, wenn er sich insgeheim darüber ärgern und sich beleidigt fühlen würde, ohne ein einziges Wort darüber zu verlieren.«

Beth kicherte.

»Die Zigeuner hat Mutter auf dem Gewissen«, sagte sie. »Sie findet sie so malerisch. Aber heute Morgen waren vier ihrer Leghornhühner verschwunden, da sollte es mich nicht wundern, wenn dein Vater bald von seinem Kummer befreit wird.«

Val blickte von einem Mädchen zum anderen.

»Hört mal«, sagte er. »Ist wirklich alles in Ordnung?«

Seine Schwester wurde dunkelrot. Beth schaute unbehaglich drein. Penny zögerte.

»Val, du bist großartig!«, staunte sie. »Du hast eine

Witterung wie ein alter Vorstehhund. Wir können ruhig vor Beth darüber sprechen. Sie ist der einzige Mensch, mit dem ich hier reden konnte, und sie weiß alles. Zu Hause gehen die merkwürdigsten Dinge vor sich.«

Campion hatte sich zurückgezogen. Er saß nun, blass wie immer, mit ausgesprochen geistloser Miene am Tisch. Val war sichtlich erschrocken. Diese Bestätigung seiner Befürchtungen traf ihn völlig unvorbereitet.

»Was ist los?«, drängte er.

»Also, es handelt sich um den Kelch. Du weißt doch, dass die Kapelle im Kelchhaus seit je ein geheiligter Ort war – ich meine, es ist kein Ort, den man Fremden zeigt, außer an besonderen Tagen, nicht wahr? Aber neuerdings scheint Tante Diana komplett den Verstand verloren zu haben. Sie hat sich ja nie besonders diskret verhalten, aber jetzt – also. Sie hat sich damit fotografieren lassen. Wahrscheinlich bist du deshalb nach Hause gekommen. Vater hat beinahe der Schlag getroffen.«

Als Val stumm blieb, fuhr sie fort.

»Und das ist noch nicht das Schlimmste. Als sie das letzte Mal in London war, hat sie dort irgendwelche grässlichen Leute aufgelesen, so eine Art Sekte von Möchtegern-Künstlern. Die haben sie zu ihrer Hohenpriesterin ernannt. Jetzt wandern sie psalmodierend in Sandalen und weißen Nachthemden herum und halten ganz seltsame Rituale ab. Auch Männer. Es ist einfach widerlich. Tante Di lässt sie in die Kapelle hinein und zeigt ihnen den Kelch. Und einer der Männer macht ausgesprochen scheußliche Zeichnungen von ihr mit dem Kelch.«

Val war empört.

»Und Vater?«, fragte er.

Penny zuckte die Achseln.

»Aus Vater ist nichts herauszubringen. Seit du fort bist,

hat er sich ganz in sein Schneckenhaus zurückgezogen und ist verdrießlicher denn je. Wir sehen ihn kaum noch. Und, Val« – sie senkte die Stimme –, »gestern Nacht hat im Ostflügel ein Licht gebrannt.«

Val zog fragend die Brauen hoch, und sie nickte. Er griff nach seiner Jacke.

»Hör zu«, sagte er. »Ich komme mit, wenn du mich ins Haus schmuggelst, ohne dass ich von den Gästen gesehen werde.« Er wandte sich an Campion. »Sie sind hier gut untergebracht, oder? Ich hole Sie morgen früh ab. Ich bin dafür, wir bleiben bei unserem ursprünglichen Plan.«

Campion nickte nachdrücklich.

»Ich muss Lugg erst im Umgang mit besseren Leuten unterweisen«, gab er bekannt.

Er sah, dass Penny ihm einen keineswegs unfreundlichen, neugierigen Blick zuwarf, als er den dreien vom Treppenabsatz aus zum Abschied nachwinkte.

Als er allein war, schloss er sorgfältig die Tür, setzte sich an den Tisch, nahm die Brille ab und zog zwei äußerst bezeichnende Gegenstände aus seinem Koffer: einen kleinen, aber gefährlich aussehenden Gummiknüppel und einen schmucklosen Revolver. Aus der Gesäßtasche förderte er eine Waffe von täuschender Ähnlichkeit zutage, die jedoch mit nichts Gefährlicherem als mit Wasser geladen wurde. Er betrachtete die beiden Waffen mit ernster Miene.

Schließlich seufzte er und legte das Spielzeug in den Koffer zurück. Den Revolver schob er in die Gesäßtasche.

6

»He, was machen Sie denn da?«

Luggs entrüstetes Gesicht erschien neben dem Türrahmen.

»Kümmern Sie sich um Ihre eigenen Angelegenheiten«, entgegnete Campion ohne aufzublicken. »Und nennen Sie mich gefälligst ›Sir‹.«

»Sie sind wohl geadelt worden, was?« Lugg schob sich ins Zimmer und schloss die Tür hinter sich. »Ich bin froh, dass der Junge weg ist. Ich kann vornehme Leute nicht ausstehen.«

Campion setzte sich die Brille auf.

»Sie sind unmöglich«, stellte er fest. »Auf irgendeine Weise werden Sie sich bis morgen früh als Kammerdiener qualifizieren müssen. Ich weiß nicht, ob Ihnen das klar ist, aber Sie schaden meinem gesellschaftlichen Ansehen.«

»Das könnte Ihnen so passen, sich hinter gebildetem Gerede verstecken!« Lugg legte schwer die Hand auf den Tisch. »Zeigen Sie mal, was Sie in der Tasche haben.«

Campion griff in die Tasche und präsentierte folgsam den Revolver.

»Hab ich mir's doch gedacht.« Lugg untersuchte den Colt sorgfältig und reichte ihn dann mit verächtlicher Miene seinem Arbeitgeber zurück. »Es liegt also etwas in der Luft. Sie sind nervös wie ein Zitteraal. Na, ich bin auch vorbereitet, auf meine Weise.« Er steckte die Hand in die Tasche und zog einen Totschläger mit abgenutzter Handschlaufe heraus. »Mich erwischt keiner mit einer Kanone. Ich lasse mich für keinen Wanderpokal einlochen – aber ich gehöre ja auch nicht zu den feinen Leuten. Und ich weiß gar nicht, warum Sie immer so mit dem Geld angeben, das Sie von Ihrem Onkel geerbt haben. Ich weiß, dass es gerade mal für die Rechnung vom Schneider gereicht hat. Sie bringen uns noch beide so weit, dass wir uns eine anständige Arbeit suchen müssen, wenn Sie weiter so weichherzig sind und gefährliche Aufträge für lau übernehmen.«

Er schwieg eine Weile, dann beugte er sich vor. Seine ganze Haltung hatte sich geändert und ungewöhnlicher Ernst sprach aus seinen kleinen schwarzen Augen.

»Sir«, sagte er eindringlich, »hauen wir einfach ab.«

»Mein Lieber«, entgegnete Campion mit entwaffnender Dümmlichkeit, »ich habe mir die Suppe eingebrockt, nun muss ich sie auch auslöffeln. Und Sie, mein Bester, werden sich brav in Bereitschaft halten. Zugegeben, es ist schwierig. Gyrth ist ein netter Kerl, aber er weiß nicht, was uns bevorsteht. Man kann ja auch kaum von ihm erwarten, dass er die Bedeutung der *Societé Anonyme* auf Anhieb erfasst. Sind Sie sicher, dass es Natty Johnson war?«

»Wofür halten Sie mich – für ‘nen Privatdetektiv?«, empörte sich Lugg. »Klar habe ich ihn gesehen. In voller Lebensgröße, so klein, wie er ist. Mir gefällt das nicht.«

Er blickte sich nervös um und trat einen Schritt näher.

»An der Sache ist was Unheimliches dran«, hauchte er. »Da sitze ich unten in der Schankstube, und so ein alter Knacker rückt mit einer schauerlichen Geschichte heraus. Wissen Sie, dass die oben im Schloss ein Ungeheuer mit zwei Köpfen haben?«

»Wo?«, fragte Campion verdutzt.

»Oben im Tower – wo wir hin sollen. Ich lege mich nicht mit Gespenstern an, damit Sie’s nur wissen.«

Campion musterte seinen getreuen Gefolgsmann genauer.

»Mein Lieber, Sie haben sich auf den Arm nehmen lassen.«

»Na schön, Sie Besserwisser«, grollte Lugg. »Aber es ist zufällig die Wahrheit. Die haben im Ostflügel einen geheimen Raum, wo irgendein furchtbares Familiengeheimnis versteckt ist. Es gibt ein Fenster, aber es gibt keine Tür, und wenn der Sohn des Hauses fünfundzwanzig wird, nimmt ihn der Vater und zeigt ihm das Grausige, und danach ist er nie mehr so wie früher. Wie der König, der die Schlange gegessen hat. Deshalb warten sie mit der Volljährigkeitserklärung, bis der Junge alt genug ist, den Schock auszuhalten.« Er machte eine dramatische Pause und setzte dann erläuternd hinzu: »Der Typ, der mir das erzählt hat, war ein bisschen angesäuselt, und die anderen haben versucht, ihn am Reden zu hindern. Man hat gleich gemerkt, dass es wahr ist – die hatten solchen Bammel. Es muss ein Ungeheuer sein – etwas, das man mit einer Pumpe füttert.«

»Lugg, setzen Sie sich«, sagte er – ganz anders, als er sonst zu sprechen pflegte. Der Dicke gehorchte überrascht.

»Jetzt hören Sie mal zu«, sagte sein Arbeitgeber grimmig. »Sie werden das alles sofort wieder vergessen, Lugg. Da Sie schon so viel wissen, sollen Sie gleich die ganze Wahrheit erfahren. Die Gyrths sind eine Familie, die schon etwas darstellte, als Ihre Vorfahren noch von Ast zu Ast hüpften. Und im Ostflügel des Tower gibt es tatsächlich einen Raum ohne sichtbaren Eingang. Die Geschichte, dass der Sohn an seinem fünfundzwanzigsten Geburtstag in das Geheimnis eingeweiht wird, stimmt ebenfalls. Es handelt sich um eine fast religiöse Zeremonie im Rahmen der Familie. Aber merken Sie sich eines: Das geht uns nichts an. Was auch immer das Geheimnis der Gyrths sein mag, es geht niemanden etwas an, nur sie selbst, und wenn Sie auch nur ein Wort darüber fallen lassen, zu wem auch immer, dann haben Sie einen unverzeihlichen Fehler begangen und es ist besser für sie, wenn sie mir dann nicht mehr unter die Augen kommen.«

»Schon gut, Chef. Schon gut.« Lugg genierte sich und war ein bisschen nervös. »Aber ich bin froh, dass Sie's mir erzählt haben. Ich hab schon richtig Angst gehabt. Aber es gibt da noch ein paar Sachen, die ich hier nicht nett finde. Zum Beispiel: Wie ich drüben aus der Garage komme, steckt eine Frau den Kopf aus dem Kramladen nebenan heraus. Mich hat es ganz schön gerissen. Sie war ganz kahl, nicht nur so ein bisschen dünn oben auf dem Kopf, nein, ganz ohne Haare. Ich erkundige mich nach ihr, und die Leute erzählen mir was von Hexerei und Gespenstern und Verwünschungen. Hier ist es nicht geheuer. Ich glaube ja nicht daran, aber gefallen tut's mir trotzdem nicht. Sie haben da auch einen Wald, in dem es spukt, und einen Haufen Zigeuner in irgendeinem Tal. Lassen Sie uns wieder nach Hause fahren.«

Campion betrachtete seinen Mitarbeiter mit großen Augen.

»Gut, Sie haben Ihren Spaß gehabt. Aber sind Sie sicher, dass Ihr redseliger Freund Ihnen keinen Bären aufgebunden hat? Wie viele Biere haben Sie spendieren müssen, bis das alles heraus war?«

»Das werden Sie sehen, wenn ich meine Spesenabrechnung vorlege«, erwiderte Lugg unverschämt. »Was machen wir heute Abend? Gehen wir bummeln oder bleiben wir hier?«

»Wir lassen uns nicht blicken«, bestimmte Campion.

»Ich habe Ihnen ein Buch über *Verhaltensregeln für höhere Bedienstete* gekauft. Es kann nichts schaden, wenn Sie das gründlich studieren. Sie bleiben hier und machen Ihre Hausaufgaben.«

»Quatsch!«, knurrte Lugg. »Ich gehe jetzt und packe Ihren Koffer aus. Ach was, ein ruhiger Anfang bedeutet meistens ein rasches Ende. Ich werde Ihnen ein Denkmal aufs Grab stellen: Eine lebensgroße Statue von Ihnen, als Engel verkleidet – mit einer Hornbrille aus Gold.«

Er trollte sich.

Campion stand am Fenster und blickte in die Dämmerung hinaus. Doch er fand keine Ruhe. Seine Augen hinter den Brillengläsern blickten sorgenvoll, und ein- oder zweimal überlief ihn ein Schauder. Er fühlte sich bei jedem Schritt behindert. Kräfte waren da draußen am Werk, die aufzuhalten er keine Macht besaß, Kräfte, die besonders gefährlich waren, weil er sie nicht kannte, Feinde, die er nicht zu erkennen vermochte.

Bald darauf schloss er das Fenster und begab sich zu Tisch, wo das beste Abendessen, das Mrs. Bullock zu bieten hatte, auf ihn wartete. Er aß geistesabwesend. Ab und zu hielt er inne und lauschte konzentriert den schwachen Geräuschen, die von draußen hereindrangen.

Doch der Sturm brach erst am nächsten Morgen los, als er auf einem rustikalen Bett unter einer alten Steppdecke mit einem wunderschön gehäkelten Bezug lag.

Ein wildes Getrommel an seine Tür weckte ihn, und als er sich auf den Ellbogen aufstützte, sah er Mrs. Bullock vor sich, rot im Gesicht und völlig verschreckt .

»Oh, Sir«, stammelte sie, »wenn Sie Mr. Vals Freund sind, dann sollten Sie sofort zum Tower eilen. Es geht um Lady Pethwick, Sir, Vals Tante. Man hat sie heute früh nach Haus gebracht, Sir, sie ist mausetot.«

7

Der Tower bei Sanctuary sah schön aus, obwohl er es für sich genommen nicht war. Fast ganz verdeckt von großen Eichen und Zedern stand er auf der Kuppe des Hügels inmitten eines weitläufigen Parks. Es bestand aus einer Unmenge von Gebäuden, von denen jedes ein hervorragendes Beispiel nahezu aller Stile der englischen Architektur darstellte.

Trotz des seltsamen Konglomerates von Stilen wirkte der alte Bau ausgesprochen eindrucksvoll, ja sogar majestätisch. Schon allein die Größe war bewundernswert, denn jedes Zeitalter hatte etwas hinzugefügt.

Die leichten Anzeichen der Vernachlässigung der Rasenflächen und Gartenanlagen, die auf die gestiegenen Arbeitslöhne und eine mörderische Grundsteuer zurückzuführen waren, milderten den Eindruck der pompösen Pracht lediglich, und im Morgendunst sah es freundlich und einladend aus, obwohl der altehrwürdige Wagen des Arztes vor dem Tor stand und hinter allen Fenstern an der Vorderseite die Jalousien herabgelassen waren.

Val und Penny standen am Fenster eines großen, schäbigen Zimmers im hinteren Trakt des Westflügels. Penny war sehr blass. Seit dem vergangenen Abend schien sie um Jahre gealtert. Ihr schlichtes weißes Kleid unterstrich noch die Blässe ihres Gesichts, und ihre Augen schienen größer und dunkler geworden zu sein. Auch Val sah ziemlich mitgenommen aus.

»Hör mal«, sagte er, »ich habe Campion verständigen lassen, er soll heraufkommen, wie es abgemacht war. Es war sicher Tantes Herz, was sonst, aber es ist unangenehm, dass es so passieren musste. Ich fand sie gestern Abend beim Essen unerträglich aufgedreht.« Er riss sich zusammen. »Ich weiß, ich sollte nicht so über sie sprechen, aber es wäre falsch, so zu tun, als hätten wir sie gemocht.«

Er blieb eine Weile stumm, dann fuhr er bedrückt fort: »Im Dorf wird man sich darüber den Mund zerreißen. Dass man sie einfach so in Pharisee's Clearing gefunden hat! Auf einer Lichtung mitten im Wald. Was hat sie bloß da draußen in der Nacht zu suchen gehabt?«

Penny überlief ein Schauder, und plötzlich schlug sie die Hände vors Gesicht.

»Oh, Val«, sagte sie. »Hast du sie gesehen? Ich war heute Früh als Erste unten in der Halle, als Will und sein Sohn sie auf einer Hürde hereinbrachten. Der Ausdruck auf ihrem Gesicht – den werde ich nie vergessen. Sie hat etwas Grauenhaftes gesehen, Val. Sie ist vor Schreck gestorben.«

Der junge Mann legte den Arm um sie und schüttelte sie unsanft. »Denk nicht mehr daran«, gebot er. »Sie hatte ein krankes Herz, und sie ist gestorben, das ist alles. Das hat nichts zu tun mit – mit der anderen Sache.«

Doch sein Tonfall klang nicht sehr überzeugt und Penny fühlte sich nicht getröstet, da sie spürte, dass er nicht nur versuchte, sie zu beruhigen, sondern auch sich selbst etwas einzureden.

Ihre Nerven waren so angespannt, dass sie beide heftig zusammenzuckten, als es klopfte. Die Tür öffnete sich und der alte Dr. Cobden trat ein. Der Mann, der sie beide auf die Welt gebracht hatte und der, solange sie zurückdenken konnten, für sie immer die höchste Instanz gewesen war.

Er war ein korpulenter, gütiger alter Herr mit kurz geschnittenem weißem Haar und ungeheuren weißen Augenbrauen. Er trug einen etwas formlosen rauen Tweedanzug, der seine füllige Figur knapp umschloss.

Er durchmaß, einen leichten Jodoformgeruch verströmend, mit ausgestreckter Hand das Zimmer.

»Val, mein Junge, ich freue mich, dich zu sehen«, sagte er. »Du hättest zu keinem besseren Zeitpunkt zurückkehren können. Dein Vater und das Anwesen haben dich schon in letzter Zeit dringend gebraucht, aber noch nie so sehr wie jetzt.« Er wandte sich an Penny und tätschelte ihr zart die Hand. »Nimm dich zusammen, Liebes. Ich weiß, es war ein schwerer Schock, aber du brauchst keine Angst zu haben. Ich bin froh, dass ich euch beide allein antreffe. Ich wollte mit euch sprechen. Von deinem Vater, mein Lieber, kann man in so einer schwierigen Lage keine Unterstützung erhoffen.«

Er sprach rasch und mit einer Sachlichkeit, die die beiden zu respektieren gelernt hatten. Val warf ihm unter gesenkten Wimpern einen Blick zu.

»Es wird wohl eine gerichtliche Untersuchung der Todesursache geben, Sir?«, fragte er.

Dr. Cobden brachte einen Zwicker zum Vorschein und begann die Gläser mit einem riesigen weißen Taschentuch zu polieren.

»Aber nein, Val. Ich glaube, das wird nicht nötig sein. Ich bin der Coroner dieses Bezirks, nicht wahr. Ich hätte es vermutlich als meine Pflicht erachtet, den Tod deiner Tante unter die Lupe zu nehmen, wenn ich sie in letzter Zeit nicht so oft behandelt hätte, aber nun sehe ich wirklich keine Notwendigkeit dazu.« Er blickte die beiden bedeutsam an. »Sie hat immer in Gefahr geschwebt. Jeder große Schreck hätte ein Versagen des Herzens herbeiführen können, nicht wahr, aber sie war sowieso schon immer so nervös, die Ärmste, da habe ich keinen Grund gesehen, ihr zusätzlich Angst zu machen.«

»Aber Doktor, irgend etwas hat sie furchtbar erschreckt! Ihr Gesicht –«

Penny konnte sich nicht länger zurückhalten. Das fleckige Gesicht des alten Arztes nahm eine dunklere Färbung an.

»Mein liebes Kind«, sagte er, »der Tod ist oft hässlich. Es tut mir Leid, dass du deine Tante gesehen hast. – Natürlich«, setzte er hastig hinzu, als er ihre zweifelnden Blicke bemerkte, »muss sie einen Schock erlitten haben, nicht wahr. Wahrscheinlich hat sie eine Eule gesehen oder sie ist auf einen Hasen getreten. Ich habe sie vor diesen dummen nächtlichen Spaziergängen gewarnt. Eure Tante war schon eine äußerst merkwürdige Frau.«

Er hustete.

»Manchmal«, fuhr er fort, »hielt ich sie allerdings für eine ziemlich törichte Frau. All dieser halbmystische Unsinn war für sie in ihrem Zustand sehr gefährlich. Und damit sind wir bei der Sache angelangt, die ich mit euch besprechen wollte. Euer Vater soll nicht damit belästigt werden. Ich habe ihm geraten, sich auszuruhen. Er ist in seinem Zimmer, und ich möchte nicht, dass er gestört wird. Also, Val, ich wünsche, dass die ganze Bande, die deine Tante eingeladen hat, noch heute das Haus verlässt.« Er machte eine Pause und seine kleinen funkelnden Augen richteten sich fragend auf den jungen Mann. »Ich weiß nicht, wie viele es sind oder wer sie sind. Irgendwelche – äh – Bohemiens, angeblich. Diese Leute gehen deinem Vater auf die Nerven. Ich weiß nicht, was deiner Tante eingefallen ist, das Haus mit Dutzenden von Fremden voll zu stopfen.«

Penny schaute etwas verwundert drein.

»Es sind nur sieben Gäste da, und die halten sich gerade im Kelchhaus auf«, erklärte sie. »Wir bekommen sie nicht allzu oft zu Gesicht. Tante hat sie meistens für sich behalten.«

»Ach so.« Der Doktor wirkte sehr erleichtert. »Euer Vater hat so getan, als habe hier irgendwo eine ganze Armee Irrer ihr Lager aufgeschlagen. Ich glaube, sie werden keine Schwierigkeiten machen. Sie werden jetzt wohl kaum hier bleiben wollen, nicht wahr.«

Dem alten Mann war sichtlich ein Stein vom Herzen gefallen.

»Nur noch eines«, sagte er etwas langsamer als sonst, seine Worte mit Bedacht wählend. »Was die Beerdigung betrifft, würde ich – äh – zu einer raschen Erledigung raten, nicht wahr. So wenig Aufhebens wie möglich. Ich halte es für überflüssig, das Haus mit Trauergästen zu füllen. Kein Abschiednehmen am Sarg oder ähnlich morbider Unfug. Es tut mir Leid, dass ich so offen sprechen muss«, fuhr er zu Val gewandt fort, »aber wir müssen an deinen Vater denken. Dein fünfundzwanzigster Geburtstag steht bevor, nicht wahr, mein Junge, also eine sehr anstrengende Zeit für dich und deinen Vater.« Er ließ seine Worte eine Weile wirken. Dann sagte er sachlich: »Gibt es nahe Verwandte, die beleidigt sein könnten?«

Penny überlegte.

»Da wären Onkel Lionels Brüder«, gab sie zu bedenken.

»Ach, wegen denen mach dir keine Sorgen. Schreib ihnen und lass es dabei bewenden.«

Der Doktor tat die Verwandtschaft des seligen Sir Lionel Pethwick mit einer Handbewegung ab. Penny legte ihm liebevoll die Hand auf den Arm.

»Sie Schatz!«, sagte sie. »Sie wollen uns ja nur alles vertuschen helfen.«

»Mein liebes Kind!« Der alte Herr schien entrüstet zu sein. »So ein Unsinn ist mir noch nie zu Ohren gekommen. Es gibt nichts zu vertuschen. Ich nehme nur Rücksicht auf deinen Vater, wie ich schon mehrfach gesagt habe. Ihr jungen Leute hört nur zu gern auf das Gerede der abergläubischen Landbevölkerung. So etwas wie einen Ausdruck des Grauens auf einem toten Gesicht gibt es nicht. Es ist der Tod selbst, der grauenhaft aussieht. Ein plötzliches Ableben ist immer etwas Furchtbares. Ich werde dir ein Beruhigungsmittel zurechtmachen, Penny. Lass es von einem eurer Leute holen. Du nimmst es dreimal täglich und gehst früh zu Bett. Ich werde bei Robertson in Sudbury vorbeischauen, Val. Du kannst alles ihm überlassen. Ich würde die Beisetzung für Mittwoch festsetzen. Ich möchte nicht gefühllos erscheinen, aber je eher ihr das hinter euch bringt, desto besser. Ihr seid schließlich moderne junge Leute. Ich werde jetzt gehen«, verkündete er und wandte sich zur Tür. »Ihr braucht mich nicht zu begleiten. Ich möchte unten noch ein paar Worte mit Branch sprechen. Ich glaube, der alte Gauner ist tüchtiger als ihr alle zusammen. Auf Wiedersehen. Ich komme morgen auf einen Sprung herüber. Auf Wiedersehen, Penny, mein Liebes.«

Er schloss fest die Tür hinter sich und sie hörten ihn über das Parkett des Korridors davon gehen.

Penny wandte sich mit angstvoll geweiteten Augen ihrem Bruder zu.

»Val, er hat einen Verdacht«, sagte sie. »Ein stilles Begräbnis, das sieht ihm doch gar nicht ähnlich. Weißt du noch, Mutter pflegte zu sagen, er sei bei einer Beerdigung immer so stolz, als wäre er für die ganze Angelegenheit direkt verantwortlich? Ihm gefällt die Sache nicht. Arme Tante Di, sie war eine Nervensäge, aber ich hätte mir nie träumen lassen, dass alles so schnell und schrecklich enden würde. Ich gäbe alles darum, wenn ich noch einmal hören könnte, wie sie ihre ›seelische Reaktion‹ beim Sonnenuntergang in Monaco beschreibt.«

»Soll das heißen, du glaubst nicht, dass es eine Herzattacke war?«, fragte Val beunruhigt.

»Ach, Unsinn«, wehrte Penny ab. »Natürlich war es das. Aber ich denke, der Doktor hat genau wie ich den Eindruck, dass sie etwas Furchtbares gesehen haben muss. Und es gibt wirklich etwas Furchtbares in Pharisee's Clearing. Irgendetwas geht da vor, was wir nicht begreifen – ich weiß es schon lange. Ich –«

Ein leises Klopfen ließ sie verstummen, und als sie sich umwandten, sahen sie im Türspalt ein blasses, nichtssagendes Gesicht mit einer riesigen Hornbrille.

»Auftritt der verdächtigen Gestalt«, meldete Campion, während er sich vollends in den Raum hereinschob. »Übrigens – ich habe unten einen zornigen alten Herrn getroffen, der mir eröffnete, um sechs Uhr fünfzehn fahre ein Güterzug von Hadleigh ab. Hoffentlich war das nicht euer Vater, Kinder.«

Nach einer kleinen Pause fügte er verlegen hinzu: »Unten im Dorf geht das Gerücht um, etwas Entsetzliches habe sich ereignet.«

Val trat auf ihn zu.

»Wissen Sie, Campion, alles ist so verteufelt mysteriös, und das ist schrecklich. Tante Di wurde von zwei Landarbeitern hereingebracht. Sie haben sie auf einer Lichtung im Wald gefunden, nicht weit von hier. Sie war tot, und die beiden behaupten, sie trage einen Ausdruck des Entsetzens im Gesicht, aber das ist einfach unmöglich. Das war übrigens der Arzt, den Sie gerade getroffen haben. Er stellt den Totenschein aus, aber ich kann mir nicht helfen, ich habe das Gefühl, er wäre keineswegs so hilfsbereit, wenn er uns nicht so gut kennen würde. Vater hat sich eingeschlossen und der Doktor hat ausdrücklich Anweisung gegeben, Tantes Gäste so bald wie möglich hinauszuwerfen.«

Er hielt inne, um Luft zu holen.

»Einen Ausdruck des Entsetzens?«, fragte Campion. »Jetzt verstehe ich überhaupt nichts mehr. Es tut mir furchtbar Leid, dass das passiert ist, Val. Wie weit sind Sie mit Ihrem Vater?«

»Ach, das ist in Ordnung«, versicherte Val hastig. »Ich hätte schon früher nach Hause kommen sollen. Ich habe mich zu viel mit meinen eigenen Angelegenheiten beschäftigt. Jedenfalls ist er Ihnen sehr dankbar. Er wollte Sie schon gestern Abend her bitten. Ich musste ihm andeuten, wer Sie sind – das nehmen Sie mir doch nicht übel? Er scheint alles zu verstehen. Offen gestanden, ich war verblüfft, wie bereitwillig er die ganze Geschichte aufgenommen hat.«

Campion gab keine Antwort; er lächelte dem jungen Mann bloß freundlich an. Val schien erleichtert zu sein.

»Und jetzt sollte ich wohl gehen und die anrüchigen Bohemiens hinausschmeißen. Ich nehme nicht an, dass Sie sich mit ihnen unterhalten wollen, Campion.«

Der junge Mann mit dem netten, nichtssagenden Gesicht schüttelte den Kopf.

»Nein. Ich halte es für besser, sie nicht kennen zu lernen. Da wäre nur eines. Branch wird sich doch um das Gepäck kümmern?«

»Ja, das will ich doch annehmen«, antwortete Val fast gereizt.

»Gut«, fand Campion. »Sorgen Sie dafür, dass er es auch wirklich tut. Übrigens – er und Lugg haben in der Halle Wiedersehen gefeiert, als ich hier eintraf.« Er wandte sich an Penny. »Während Ihr Bruder die Gäste hinausexpediert, können Sie so freundlich sein, mich auf die Lichtung zu führen, wo man Lady Pethwick gefunden hat.«

Sie blickte ihn überrascht an, aber seine Miene war so sanft und unschuldig wie immer.

»Aber natürlich«, sagte sie.

»Vielleicht könnten wir einen Hinterausgang nehmen, wenn es hier einen gibt«, ersuchte Campion. »Ich möchte meinen schlechten Geschmack nicht zur Schau stellen.«

Val warf seiner Schwester einen Blick zu und zögerte.

»Wir kennen die genaue Stelle nicht«, gab er zu bedenken.

»Versteht sich von selbst«, entgegnete Campion und folgte Penny hinaus.

Sie stiegen eine flache elisabethanische Treppe hinunter und gelangten über einen breiten, steingepflasterten Gang durch eine Seitentür in einen Blumengarten. Als Campion blinzelnd in den Sonnenschein hinaustrat, fasste ihn das Mädchen am Arm.

»Schauen Sie«, sagte sie. »Von hier aus können Sie das Kelchhaus sehen.«

Er blickte in die angegebene Richtung und sah ein eigenartiges rechteckiges Gebäude, das, wenn man vor dem Haus stand, nicht zu sehen war, da es durch den enormen Ostflügel verdeckt wurde.

Es erhob sich inmitten eines eigenen Hofes, hatte zwei Geschosse und war aus Feldsteinen und Eichenfachwerk errichtet. Das untere Geschoss barg offensichtlich die Kapelle, in der der Kelch aufbewahrt wurde. Im Obergeschoss waren mehrere Fenster, die vermutlich zu einer Zimmerflucht gehörten.

Campion betrachtete den Bau. Die Sonne spiegelte sich in seinen Brillengläsern.

»Die Künstlerfreunde Ihrer Tante befinden sich im Obergeschoss, nehme ich an?«, fragte er.

»Oh, ja«, antwortete Penny rasch. »Die Kapelle ist immer abgesperrt.«

Campion zögerte.

»Es besteht doch kein Zweifel, dass das Kleinod im Moment in Sicherheit ist?«, erkundigte er sich.

Das Mädchen starrte ihn entgeistert an.

»Aber natürlich! Ich fürchte, durch das Gerede von dem Porträt meiner Tante mit dem Kelch haben Sie einen falschen Eindruck bekommen. Es waren immer zwei von unseren Dienern dabei – Branch und noch jemand –, und nach jeder Sitzung hat man den Kelch auf seinen Platz zurückgestellt und die Türen abgesperrt. – Über der Kapelle sind drei Räume«, erläuterte Penny. »In alten Zeiten die Privaträume der ›Maid vom Kelch‹. Tante Diana hatte sich das größte Zimmer als eine Art Atelier eingerichtet, aber in den beiden kleinen Kammern schlafen die Männer, die sich um den Garten und die Kapelle kümmern. In den ersten Stock führt eine Außentreppe.«

»Oh«, sagte Campion.

Sie schritten auf dem breiten Grasweg zur Gartenpforte. Eine Zeit lang schwiegen sie, dann ergriff das Mädchen unvermittelt das Wort.

»Campion, ich habe Val gestern Abend überredet, mir alles zu erzählen – ich meine, über die Gefahr, die dem Kelch droht. Sie müssen mich mithelfen lassen. Ich kann Ihnen nämlich recht nützlich sein.« Sie senkte die Stimme. »Erstens einmal bin ich frei von dem Schatten der Geheimkammer, und außerdem« – ein melancholisches Lächeln huschte über ihr Gesicht – »bin ich jetzt die ›Maid vom Kelch‹. Ich habe ein Recht, an der Sache teilzuhaben, und Sie können auf mich zählen.«

»Ich werde Sie beim Wort nehmen«, erwiderte Campion unerwartet. »Aber jetzt sollten wir uns lieber beeilen.«

Sie gingen durch die Gartenpforte und über die dahinter liegende große Wiese, die an der linken Seite von einer dichten Baumreihe gesäumt wurde. Nach einiger Zeit erreichten sie ein kleines Eisentor und schlugen einen Fußpfad ein, der tief ins Grüne hineinführte.

»Pharisee's Clearing liegt gleich da drüben«, erläuterte Penny. »Es ist im Grunde nichts weiter als ein Streifen Wiese, der unseren Wald von dem Forst trennt, der zu Tye Hall gehört, wo Beth wohnt.«

»Aha«, sagte Campion. »Und wo ist Fox Hollow?«

Sie warf ihm einen Blick zu.

»Das haben Sie sich gemerkt? Das ist weiter oben auf der anderen Seite ihres Waldlandes. Vater hatte wirklich Grund, sich zu beschweren, wissen Sie, aber Professor Cairey ist kein Jäger, daher kann man nicht erwarten, dass er dafür Verständnis hat. Und überhaupt, er hätte wenigstens mit sich reden lassen können. Vater ist in dieser Hinsicht manchmal so stur.«

»Professor?«, wiederholte Campion sinnend. »Welche Fachrichtung denn?«

»Archäologie«, antwortete Penny unverzüglich. »Aber Sie denken doch nicht etwa –«

»Mein liebes Mädchen«, sagte Campion. »Ich sehe den Wald vor lauter Bäumen nicht.« Plötzlich wurde er ernst. »Wissen Sie, wenn wirklich jemand den Tod Ihrer Tante herbeigeführt hat, dann weiß ich nicht, was ich davon halten soll. Ich bin völlig ratlos.« Er schaute sich um. »Das ist hier wohl ein ergiebiger Jagdgrund für Wilderer, oder?«

Penny schüttelte den Kopf.

»Ich glaube, es gibt in Sanctuary keinen Menschen, der sich nach Einbruch der Dunkelheit hierher wagen würde.« Sie verstummte für einen Moment, so als überlegte sie, ob sie weiter sprechen sollte. »Ich komme mit den Leuten aus dem Dorf sehr gut aus«, sagte sie plötzlich. »Und natürlich höre ich eine ganze Menge Gerüchte. Die Leute glauben, dass es in diesem Wald und auf der Lichtung spukt. Und zwar soll hier nicht nur ein Gespenst umgehen, sondern etwas viel Schlimmeres. Soviel ich weiß, hat es nie jemand gesehen, aber Sie wissen ja, wie die Leute vom Land so sind.«

»Ich dachte, diese Rasse sei längst ausgestorben«, sagte Campion. »Dahin sind die molligen Milchmädchen und die greisen Feldhüter meiner Jugendzeit. Man sieht sie nicht einmal mehr im Kino.«

Penny lächelte schwach.

»Wir sind hier ziemlich der Zeit hinterher. Wir haben sogar eine eigene Hexe – die arme alte Mrs. Munsey. Sie lebt mit ihrem Sohn in einer winzigen Kate ein Stück außerhalb des Dorfes. Die beiden sind nicht ganz richtig im Kopf, die Ärmsten. Keiner kann sie leiden und sie sind beide so abweisend, dass man nichts für sie tun kann. Sammy Munsey ist wohl der Dorftrottel, aber die Alte ist eine richtige Giftkröte. Und deshalb –« Sie zögerte. »Sie werden mich jetzt wahrscheinlich für albern halten, aber sie hat Tante Di beim letzten Vollmond mit einem Fluch belegt, und vergangene Nacht war ebenfalls Vollmond.«

Sie errötete und blickte verstohlen zu ihrem Begleiter hinüber.

»Jetzt, nachdem ich es laut gesagt habe, kommt es mir

blöd vor«, bemerkte sie. »Vielleicht ist es auch gar nicht wahr. Es ist nur Klatsch.«

Campion sah sie fragend an. »Hat Mrs. Munsey schon früher jemanden mit so durchschlagendem Erfolg verwünscht? Wie ist sie überhaupt in den Verdacht geraten?«

Das Mädchen zuckte die Achseln.

»Ich weiß es nicht genau. In unserer Kirche gibt es noch ein Verzeichnis der Hexen, die 1624 verbrannt worden sind – das Dorf ist Cromwell entgangen, müssen Sie wissen –, und jeder zweite Name auf der Liste lautet Munsey. Das spielt zum Teil mit, und dann – die arme Alte ist kahlköpfig. Im Winter macht das nichts aus, da trägt sie eine Art Haube, aber wenn es heiß ist, läuft sie so herum. Tante Di hat sich immer bemüht, nett zu ihr zu sein, aber sie war nun mal ziemlich herrisch, und das konnte die alte Vettel anscheinend nicht vertragen. Halten Sie mich jetzt für verrückt?«

»Meine liebe junge Dame«, dozierte Campion, »es gibt eine Menge absonderlicher Berufe. Hexerei ist nichts Ungewöhnliches. Ich war früher auch so etwas wie ein Zauberer, und einmal habe ich auf einer Seereise nach Oslo versucht, einen besonders unausstehlichen alten Mann in einen Seehund zu verwandeln. Der Widerling fiel tatsächlich über Bord, und als man ihn retten wollte, wurde lediglich ein kleines Walross herausgefischt, aber ich war mir nie sicher, ob ich dafür verantwortlich war oder nicht. Der Bart war bei beiden der gleiche, aber das war alles. Ich habe mich oft gefragt, ob ich damals Erfolg hatte. Danach habe ich mich mit Radiozubehör befasst.«

Penny starrte ihn verdutzt an, doch er schien ganz ernst zu sein. Sie hatten unterdessen die Hälfte des Waldes hinter sich. Es war ein wahres Feenreich aus kühlen, grünen Laubengängen mit moosbewachsenem Boden und einem winzigen Wasserlauf, der sich zwischen den Baumwurzeln dahinschlängelte.

Penny deutete auf einen Sonnenfleck, der weit voraus das Ende des Pfades bezeichnete.

»Dort hinten liegt Pharisee's Clearing. ›Pharisee‹ bedeutet ›Elfe‹, wissen Sie?«

Campion nickte.

»Im Wald müssen Sie sich mit Äußerungen über Elfen zurückhalten«, warnte er. »Sie könnten sich beleidigt fühlen.«

Sie gingen weiter und erreichten endlich den Rand der Lichtung. Sie war eigentlich ein winziges Tal, zu beiden Seiten von Bäumen begrenzt, und wirkte sogar im hellen Licht des Vormittags ein klein wenig unheimlich. Das graugrüne Gras wuchs nur spärlich, überall lagen große Steine verstreut; ein kahler, unwirtlicher Ort, wenig anziehend nach der Schönheit des Waldes.

Das Mädchen blieb fröstelnd stehen.

»Hier war es«, sagte sie leise. »Soviel ich von Will Tiffin erfahren konnte, lag Tante Di ganz dicht hier neben dem Zugang – mit dem furchtbaren Ausdruck im Gesicht.«

Campion stand regungslos da und betrachtete die Szenerie. Sein blasses Gesicht war noch ausdrucksloser als sonst. Penny schöpfte tief Atem.

»Campion, ich muss Ihnen was anvertrauen. Ich habe bis jetzt darüber geschwiegen, aber wenn ich es nicht bald jemandem erzähle, werde ich noch verrückt.«

Die Worte sprudelten nur so aus ihr heraus, und Röte überflutete ihre Wangen.

»Will Tiffin hat es mir heute Morgen gesagt, und er musste mir schwören, keine Silbe davon weiter zu sagen. Als er sie fand, lag sie hier auf dem Rücken, nicht zusammengekrümmt oder verbogen, wie es hätte sein müssen, wenn sie liegen geblieben wäre, wo sie gestürzt war, sondern steif und ausgestreckt, mit gefalteten Händen und geschlossenen Augen. Begreifen Sie denn nicht –« Ihre Stimme bebte und sank zu einem Flüstern herab. »Will sagte, sie habe ausgesehen wie aufgebahrt.«

8

»Sie würden mir einen Dienst erweisen, Lugg, wenn Sie mich nicht mehr Nummer 705 nennen würden. Sir Percival erwies meinem Vater die Ehre, meinen kleinen Fehltritt vor fünfundzwanzig Jahren zu vergessen.«

Mr. Branch, ein kleiner, würdevoller Mann in schwarzem Jackett und schwarzer Krawatte, schaute seinen ehemaligen Freund fast flehentlich an.

»Denken wir lieber nicht mehr daran«, fügte er unter Verzicht auf seine offizielle Stimme in seinem heimatlichen Suffolkdialekt hinzu.

Lugg, selbst in vornehmes Schwarz gehüllt, schnaubte verächtlich.

»Wie du willst. Jedenfalls hast du das Zeug aus der Mappe stibitzt, wie wenn du noch nicht ganz aus der Übung wärst.«

Er machte eine Kopfbewegung in Richtung auf einen Stapel Aquarelle und Bleistiftzeichnungen, die mit der Bildseite nach unten auf einer Kommode lagen. Die beiden Männer befanden sich in einem der kleineren, nach vorn hinausgehenden Schlafzimmer, das derzeit nicht benutzt wurde.

Der kleine Mann wurde ganz zappelig vor Nervosität.

»Ich werde meines Lebens erst dann wieder froh, wenn die aus dem Haus sind«, sagte er. »Es gehört nicht zu meinen regulären Aufgaben, Koffer zu packen. Die Haushälterin würde sofort Lunte riechen, wenn Beschwerden kommen.«

»Es wird keine Beschwerden geben«, versicherte Lugg

gereizt. »Wie oft soll ich dir das noch sagen? Mr. Gyrth und mein Chef haben gesagt, sie übernehmen die volle Verantwortung. Das Leben bei den Fleischtöpfen hier unten hat dich schlapp gemacht, mein Sohn.«

Branch warf seinem Gegenüber unter gesenkten Wimpern einen Blick zu.

»Dein Campion!«, betonte er. »Es sollte mich überhaupt nicht wundern, wenn sein wirklicher Name mit K beginnt. Und wenn ich es mir richtig überlege, sollte er mit Vornamen Rudolph heißen.«

Lugg starrte ihn mit offenem Mund an.

»Wie kommst du denn auf die Idee?«, wollte er wissen.

Sein Freund wiegte wissend den Kopf.

»Ein Bediensteter in einem großen Haus, der das Vertrauen der Familie genießt, kriegt allerhand mit – ganz instinktiv«, meinte er. »Familienähnlichkeit – Familiensitten – kleine Angewohnheiten und so weiter.«

Lugg war ganz gegen seinen Willen beeindruckt.

»Donnerwetter! Und wie bist du meinem Chef auf die Schliche gekommen?«

»Vor etwa einer Stunde«, hub Branch an, »begab ich mich in Campions Zimmer, um nachzusehen, ob die Mädchen ihre Arbeit schon beendet hatten. Ganz zufällig erblicke ich dabei seinen Schlafanzug. Lila Streifen – Seide – Hersteller Dodds. Zuerst denke ich mir nichts dabei. Aber dann fällt mir ein Stück Flanell auf, quer über den Schulterblättern, von der Firma eingenäht. Also, das ist doch eine blöde Idee, das kann doch nur einer Frau einfallen. Und ich bilde mir ein, ich kenne die einzige Frau, die Dodds dazu bringen könnte, so etwas zu tun. Und dann – so etwas ist eine Angewohnheit, eine lebenslange Angewohnheit. Eine Ehefrau steckt bestimmt nicht dahinter. Das kann nur eine Mutter, einem Mann etwas so angewöhnen, dass es ein Leben lang vorhält. Ich denke also nach und erinnere mich, wo ich das schon mal gesehen habe. Dann ist mir natürlich alles klar geworden. Was der reiche Hochwohlgeboren ist, der manchmal hier zu Besuch kommt, der könnte ohne weiteres einen Bruder haben, wie dein Chef ist.«

Er verstummte und Lugg fühlte sich gedemütigt.

»Branch«, grollte er, »für wen hältst du mich – für Doktor Watson?«

Der Butler verstand ihn offensichtlich nicht und Lugg lachte.

»Du bist gerissen, aber du bist ungebildet«, stellte er selbstgefällig fest. »Was nutzt dir deine ganze Weisheit? Was machst du damit – erpressen?«

Mr. Branch war schockiert und verhehlte es nicht. Schließlich ließ er sich zu einer Erklärung herab.

»Früher, als unsere Lady noch lebte und wir viele Gäste hatten«, sagte er, »war es ratsam, die Leute im Auge zu behalten, die im Haus waren. Oh, ich war meiner Herrin sehr nützlich. Ohne mich war sie aufgeschmissen. Am ersten Morgen, wenn alle zum Frühstück gekommen sind, hat sie mich mit hochgezogenen Augenbrauen angeschaut – nur so ein bisschen hochgezogen, wenn auch nur der kleinste Zweifel bestand. Wenn ich mich davon überzeugt hatte, dass alle okay waren, habe ich genickt.«

»So?« Lugg war von diesem Blick hinter die Kulissen des Gesellschaftslebens ganz fasziniert. »Und wenn du nicht zufrieden warst?«

»Dann habe ich sie ignoriert«, erklärte Branch majestätisch.

Lugg stieß einen Pfiff aus.

»Das ist aber ziemlich hart für einen Burschen mit ausgefransten Hosen«, bemerkte er.

»Aber nein, du verstehst mich nicht«, protestierte Branch heftig »Pah, ich kenne ein paar Unterhosen, die seit vierzehn Jahren immer wieder in diesem Haus auftauchen. Von der Herzogin persönlich geflickt! Ich erkenne ihre Stopfarbeit auf Anhieb – so ein komischer Kreuzstich, den sie in Frankreich im Pensionat gelernt hat. Man sieht ihn auf der gesamten Familienwäsche. Dieser Kreuzstich ist schon fast so viel wie ein Wappen.« Er schüttelte den Kopf. »Nein, mein ganzes Wissen kommt einfach vom Instinkt her. Ich kann es nicht erklären.«

»Na, wenn du so gescheit bist, was ist dann mit dem Pack, das gerade abhaut?«, fragte Lugg. Er war gespannt, ob sich diese einmalige Begabung auch positiv verwerten ließ. »Irgendwelche hochadelige Flicken bei denen?«

Branch plusterte sich auf.

»Schwindler!«, erklärte er verächtlich. »Gemeine Schwindler, das sind sie. Haben sich für die Gelegenheit extra neue Klamotten zugelegt. ›Damit das Personal etwas, zu sehen hat‹«, äffte er mit schauderhaft vornehmer Stimme einen Dandy nach. »Nicht jedes Paar Beine, das in maßgeschneiderten Hosen steckt, hat in einem feinen Haus zu strampeln begonnen, darauf kannst du Gift nehmen.«

Lugg, von diesem Talentbeweis verstimmt, rächte sich.

»Na, von mir aus, da hast du deine Uhr zurück«, sagte er, überreichte Branch eine große goldene Zwiebel, ergriff einen Stoß Zeichnungen und verließ den Raum.

Er trottete leise den Gang hinunter und klopfte an eine Tür zu seiner Linken. Pennys Stimme forderte ihn zum Eintreten auf. Er ging hinein und trat in ein kleines Wohnzimmer, das in dem matten Karinesinrot und Gold der Epoche eines der späteren Georges gehalten war.

Campion und die Tochter des Hauses standen neben

dem Fenster, vor Einblick von draußen durch schwere Damastvorhänge geschützt. Der junge Mann hatte sich bei Luggs Eintreten umgedreht und zog fragend die Brauen hoch.

»Alles da, Sir«, murmelte Lugg heiser. Die verblichene Pracht des alten Schlosses im Verein mit Penelopes Schönheit nötigte ihm einen gewissen respektvollen Tonfall ab. »Genau, was Sie sich gedacht haben.«

»Gut«, sagte Campion. »Gedulden Sie sich einen Augenblick, Lugg. Ich sehe mir gerade an, wie unser junger Gastgeber mit Ihrem Freund Branch, der gerade aus dem Haus gekommen ist, die Intelligenzler in zwei Wagen verfrachtet.«

»Oho!«

Lugg näherte sich dem Fenster auf Zehenspitzen und stellte sich schwer atmend hinter seinen Arbeitgeber. Sie sahen, wie sich draußen vor der Haustür mehrere ausgefallen kostümierte Leute um einen altehrwürdigen Daimler und einen noch bejahrteren Panhard scharten.

Lugg stieß seinen Herrn an.

»Das ist der Kerl, den ich mit Natty gesehen habe«, knurrte er.

»Dort, der komische Vogel mit dem semmelblonden Bart. Das hier war in seinem Gepäck.«

Er klopfte auf die Blätter, die er in der Hand hielt.

»Kennen Sie einen von den anderen?« fragte Campion gedämpft.

Lugg schwieg eine Weile. Dann schnaubte er bedauernd.

»Kann ich nicht behaupten«, sagte er. »Die kommen mir echt vor. Denen steht doch ins Gesicht geschrieben, dass sie sich denken: So hat uns Gott erschaffen und so mag er uns.«

Penny berührte Campions Arm.

»Albert, Sie kennen den Mann mit dem semmelblonden Bart?«

Campion wandte sich vom Fenster ab und ging auf den Tisch in der Mitte des Zimmers zu.

»Ein wenig«, antwortete er. »Von früher her. Deshalb bin ich so froh, dass er mich nicht gesehen hat. Bevor er sich mit Kunst beschäftigte und sich einen Bart wachsen ließ, hieß er Arthur Earle. Sein Spezialgebiet ist die Nachbildung von Schmuckstücken, und er ist einer der Besten in seinem zwielichtigen Fach.« Er drehte sich zu Penny um und grinste. »Wenn Lady Ermyntrude ihrem Tanzpartner die juwelenbesetzte Repetieruhr des alten Lords übergibt, um ihr Wirtschaftsgeld aufzubessern, dann wird der alte Lord allmorgendlich von einer genauen Kopie aus Arthurs Werkstatt geweckt. Oder nehmen wir Lady Mauds Rubinkollier und das Halsband, das Sir George seiner kleinen Eva zum einundzwanzigsten Geburtstag geschenkt hat: alles Kopien der Originale, von unserem Arthur angefertigt. Arthur ist nämlich einer von jenen Burschen, die die Gesellschaft zu dem machen, was sie heute ist.« Er nahm Lugg den Stoß Papiere ab. »Dies hier dürfte auch von seiner Hand stammen.«

Draußen hatten sich die Wagen in Bewegung gesetzt, und kurz darauf kam Val herein.

»Sie sind fort«, meldete er. »Hallo, was haben Sie denn da?«

Campion breitete gerade die Zeichnungen auf dem Tisch aus.

»Beispiele der neuesten Kunst«, erläuterte Campion. »Wenn sie merken, dass das hier verloren gegangen ist, werden sie wissen, dass wir nicht mehr im Dunkeln tappen, aber dagegen lässt sich nichts machen.«

Bruder und Schwester beugten sich gespannt vor. Es waren insgesamt etwa zwölf Zeichnungen, jede vorgeblich ein Porträt von Lady Pethwick. Auf jeder Zeichnung war der Kelch dargestellt. Der Kelch war überhaupt das einzige Objekt, das der Künstler realistisch abgebildet hatte, wohingegen die Lady auf sehr moderne Weise nur abstrakt dargestellt war.

Campion lachte leise.

»Unser Freund hat an dem Kleinod so gut wie nichts übersehen«, sagte er. »Ein Wunder, dass Ihre Tante nicht gemerkt hat, was er vorhatte. Sehen Sie, hier ist der Kelch von der rechten Seite, von der linken, von oben – da, er hat sich sogar die Maße notiert. Und wahrscheinlich hat er auch über das Gewicht ziemlich gut Bescheid gewusst.«

Val schaute ihn fragend an.

»Ich komme nicht ganz mit.«

»Mein lieber Junge«, sagte Campion. »Unser Arthur ist trotz seines schlechten Rufs ein gewissenhafter Handwerker. Er muss auch ein bisschen schauspielern können, sonst hätte er Ihre Tante nicht dermaßen getäuscht. Das hier« – er deutete auf die Zeichnungen – »sind Pläne, genauer gesagt Arbeitsskizzen. Ich glaube behaupten zu dürfen, dass unser Arthur, mit dem richtigen Material versorgt, nach diesen Zeichnungen eine einwandfreie Kopie des Kelchs angefertigt hätte.«

»Aber wenn man eine Kopie herstellen kann, die uns täuschen sollte, dann könnte man sie doch auch dem Mohammedaner anbieten!« wandte Val gereizt ein.

Campion war schockiert.

»Mein lieber Junge, haben Sie denn kein Verständnis für die Gefühle eines Sammlers?« fragte er. »Arthur bringt niemals etwas zustande, was einen Experten täuschen könnte.«

»Man wollte den Kelch also austauschen?« Pennys Augen blitzten vor Zorn, und ihre Wangen brannten. »Um Zeit zu gewinnen, das echte Ding außer Landes zu bringen, bevor wir etwas merken? Schufte! Warum rufen wir nicht auf dem Bahnhof an und lassen den Mann festnehmen?«

»Ich würde davon abraten«, ließ sich Campion vernehmen. »Wir haben ihm bereits einen Strich durch die Rechnung gemacht. Außerdem weiß ich nicht, womit wir eine Anzeige begründen sollen. Er könnte uns vorhalten, dass wir seine Zeichnungen gestohlen haben, und das wäre peinlich. Luggs Vorstrafenregister würde bekannt werden, und wir säßen alle in der Tinte. Außerdem – Arthur ist ein sehr kleiner Fisch. Etwa genauso klein wie Natty Johnson. Ich verstehe das nicht!«, ereiferte er sich plötzlich. »Es wimmelt nur so von Gründlingen, aber nicht ein einziger Hecht ist zu sehen! Aber wir brauchen den großen Mann. Wenn ich bloß wüsste, was Ihre Tante gestern Nacht gesehen hat!«

Er nahm die Zeichnungen und zerriss sie sauber in vier Teile, die er Lugg überreichte.

»Zünden Sie ein Freudenfeuer damit an, Lugg.«

Es wurde allmählich dunkel im Zimmer, und jeden Moment konnte der Dinnergong ertönen.

Plötzlich stürmte Branch herein, alle Anstandsregeln missachtend und seiner Würde ganz und gar beraubt.

»Mr. Val, Sir«, hauchte er, »würden Sie bitte mitkommen? Da spioniert ein Fremder bei der Kapelle herum.«

Mit einem unterdrückten Ausruf folgte Val dem Butler in das unbenutzte Schlafzimmer jenseits des Ganges. Die anderen drängten geschlossen nach. Das Fenster gewährte freie Sicht auf das Kelchhaus.

»Da!«

Branch deutete auf das alte Gemäuer. Es dämmerte schon ein wenig, aber sie konnten deutlich die Gestalt eines Mannes erkennen, der, auf einem Haufen lose aufgeschichteter Steine balancierend, durch eines der mit Latten vergitterten Fenster in die Kapelle hineinspähte. Eine Eibenhecke schützte ihn davor, aus den tieferliegenden Fenstern des Hauses gesehen zu werden, und er wähnte sich anscheinend völlig unbeobachtet. Er hielt eine Taschenlampe in der Hand, mit deren Hilfe er versuchte, das in der Kapelle herrschende Dunkel zu durchdringen.

Während sie ihm gebannt zusahen, brach der improvisierte Sockel, auf dem der Mann stand, zusammen, und er ging mit den polternden Steinen zu Boden. Eiligst rappelte er sich auf und warf erschrocken einen Blick in das Haus.

Sogar auf die Entfernung hin waren seine Züge, wenn auch undeutlich, zu erkennen. Ein kleiner Mann von etwa sechzig Jahren mit weißem Spitzbart und einer langen Nase.

Im nächsten Moment setzte er sich in Bewegung und huschte blitzschnell wie ein Schatten durch den Blumengarten davon.

Penny schnappte nach Luft; sie wechselte einen Blick mit dem Butler. Als sie endlich sprechen konnte, bebte ihre Stimme.

»Ach, Branch, der – der Mann hat direkt ausgesehen wie Professor Gordon Cairey.«

Branch räusperte sich.

»Mit Verlaub, Miss«, sagte er. »Er war es.«

9

Wegen Lady Pethwicks außerordentlicher Unbeliebtheit hatte ihr Tod in bei den unmittelbar zum Haushalt Gehörigen mehr Entsetzen als Trauer ausgelöst, aber im Dorf Sanctuary kochte die Gerüchteküche.

Campion durchstreifte die Gegend still und unauffällig; seine Augen hinter den Brillengläsern blickten ziellos und geistesabwesend, aber seinen Ohren entging nichts. Er erfuhr innerhalb kürzester Zeit und jeweils aus berufenem Munde: a) dass Lady Pethwick von Zigeunern ermordet worden war; b) dass ihr der Teufel erschienen war, der sie auf Mrs. Munseys Betreiben tatsächlich geholt hatte; und c) dass sie – nach Ansicht von eher prosaischen Neunmalklugen – ganz einfach an Trunksucht, Rauschgift oder reiner Bösartigkeit gestorben war.

Nicht einmal die vernünftige Mrs. Bullock glaubte dem Befund des Arztes.

An der Trauerfeier nahm Campion nicht teil. Er verbrachte diesen Tag und einen Teil der darauf folgenden Nacht damit, nach seinen alten Freunden Jacob Benwell und dessen Mutter Sarah, mère und compère der Benwell-Zigeunersippe, zu suchen. Aus verständlichen Gründen hatten sie es für angebracht gehalten, Fox Hollow an jenem Morgen zu verlassen, an dem Lady Pethwick in Pharisee's Clearing gefunden worden war. Er beriet sich lange und ernsthaft mit ihnen.

Es war am frühen Nachmittag des nächsten Tages, nach einem Lunch, an dem Sir Percival nicht teilgenommen hatte. Campion stand am Fenster des Kinderzimmers und betrachtete aufmerksam den Blumengarten, als Lugg mit leicht empörter Miene zu ihm trat.

»Eben ist Besuch gekommen«, meldete er. »Touristen zu Pferde. Einen Tag nach der Beerdigung – klar? Nicht gerade sehr taktvoll, scheint mir.«

Fast unmittelbar nach dieser Eröffnung kam Penny herein. Ihre Augen waren dunkel und zornig.

»Albert«, sagte sie, »haben Sie je so eine Unverschämtheit erlebt? Soeben ist Mrs. Shannon mit zwei fremden Männern angekommen. Sie besitzt die Frechheit zu behaupten, Sie wolle einen Kondolenzbesuch machen und bei der Gelegenheit, bitte sehr, ihren widerlichen Freunden den Kelch zeigen. Normalerweise ist die Kapelle natürlich donnerstags für Besucher geöffnet – so bestimmt es die königliche Charta –, aber das ist doch ein bisschen stark, finden Sie nicht?«

Sie musste innehalten, um Atem zu schöpfen.

»Mrs. Shannon?«, sagte Campion. »Ach ja, ich entsinne mich. Das Lautstärkephänomen. Wo ist sie jetzt? Ich nehme an, Ihr Vater erweist ihr die Ehre?«

»Vater kann sie nicht ausstehen. Sie will ihm irgendwelche Pferde abkaufen – das ist der Grund, warum sie gekommen ist. Seien Sie so nett und kommen Sie mit hinunter – stehen Sie uns bei.«

Sie verließ das Zimmer und Campion folgte ihr. Sofort schallte ihm von unten aus der Halle Mrs. Shannons durchdringende Stimme entgegen.

»Nun ja, Trunksucht ist besser als Wahnsinn in der Familie.«

Das hörten sie, als sie die Treppe hinuntergingen.

»Wahrscheinlich redet sie über einen unserer Verwandten«, flüsterte Penny aufgebracht. »Das hält sie für geeignete Konversation.«

Mrs. Shannon, den Rücken gedeckt von ihren beiden Freunden, denen der Auftritt ziemlich peinlich zu sein schien, stand mit gespreizten Beinen mitten in der riesigen Halle. Alle drei trugen Reitkleidung; Mrs. Shannon sah in ihrem schwarzen Kostüm besonders elegant aus,

Colonel Sir Percival Gyrth, von seinem Sohn gestützt, hörte der Dame stehend zu. Er war ein stämmiger alter Mann, ein Offizier vom alten Schlag, aber er machte den Eindruck, als habe eine heimliche Sorge seinen normalerweise gutmütigen, schlichten Charakter getrübt. Im Augenblick war er ganz offensichtlich verärgert. Er hielt die kräftigen Hände auf dem Rücken verschränkt, und seine Augen, blau und leuchtend wie die seiner Kinder, funkelten ausgesprochen unfreundlich. Mit seinem eisengrauen krausen Haar und dem vollen, glattrasierten Gesicht war er keineswegs ein unschöner Mann. Er blickte hoffnungsvoll auf, als Campion eintrat.

»Ah«, sagte er. »Lassen Sie sich vorstellen. Mrs. Shannon, dies ist ein junger Freund von Val – Campion, Mr. Albert Campion.«

Mrs. Shannons kalter Blick glitt langsam über den jungen Mann. Ihre Verachtung hätte sie mit Worten nicht deutlicher ausdrücken können. Schließlich beehrte sie ihn mit einer kleinen, frostigen Verbeugung. Dann wandte sie sich ihren beiden Begleitern zu.

»Major King und Mr. Horace Putnam«, stellte sie vor, und dann beachtete sie alle drei nicht mehr.

Major King war ein großer, breiter und kräftiger Mann mit einem traurigen Gesichtsausdruck, der sich offensichtlich unbehaglich fühlte. Putnam hingegen war klein und hatte ein schlaues, runzeliges Gesicht mit funkelnden Äuglein. Auch ihm war die Umgebung offenbar fremd, aber das bereitete ihm keinen Kummer.

»Also?« Mrs. Shannon ließ das Wort auf die Versammlung niedersausen. »Nun, Penny Gyrth, wenn Sie uns jetzt hinüber ins Museum führen wollen, dann gehen wir. Sie sind wegen der beiden Pferde noch immer nicht zur Vernunft gekommen und bleiben dabei, Colonel?«

Es sprach Bände für Sir Percivals Erziehung, dass sein Ton bei der Beantwortung dieser Frage so charmant blieb wie stets.

»Meine Verehrteste, ich will nicht verkaufen. Und im Moment ist mir leider überhaupt nicht danach zumute irgendwelche Geschäfte zu machen.«

»Ach ja, natürlich. Die arme Diana.« Mrs. Shannon fühlte sich nicht im Geringsten betroffen. »Ich finde es immer am besten, den Tatsachen ins Auge zu sehen«, trompetete sie. »Rührseligkeit hat noch nie jemandem etwas genutzt. Meiner Meinung nach ist es überhaupt ein Wunder, dass das nicht schon vor Jahren passiert ist. Cobden ist ja so ein alter Trottel. Ich würde mir nicht einmal Frostbeulen von ihm behandeln lassen.«

Die gesamte Familie Gyrth stand bereits wie auf Kohlen. Nur ihre angeborene Höflichkeit rettete Mrs. Shannon und deren Schützlinge vor einem handfesten Hinauswurf. Campion stand töricht lächelnd daneben, als habe ihn die Dame mit ihrem Charme bezaubert.

Mrs. Shannon strebte zur Tür.

»Vorwärts«, gebot sie. »Ich selbst interessiere mich wenig für solche Dinge, aber Mr. Putnam findet an dergleichen vorsintflutlichem Trödel Gefallen.«

Penny zauderte.

»Der Kelch ist verhüllt«, sagte sie. »Für zehn Tage, wie immer nach einem –«

Das Wort ›Todesfall‹ brachte sie nicht mehr über die Lippen, denn sie wurde von Mrs. Shannon unterbrochen.

»Dann enthüllen Sie ihn eben, meine Liebe. So, und jetzt gehen wir.«

Von der Macht ihrer vitalen Persönlichkeit bezwungen, folgten ihr alle. Mindestens drei der Anwesenden schäumten vor Wut wegen ihres skandalösen Monologs, aber ihr war es völlig gleichgültig, welche Empfindungen sie verursachte. Dieser Hochmut hatte ihr in der Grafschaft zu der beispiellosen Position verholfen, die sie zweifellos einnahm. Jeder kannte sie, keiner mochte sie, und die meisten fürchteten sich vor ihr. Ihr erstaunlicher Erfolg mit Pferden aller Art hatte ihr trotz allem überall Bewunderung eingetragen. Niemand verwies sie in ihre Schranken, denn der Mensch, der dazu fähig gewesen wäre, war noch nicht geboren. Ihre Grobheit und Unhöflichkeit war im Umkreis von fünfzig Meilen sprichwörtlich, und doch kam und ging sie überall, wie es ihr passte, denn die einzige Möglichkeit, sie daran zu hindern, wäre gewesen, handgreiflich zu werden und sie mit Gewalt hinauszuwerfen, doch dies war den konservativen Gemütern ihrer Opfer noch nicht eingefallen.

Draußen auf dem Kiesweg zögerten die Familienmitglieder immer noch, sich zum Kelchhaus zu begeben, doch schließlich beschloss der Colonel, als er einsah, dass Widerstand zwecklos war, die Sache so rasch wie möglich hinter sich zu bringen. Branch wurde nach den Schlüsseln geschickt, und die kleine Prozession marschierte um den Ostflügel herum, passierte eine kleine Seitenpforte und gelangte in den Blumengarten. Mrs. Shannon konnte gar nicht genug davon bekommen, abfällige Bemerkungen zu machen, die selbst die stärksten Nerven zerrüttet hätten.

»Ein sehr trauriger Anblick, diese Rosen, Colonel. Nun ja, Rosen sind wie Pferde, wissen Sie. Wenn man nichts davon versteht, soll man die Finger davon lassen.«

Sie trat zur Seite, als Branch sich näherte, um die schwere, eisenbeschlagene Eichentür der Kapelle zu öffnen. Das Schloss war uralt und entsprechend widerspenstig, so dass der kleine Butler erhebliche Schwierigkeiten hatte, den Schlüssel ins Schloss zu führen und dann umzudrehen.

Bevor Val Zeit fand, dem alten Mann beizustehen, hatte Mrs. Shannon schon eingegriffen. Sie schob Branch beiseite wie eine Spinnwebe und sperrte mit einer einzigen Drehung ihres Handgelenks das Schloss auf. Major King lachte nervös.

»Sie haben erstaunlich viel Kraft in der Hand«, bemerkte er.

Sie warf ihm einen vernichtenden Blick zu.

»In meinem Beruf darf man kein Weichling sein«, sagte sie.

Der unangenehme Mr. Putnam lachte.

»Wie Recht Sie haben, Major«, sagte er. »Ich habe heute Vormittag zugeschaut, wie Mrs. Shannon mit Bitter Aloes umgegangen ist.« Er wandte sich an Mrs. Shannon. »Mit dem Pferd werden Sie nicht fertig werden. Diese Stute hat den Teufel im Leib. Ich habe schon gedacht, die bringt Sie um. Eine schlechte Weibsperson und ein wildes Pferd, die sind beide unverbesserlich. In Ruhe lassen oder erschießen, was anderes gibt's nicht.«

Er drehte sich zu den anderen um, die sich unbeeindruckt zeigten.

»Da bäumt sich Bitter Aloes auf und schlägt mit den Vorderhufen wie ein Boxer. Und Mrs. Shannon hängt am Zügel und fuchtelt mit der Peitsche wie ein Zirkusdirektor. Aber heruntergebracht hat sie das Biest doch. So etwas habe ich im Leben noch nicht gesehen.«

Bei diesem Gespräch betraten die unwillkommenen

Besucher, die altehrwürdige und geheiligte Kapelle des Kelches.

Es war ein niedriger Raum, dessen sanft gewölbte Decke von ungeheuer dicken Stein- und Ziegelpfeilern gestützt wurde. Das einzige Licht drang durch schmale, in ungleichmäßigen Abständen in die Mauer eingelassene Rautenfenster herein, so dass auch am strahlendsten Tag hier nur Halbdunkel herrschte. Der Boden war mit flachen Grabsteinen belegt, auf denen sich mehrere sehr schöne Bronzen befanden. Der Raum war leer, bis auf einen kleinen steinernen Altar am gegenüberliegenden Ende. Auf der Altarplatte lag ein karmesinrotes Tuch, das zwei Messingkerzenleuchter beschwerten.

Direkt über dem Zentrum des Altars befand sich eine Nische im Stein, vor der ein starkes Eisengitter in das Mauerwerk eingelassen war. Diese Nische bezog ihr Licht aus einem schrägen, nach oben offenen Schacht, den eine dicke Glasscheibe verschloss.

In der Vertiefung befand sich eine mit besticktem schwarzem Samt verhüllte Pyramide.

Colonel Gyrth murmelte erklärend: »Wenn es in der Familie einen Todesfall gibt, wird der Kelch verhüllt. Diese Hülle wurde vor drei Tagen über den Kelch gedeckt. Es ist Brauch, sie mindestens zehn Tage lang nicht abzunehmen.«

Er verstummte bedeutungsvoll.

Mrs. Shannon wich und wankte nicht.

»Das Gitter lässt sich ja wohl mit einem Schlüssel öffnen«, meinte sie. »Was für ein Getue Sie damit machen! Gibt es im Dach eine versteckte Alarmanlage?«

Dem Colonel war unterdes ganz klar geworden, dass er seine unwillkommenen Gäste nur loswerden konnte, wenn er ihnen den Kelch zeigte. Er nahm den kleinen

Schlüssel, den Branch ihm reichte, beugte sich vorsichtig über den Altar und sperrte das Gitter auf, das wie eine Tür aufschwang. Mit ehrfürchtigen Händen hob er die schwarze Hülle.

Campion, dem die Komik einer Situation selten entging, fühlte sich stark an einen Zaubertrick erinnert, doch im nächsten Augenblick wurde seine Phantasie unerwartet Wirklichkeit.

Der Colonel gab einen unterdrückten Laut von sich und Penny schrie leise auf. Unter der schwarzen Hülle befand sich nichts außer zwei Ziegelsteinen, die man dem lockeren Fuß einer der Säulen entnommen hatte.

Von dem Kelch fehlte jede Spur.

Mrs. Shannon war die einzige, die nicht gleich erkannte, dass etwas Furchtbares geschehen war.

»Ich finde das nicht lustig.« Ihre Stentorstimme hallte durch die kühle, dämmerige Kapelle. »Das ist ausgesprochen geschmacklos.« Val starrte Campion an, der Colonel starrte Branch an, und alle Gesichter verrieten nichts als tiefe Bestürzung und großes Entsetzen.

Colonel Gyrth fasste sich als Erster und sorgte für den zweiten Schreck innerhalb von fünf Minuten.

»Natürlich«, sagte er. »Das hatte ich ganz vergessen. Ich fürchte, ich muss Sie heute enttäuschen, Mr. Putnam. Der Kelch wird gerade gereinigt. Ein andermal.«

Er lächelte mit bewundernswerter Selbstbeherrschung und wandte sich ab. Als er an Val vorbeikam, murmelte er: »Um Himmels willen, schaff diese Leute aus dem Haus, mein Junge, und komm dann mit den anderen in die Bibliothek.«

10

Colonel Sir Percival Gyrth schritt unruhig vor dem Kamin in seiner Bibliothek auf und ab, während ihn seine Kinder, Campion und Branch ziemlich ratlos ansahen.

»Gott sei Dank, dass die Person fort ist.« Der alte Mann strich sich über die Stirn. »Ich weiß nicht, ob meine Erklärung ihr genügt hat. Ich will hoffen, sonst gibt es binnen vierundzwanzig Stunden in der Gegend kein anderes Gesprächsthema mehr.«

Val starrte seinen Vater an.

»Er ist also wirklich verschwunden?«

»Natürlich.« Tiefe Beklommenheit schwang in der Stimme des Colonels mit. »In nichts aufgelöst. Ich selbst habe ihn am Sonntagabend verhüllt, gleich nachdem du mir gesagt hast, dass sich dieser Cairey hier herumtreibt. Da war noch alles in Ordnung. Ich habe die Schlüssel zurückgebracht und in meinen Schreibtisch gelegt. Branch, Sie und ich sind doch wohl die einzigen Menschen, die wissen, wo sie aufbewahrt werden.«

Branch machte ein erschüttertes Gesicht, und sein Arbeitgeber beruhigte ihn.

»Keine Sorge, Mann. Ich beschuldige niemanden. Lächerlich. Das Ding kann nicht weg sein.«

Eine Weile sprach niemand. Der plötzliche Verlust schien alle betäubt zu haben.

»Soll ich die Polizei verständigen, Sir?«, fragte schließlich Branch.

Sir Percival überlegte.

»Ich bin nicht dafür, danke, Branch«, sagte er. »Jedenfalls jetzt noch nicht.« Er wandte sich an die anderen. »Einen solchen Verlust bekannt zu geben, würde schwerwiegende Folgen nach sich ziehen. Wir hüten den Kelch im Auftrag der Krone. Branch, schließen Sie die Kapelle wie gewöhnlich ab und erwähnen Sie die Sache dem Personal gegenüber mit keinem Wort – vorläufig.«

»Aber was sollen wir tun?«, fragte Val kurzatmig. »Wir können doch nicht herumsitzen und warten, ob er wieder auftaucht.«

Sein Vater sah ihn eigenartig an.

»Vielleicht nicht, mein Junge. Aber eines muss euch doch allen aufgefallen sein. Der Kelch ist sowohl groß als auch schwer, und kein Fremder hat das Haus verlassen, seit ich selbst es abgesperrt habe. Niemand außer uns konnte nach menschlichem Ermessen hineinkommen, und uns allen ist unendlich viel daran gelegen, den Kelch hier zu behalten.«

»Demzufolge«, sagte Val rau, »kann er nicht fort sein. Und wenn es so ist, wo befindet er sich dann? Kannst du dich nicht an den Leiter der Grafschaftspolizei wenden? Du warst doch früher mit ihm befreundet.«

Sein Vater zögerte.

»Das könnte ich natürlich«, räumte er ein. »Obwohl ich nicht weiß, was er tun sollte, außer Alarm zu schlagen und das Personal zu verhören. Vermutlich würde er das Haus durchsuchen lassen und eine Menge Scherereien machen. Nein, wir müssen das Ding selbst finden.«

Er sprach mit einer Entschiedenheit, die den anderen nicht entging.

»Ich rufe die Polizei nicht«, fuhr er fort. »Zumindest nicht jetzt gleich. Und ich muss euch bitten, den Verlust niemandem gegenüber zu erwähnen. Ich bin überzeugt«, setzte er hinzu, als sie ihn fassungslos anstarrten, »dass sich der Kelch noch im Haus befindet. Und jetzt möchte ich ein wenig allein sein.«

Sie gingen hinaus, bis auf Val, der zurückblieb. Als sich die Tür hinter den anderen geschlossen hatte, ging er zu dem alten Mann, der sich hinter dem Schreibtisch niedergelassen hatte.

»Vater«, sagte er, »wenn du den Kelch aus irgendeinem Grund versteckt hast, dann weihe mich um Himmels willen ein. Ich bin schon ganz durcheinander, und offen gestanden glaube ich, dass ich ein Recht darauf habe, Bescheid zu wissen.«

»Junge, ich bitte dich, sei kein Narr.« Die Stimme des alten Mannes war kaum wiederzuerkennen, und das Gesicht, das er seinem Sohn entgegenhob, war grau und eingefallen. »Noch nie in meinem Leben habe ich etwas so Furchtbares durchgemacht«, fuhr er mit unbezweifelbarer Aufrichtigkeit in der Stimme fort. »Und es ist besonders schlimm, weil unsere gegenwärtige Lage es mir unmöglich macht, die Polizei zu rufen.«

Er blickte dem jungen Mann fest in die Augen.

»In einer Woche wirst du volljährig. Wenn du heute Geburtstag hättest, fiele es mir vielleicht leichter, dir eine Erklärung zu geben.«

Am nächsten Morgen verließ Campion frühzeitig das Haus und trat in den Sonnenschein hinaus. Er hatte keinen besonderen Grund, fröhlich zu sein. Bis jetzt war seine Tätigkeit in Sanctuary alles andere als erfolgreich gewesen. Lady Pethwick war unter mysteriösen Umständen keine acht Stunden nach seiner Ankunft gestorben, und nun war auch noch der Kelch direkt unter seiner Nase verschwunden.

Dennoch setzte er sich auf eine der schmucken Steinbänke, die das Portal flankierten und strahlte eine lächelnde Welt an.

Nach einer Weile, als sein Ohr das Geräusch aufnahm, auf das er gewartet hatte, begann er gemütlich die Zufahrt hinabzuschlendern. Er spazierte noch immer in der Mitte des breiten Weges dahin, als das wiederholte Tuten einer Autohupe ihn bewog, sich umzudrehen. Er sah Penny in ihrem kleinen, zweisitzigen, roten Sportwagen, die ihn vorwurfsvoll anschaute. Sie hatte anhalten müssen, um ihn nicht zu überfahren. Er lächelte sie an.

»Wohin, mein schönes Kind?«, erkundigte er sich. »Möchten Sie nicht einen armen Wanderer ein Stück mitnehmen?«

Das Mädchen schien nicht besonders erfreut darüber.

»Ich fahre in die Stadt zu meiner Schneiderin. Ich kann Sie bis ins Dorf mitnehmen, wenn Sie wollen.«

»Ich möchte ebenfalls nach London«, eröffnete ihr Campion und stieg ein. »Das ist recht weit von hier, nicht wahr? Ich habe gleich gewusst, dass ich es zu Fuß nicht schaffen würde.«

Penny schwieg eine Weile. Das unerwartete Zusammentreffen war ihr sichtlich unangenehm.

»Hören Sie«, sagte sie schließlich. »Ich nehme Beth mit, wenn Sie es unbedingt wissen wollen. Sie wartet unten an der Straße auf mich.«

Campion strahlte.

»Wie fein! Es macht mir nichts aus, wenn es ein wenig eng wird im Auto. Lassen Sie sich aber nicht von mir nötigen, mich mitzunehmen. Es würde mir nicht im Traum einfallen, mich aufzudrängen, aber ich muss irgendwie nach London kommen, und den Bentley kann ich leider nicht nehmen, wie Lugg mir gesagt hat.«

Das Mädchen blickte ihn ungläubig an.

»Was ist dieser Lugg eigentlich?«

Ihr Mitfahrer rückte seine Brille zurecht.

»Kommt darauf an, wie Sie das meinen. Was die Gattung betrifft, unzweifelhaft ein Mensch, würde ich ganz entschieden sagen. Stand – keiner. Vergangenheit – zweifelhaft. Beruf – mein Diener.«

Penny lachte.

»Ich dachte schon, er sei Ihr Wärter!«

»Aber, aber«, tadelte Campion ein bisschen beleidigt. »Ich hoffe, ich werde eine angenehme Reise haben. Ich möchte nicht, dass man sich den ganzen Weg über mich lustig macht. Ist es Ihnen lieber, wenn ich mich nach hinten auf den Notsitz setze?«

»Nein!«, rief Penny so heftig, dass er beinahe zusammenzuckte. Sie biss sich auf die Unterlippe, als sei sie wütend auf sich selbst, und fügte etwas ruhiger hinzu: »Bleiben Sie sitzen, wo Sie sind. Beth soll sich dünn machen.«

Sie brachte den Wagen am Straßenrand zum Stehen, wo Beth Cairey, schick in Marineblau und Weiß gekleidet, wartete. Sie schien erstaunt, Campion zu sehen, und ihre Begrüßung fiel kühl aus.

»Dieser gräßliche Mensch besteht darauf, dass wir ihn mitnehmen«, sagte Penny. »Hoffentlich wirst du hier vorn nicht ganz zerquetscht.«

Campion machte ihr zwischen sich und der Fahrerin Platz.

»Ich konnte mich nicht gut weigern«, verteidigte sich Penny vor Beth. »Wir müssen ihn mitnehmen.«

Campion änderte seine aufreizend selbstzufriedene Miene nicht.

»Ich fahre leidenschaftlich gern in fremden Autos mit«, erklärte er, als er die Wagentür zuschlug. »Schon allein, weil es Benzin spart.«

»Albern und ziemlich vulgär«, konstatierte Penny und Campion schwieg.

»Ich darf doch wohl meine Sandwiches essen und mein Ingwerbier trinken?« erkundigte er sich bescheiden, nachdem sie einige Meilen schweigend zurückgelegt hatten. »Ich habe auch ein paar Orangen, die ich anbieten könnte, wenn Sie wollen.«

Penny würdigte ihn keiner Antwort, aber Beth schaute ihn freundlicher an.

Campion fuhr unbeirrt fort: »Ich habe auch eine Rassel dabei, mit der wir in den großen Städten Krach machen können und Pappnasen für Sie beide. Wenn wir Luftballons hätten, könnten wir sie am Kühler festmachen.«

Penny musste lachen. »Albert, Sie sind ein Idiot! Was machen Sie hier überhaupt? Was wollen Sie in London?«

»Ein Band für meinen Strohhut kaufen«, lautete die Antwort wie aus der Pistole geschossen. »Das, was jetzt daran ist, hat meine Tante gestrickt. Es ist nicht gerade das einzig Wahre, wie Lugg sagen würde.«

Penny bremste.

»Sie benehmen sich skandalös«, sagte sie. »Ich habe große Lust, Sie hinauszuwerfen und zu Fuß gehen zu lassen.«

Campion schaute erschrocken drein.

»Sie würden es Ihr Leben lang bereuen«, warnte er. »Der beste Teil meiner Vorstellung kommt noch. Warten Sie, bis Sie mich deklamieren hören – warten Sie, bis Sie meinen Holzschuhtanz gesehen haben – warten Sie, bis die Wolken vorüberziehen.«

Sie befanden sich gerade auf einer der schmalen Landstraßen, die auf die Hauptstraße führte; weit und breit war kein Haus zu sehen und es herrschte überhaupt kein Verkehr.

»Werfen Sie mich nicht hinaus«, flehte Campion. »Ich habe einmal einen Mann gekannt, der einen ebenso anständigen Menschen wie mich aus dem Wagen geworfen hat, nachdem er ihn ein ganzes Stück mitgenommen hatte – aus dem gleichen Grunde wie Sie jetzt mich: Weil er ihm plötzlich auf die Nerven ging. Und als er zu Hause ankam, stellte er fest, dass der Koffer, der hinten im Wagen gelegen hatte, verschwunden war. Gesetzt den Fall, das passiert nun Ihnen, das wäre Ihnen bestimmt ganz und gar nicht recht, stimmt's?«

Penny hielt den Wagen an und schaltete den Motor aus. Beide Mädchen waren feuerrot, aber Penny versuchte die ihr offenbar peinliche Situation zu retten.

»Wie dumm von mir!« sagte sie. »Sie werden aussteigen und den Motor ankurbeln müssen. Der Anlasser funktioniert nicht.«

Folgsam traf Campion Anstalten auszusteigen, wobei er eine Ecke des großen Koffers zu fassen bekam, der aus dem Notsitz aufragte. Seine nächste Bewegung war so rasch, dass die Mädchen erst begriffen, was passierte, als Campion auf der Straße stand und strahlend den Koffer in den Armen hielt. Penny hatte sogar schon den Anlasser betätigt und der Wagen rollte bereits, als sie ihren Verlust bemerkte.

Campion stellte den Koffer ab und ließ sich auf ihm nieder. Penny hielt den Wagen wieder an, beide stiegen aus und gingen zu ihm zurück. Penny war weiß vor Zorn, und Beths Augen funkelten gefährlich.

»Campion«, sagte Penny. »Würden Sie bitte den Koffer sofort in den Wagen zurückstellen? Ich kann Sie selbstverständlich nicht weiter mitnehmen, und wenn Sie die Frechheit besitzen sollten, noch einmal im Tower aufzutauchen, werde ich Sie hinauswerfen lassen.«

Campion schaute geknickt drein, blieb aber auf dem Koffer sitzen.

»Seien Sie nicht unvernünftig«, bat er. »Sie zwingen mich sonst, melodramatisch zu werden, das ist doch albern.«

Die Mädchen starrten ihn fasziniert an. Er spielte mit einem Revolver, den er aus der Hosentasche genommen hatte.

Penny bekam es mit der Angst zu tun.

»Was fällt Ihnen ein?«, schimpfte sie. »So können Sie sich doch nicht benehmen! Jeden Moment kann ein Wagen vorbeikommen. Wie stehen Sie dann da?«

»Und Sie, wie stehen Sie dann da?«, fragte Campion spitz zurück.

Mit der freien Hand öffnete er die Verschlüsse des Koffers. Beth stieß einen unterdrückten Schrei aus.

»Bitte – bitte, nicht anrühren«, flüsterte sie.

Campion schüttelte den Kopf.

»Bedaure. Pflicht ist Pflicht, Miss. Hallo! Kommt dort ein Wagen?«

Die arglosen jungen Damen fielen auf den Trick herein. Sie drehten sich erwartungsvoll um, und in diesem Moment riss Campion den Koffer auf und sah eine Reisedecke, die locker um einen Gegenstand geschlagen war.

Beth wollte sich auf Campion stürzen, doch Penny hielt sie zurück.

»Es hat keinen Zweck«, resignierte sie. »Wir sind erledigt.«

Während sie mit geröteten Wangen und starrem Blick bedrückt auf der Straße standen, wickelte Campion die als Gyrth-Kelch bekannte, fünfundvierzig Zentimeter hohe, schimmernde Kostbarkeit aus ihrer Umhüllung.

11

Eine Weile stand Campion am Rande der flimmernden Straße, und die Schatten der Buchenblätter zeichneten ihm Muster auf Gesicht und Anzug. In seinen Armen ruhte der Kelch und funkelte im Sonnenschein.

Penny und Beth starrten ihn an. Sie waren beide im Gesicht tiefrot angelaufen, beide wütend, und beide fürchteten sich ein bisschen.

Campion brach als Erster das Schweigen.

»Mir scheint, Sie sind der beste Beweis dafür, dass sich noch zahlreiche Talente unentdeckt herumtreiben.«

Er packte den Kelch wieder ein und legte ihn in den Koffer zurück.

Penny hatte sich die ganze Zeit über in geheimnisvolles Schweigen gehüllt, aber Campion befürchtete einen Moment lang, sie werde sofort in Tränen ausbrechen.

»Passen Sie auf«, sagte er lächelnd zu ihr. »Ich weiß, dass ich Ihrer Meinung nach kein Recht habe, mich in die Sache einzumischen, aber bedenken Sie doch meine Lage. In dieser Affäre spiele ich die gleiche Rolle wie der Geist aus der Lampe. Wo immer sich der Kelch befindet, da tauche ich im nächsten Moment auf.«

Penny reagierte zunächst nicht, doch dann huschte zu seiner Erleichterung ein kleines Lächeln über ihr Gesicht.

»Wie sind Sie bloß dahinter gekommen?«, fragte sie.

»Ganz einfach: Ich habe es erraten.«

Er stellte den Koffer auf den Notsitz und hielt den Mädchen den Wagenschlag auf.

»Es war gar nicht sehr schwer. Zunächst einmal war es

ganz klar, dass in die Kapelle nicht eingebrochen worden war. Ergo hatte jemand die Tür mit dem Schlüssel geöffnet. Ergo mussten Sie das gewesen sein, denn die beiden anderen Menschen, die wussten, wo er sich befand, sind Ihr Vater und Branch, und diese beiden denken, mit Verlaub, in puncto Kelch ein bisschen konservativ.«

Penny biss sich auf die Unterlippe und setzte sich hinter das Steuer.

»Ich bin ja schließlich die ›Maid vom Kelch‹«, trumpfte sie auf.

»Eben«, bekräftigte Campion. »Daher auch Ihr ganz natürliches Verantwortungsgefühl.« Er schaute sie sinnend an. »Ich glaube, ich könnte Ihnen sogar sagen, was Sie mit dem Kelch vorhatten.«

»Nun?«

Sie schaute ihn herausfordernd an. Campion legte die Hand auf den Koffer.

»Sie wollten ihn in ein Bankschließfach bringen.«

Penny schnappte nach Luft, und Beth schrie leise auf.

Campion fuhr fort: »Sie haben sich darauf verlassen, dass die zehntägige Verhüllung des Kelchs die Entdeckung des Verlustes verhindern würde, und ich zweifle nicht daran, dass Sie Ihrem Vater und Val alles beichten wollten, bevor die beiden Anlass zu echter Sorge hatten. Bedauerlicherweise kam Mrs. Shannon dazwischen, und Sie mussten sofort handeln. Deshalb habe ich Ihnen heute Morgen aufgelauert. – Wollen wir jetzt weiterfahren?«

Penny starrte ihn fassungslos an.

»Wie können Sie sich unterstehen, so idiotisch auszusehen«, entfuhr es ihr. »Man lässt sich irreführen. Wissen Sie was? Sie haben richtig geraten.«

Der junge Mann mit dem einfältigen Gesicht und dem schüchternen Benehmen wurde verlegen.

»Dieses Lob macht mich nicht glücklich«, sagte er. »Ich muss gestehen, ich war erst davon überzeugt, dass Sie den Schatz im Koffer haben, als ich heute Morgen in den Wagen stieg. Als Sie nämlich so darauf bedacht waren, mich nicht neben dem Koffer sitzen zu lassen, da ist mir eine ganze Glühbirnenfabrik aufgegangen.«

Penny schöpfte tief Atem.

»Tja«, sagte sie. »Ich glaube, wir kehren um.«

Campion legte eine Hand aufs Lenkrad.

»Bitte«, ersuchte er sie mit einem Gesichtsausdruck, der ganz von fern an so etwas wie Ernst erinnerte. »Bitte, hören Sie mich noch eine Weile an. Sie beide müssen mir vertrauen. Wir sind alle zusammen in der Bredouille. Denken Sie einmal nach. Hier sitzen wir mitten auf einer öffentlichen Straße und haben eine höchst inkriminierende Antiquität hinten im Wagen. Das ist an sich schon schlimm. Dann – und das wiegt viel schwerer: Wenn ich schlau genug war, Ihnen auf die Schliche zu kommen, wie steht es dann mit unseren wissbegierigen Freunden, die ohnehin auf Verbrechen sinnen?«

»Sie meinen, sie könnten uns womöglich unterwegs überfallen?«, fragte Penny beklommen. An eine solche Möglichkeit hatte sie anscheinend gar nicht gedacht. Doch dann blitzte in ihren blauen Augen Argwohn auf. »Das ist doch einfach lächerlich. Woher sollte dann ein Außenstehender wissen, dass sich der Kelch nicht mehr im Kelchhaus befindet? Das wissen nur Vater, Val, Branch, Sie und ich.«

»Sie vergessen«, wandte Campion sanft ein, »dass Sie gestern Besuch hatten. Und der unausstehliche Mr. Putnam, der Ihre liebe, stille Freundin Mrs. Shannon begleitete, hat ein Gesicht, das mir irgendwie bekannt vorkommt.«

Pennys Augen flackerten.

»Der widerliche kleine Mann? Ist er der – der Drahtzieher, den Sie gemeint haben? Sie wissen schon, als Sie sagten, es seien so viele kleine Fische da, aber kein großer.«

Campion machte ein ernstes Gesicht.

»Leider nein. Aber er ist bestimmt nicht ohne. Ich glaube, sein richtiger Name ist Matthew Sanderson. Deshalb habe ich mich so ruhig verhalten. Ich hatte Angst, er würde mich erkennen. Ich bin sicher, dass er mich nicht erkannt hat, aber dass der Kelch verschwunden ist, ist ihm sicher nicht entgangen. Wie denn auch? Wenn er der Mann ist, für den ich ihn halte, dann möchte ich wetten, dass er jetzt gerade keine zwanzig Meilen von hier entfernt ist.«

Penny blickte ihn niedergeschlagen an.

»Ich war dumm«, klagte sie. »Wir fahren sofort zurück.«

Campion zögerte.

»Einen Augenblick.« Er warf einen Blick auf Beth. »Ich weiß nicht, ob wir Miss Cairey da hineinziehen sollen – «

Beth setzte eine entschlossene Miene auf und presste die Lippen zu einem festen, geraden Strich zusammen.

»Ich lasse Penny nicht im Stich« sagte sie.

Zu ihrer Überraschung nickte er ernst.

»Ich habe zu Val gesagt, dass man sich auf Sie verlassen kann. Er erwartet uns vor Coggeshall in einem kleinen Gasthaus, im ›The Case is Altered‹ .«

»Val?«, fuhr Penny auf. »Was weiß der denn davon?«

»Ungefähr so viel wie ich«, antwortete Campion nachdenklich. »Während Sie gestern Abend am Telefon in der Halle lautstark Ihre Reisepläne besprachen, haben er und ich uns im Rauchzimmer unterhalten. Ich sagte ihm, was ich dachte, und konnte ihn dazu überreden, Sie das gute Werk tun und das Ding für uns aus dem Haus schmuggeln zu lassen.«

»Sie finden also, es ist eine gute Idee – das Schließfach?«, fragte Beth erwartungsvoll. »Ich habe zu Penny gesagt, dass der Schatz dort ganz bestimmt in Sicherheit ist.«

Campion antwortete ihr nicht gleich. Er hatte seinen Platz im Wagen eingenommen und starrte auf das Armaturenbrett, als überlegte er, wieviel er verraten sollte.

»Tja, das wohl kaum«, sagte er schließlich. »Obwohl es am Ende vielleicht die beste Lösung ist. Ich habe inzwischen überlegt, ob wir unserem Freund Arthur Earle nicht ins Handwerk pfuschen könnten. Es gibt da in der Stadt eine alte Firma – vielmehr den letzten Repräsentanten einer alten Firma, der uns eine erstklassige Kopie des Kelchs anfertigen könnte, mit der ich viel lieber Verstecken spielen würde als mit dem echten Kelch. Ich glaube, wir werden einen Köder auswerfen müssen, wenn wir den großen Fisch fangen wollen.«

»Moment mal«, sagte Penny. »Wie steht es mit Vater? Weiß er etwas? Ich fürchte, ich habe mich unsterblich blamiert.«

Campion schaute womöglich noch zerstreuter drein als sonst.

»Ich hielt es leider für das Beste, Ihren Vater im Unklaren zu lassen«, murmelte er, und Penny war überzeugt, dass er log. »Sie haben sich entschuldigen lassen. Val hat zweifellos mich und sich selbst entschuldigt. Indes – das ist im Augenblick wohl kaum das Wichtigste. Wir müssen vor allem dafür sorgen, dass der Kelch sicher nach London gelangt.«

Penny lenkte den Wagen die schmale weiße Straße hinauf.

»Ich weiß nicht, ob ich mit allem einverstanden sein werde«, machte sie ihn aufmerksam. »Aber ich möchte Val sehen. Das mit dem Überfall auf der Straße haben Sie doch nicht so gemeint, oder?«

Campion sah sie ernst an.

»Die Zeiten haben sich geändert seit damals, als ich noch vierspännig nach Richmond zu fahren pflegte, wissen Sie, und die Ritterlichkeit auf der Straße ist nicht mehr die gleiche. Natty Johnson ist kein Kavalier und der gute Putnam Sanderson versteht erstklassig mit einer Donnerbüchse umzugehen. Im Großen und Ganzen steht uns meiner Meinung nach bestimmt irgendein Spaß bevor.«

»Wenn das wahr ist«, mischte sich Beth indigniert ein, »warum fahren wir dann weiter? Woher wissen wir, dass man uns nicht überfällt, noch bevor wir Coggeshall erreichen?«

»Deduktion, meine Gnädigste«, erklärte Campion zuvorkommend. »Von Sanctuary führen zwei Wege nach Coggeshall. Sie hätten sowohl den einen als auch den anderen nehmen können. Hinter Coggeshall müssen Sie direkt nach Kelvedon fahren und von da zur Hauptstraße. Ich glaube, sie werden auf der Hauptstraße nach uns Ausschau halten.«

Penny war unwillkürlich beeindruckt.

»Nun, jedenfalls sind Sie gründlich«, räumte sie widerstrebend ein.

»Und sauber«, sagte Campion. »Meine letzte Zimmerwirtin betonte immer, was ein Heim erst komplett mache, sei Hygiene, Farbigkeit und eine kleine Anzahlung. Erleben Sie noch heute das Campion-Gefühl! – Nun ja, wir könnten einen Umweg machen, aber alles in allem betrachtet, vermute ich, dass die Telefonleitungen belegt sein werden, und außerdem brenne ich darauf, unsere Freunde einmal in Aktion zu sehen. Ich denke, je schneller wir vorwärts kommen, desto besser.«

Penny nickte.

»Also gut«, willigte sie ein. »Sie müssen es ja wissen.«

›The Case is Altered‹ war ein kleines, bescheidenes Backsteinhaus. Es stand ein Stück von der Straße zurück und hatte einen rechteckigen kiesbestreuten Vorplatz. Campion stieg aus, hob vorsichtig den Koffer heraus und führte die Damen ins Gastzimmer, einen unschönen Raum, in dem große Öldrucke von Bildern wie *Der leere Stuhl*, *Nelsons Tod* und *Der Herrscher des Tals* an den Wänden hingen und der mit Unmengen von geblümtem Porzellan, Bambusmobiliar und einer Vase voll Papierrosen geschmückt war. Die Luft war durchdrungen vom Duft neuen Wachstuchs und schalen Biers.

Als sie eintraten, stand Val mit leicht belustigtem Gesicht auf dem Kaminvorleger. Penny errötete, als sie ihn erblickte, und schritt mit trotzig erhobenem Kopf auf ihn zu.

»Nun?«, fragte sie.

Er gab ihr einen Kuss.

»Ehrlich währt am längsten, mein Mädchen«, sagte er. »Ein Schluck Ingwerbier gefällig?«

Penny packte ihren Bruder am Arm.

»Val, stell dir vor, da sind wir meilenweit von zu Hause entfernt und haben das – das Ding einfach in einem Koffer. Mir ist zumute, als müsste ein Blitz auf uns niederfahren, weil wir so vermessen sind.«

Val legte den Arm um ihre Schultern.

»Auf Albert ist Verlass«, sagte er. »Er hat dein Spiel durchschaut. Anscheinend hat er selbst eins im Sinn.«

Sie wandten sich fragend zu Campion um und dieser grinste zurück.

»Hört mal«, sprach er, »wenn ihr nicht Dart spielen oder das hiesige Bier probieren oder euch anderweitig amüsieren wollt, dann wäre ich dafür, dass wir so bald wie möglich weiterfahren. Ich möchte vorschlagen, dass wir uns trennen. Sie und ich, Penny, nehmen den kostbaren Koffer und den Zweisitzer. Val und Miss Cairey folgen uns dicht nach, um uns notfalls Hilfe leisten zu können. Haben Sie noch genug Benzin?«

Penny blickte ihn verwundert an.

»Ich glaube, ja«, sagte sie, doch als er zögerte, fügte sie lachend hinzu: »Ich kann ja nachsehen, wenn Sie möchten.«

Penny ging hinaus und überzeugte sich, dass alles in Ordnung war. Als sie wieder ins Haus wollte, trat Campion mit dem Koffer aus der Tür.

»Wir fahren, wenn Sie nichts dagegen haben«, sagte er. »Val rechnet nur noch mit der guten Frau Wirtin ab. Die beiden folgen uns sofort.«

Penny schaute sich um.

»Wo ist der andere Wagen?«, wollte sie wissen.

Neben dem Eingang zur Gaststube parkte ein Ford-Lieferwagen, doch von einem Personenwagen war nichts zu sehen.

»Hinter dem Haus«, sagte Campion zungenfertig. »Dort ist eine Zapfsäule.«

Er legte den Koffer vorsichtig hinten in den Wagen und nahm neben dem Mädchen Platz.

»Und jetzt brausen wir los«, freute er sich. »Wollen Sie mich nicht ans Steuer lassen? Ich besitze Zeugnisse von allen Verkehrsbehörden im Lande.«

Penny überließ ihm etwas widerstrebend ihren Platz,

doch Campions Fahrkünste söhnten sie bald mit dem Tausch aus. Campion fuhr wie ein junger Gott und plauderte dabei vergnügt auf eine Art, die ihr keine Zeit ließ, an etwas anderes zu denken.

»Ich liebe Autos!«, rief er hingerissen. »Ich kannte einmal einen Mann – er war sogar mit mir verwandt –, der eins der allerersten besaß. Ich glaube, anfangs war es nur ein Rollschuh, aber er hat es dauernd verbessert, und es machte sich großartig. So um 1904 herum war es ein Wagen mit Klasse, gespickt mit lauter Extras. Ich glaube, zum Schluss hat er schon etwas übertrieben, aber als ich den Wagen kannte, konnte man an beinahe jedemRohr unter der Haube eine Zigarette anzünden, und mein Verwandter bereitete nicht nur Tee im Kühler, er hatte auch zwischenden beiden Hinterrädern eine Art mechanischen Picknickkorb untergebracht. Eines Tages verendete das Vehikel allerdings auf dem Trafalgar Square, und so wurde die erste Imbissbude geboren. Nach der Phönix-Methode, wissen Sie. Aber vielleicht interessiert Sie das gar nicht?«, erkundigte er sich und sah sie besorgt an. »Schließlich war ich heute Morgen schon ein wenig lästig, nicht wahr?«

Penny lächelte ihm zu.

»Ich finde Sie nicht direkt unsympathisch«, sagte sie. »Nein, erzählen Sie ruhig weiter. Manche Leute fahren besser, wenn sie reden, finden Sie nicht auch?«

»So sollte eine junge Dame nicht reden«, tadelte Campion.

»Es sind die Manieren der jungen Mädchen, was ich am beklagenswertesten finde. Als ich – in grauer Vorzeit – ein junger Mann war, da waren Frauen noch Frauen. Ach Gott, ja. Wie sie erröteten, wenn ich vorbeiging!«

Penny lachte.

»Sie sind mir einer! Wann soll der Spaß denn losgehen?«

»Lange kann es nicht mehr dauern«, versicherte Campion vergnügt, als er den kleinen Wagen auf die Hauptstraße steuerte.

Penny blickte nervös über die Schulter zurück.

»Von den anderen ist noch nichts zu sehen«, sagte sie.

Campion machte ein etwas besorgtes Gesicht.

»Da kann man nichts machen«, meinte er.

Es war nun gegen halb elf, und obwohl es Freitag war, herrschte noch kein so starker Verkehr wie nachmittags. Campion fuhr schnell und überholte alles, was zu überholen war. Auf der langen Geraden vor Witham nahm er wieder sein eigentümlich einseitiges Gespräch auf.

»Dann gibt es die Poesie«, schwärmte er. »Nehmen wir zum Beispiel das Motto des heutigen Tages: *Ein Major, den man einst pensionierte, blies Fagott, weil er gern musizierte. Seiner Frau tat das weh, sie gab Gift in den Tee* – Der Wagen, der uns eben überholt hat, gefällt mir nicht. Das ist ein alter Benz, nicht wahr? Verhalten Sie sich ruhig. Sollten Sie die Nerven verlieren, so macht das nichts, aber versuchen Sie, nicht um sich zu schlagen.«

Beim letzten Wort trat er auf die Bremse und brachte den Wagen gerade noch rechtzeitig zum Stehen, als der alte Benz, schwer wie ein Laster und schnell wie ein Rennwagen, vor ihnen ins Schleudern kam, sich quer stellte und ihnen den Weg versperrte. Das Manöver war so geschickt ausgeführt worden, dass es kein Entrinnen gab. Nur Campions Fahrkunst war es zu verdanken, dass sie überhaupt noch anhalten konnten.

Die folgenden Ereignisse passierten mit der Schnelligkeit und Präzision eines gut geplanten Raubüberfalls. Kaum standen die beiden Wagen still, sprangen fünf Männer aus dem Benz, – nur der Fahrer blieb auf seinem Platz –, und der Sportwagen wurde umzingelt. Es kam zu keinerlei Tätlichkeiten, und erst als Penny in das Gesicht des Mannes blickte, der sich an ihrer Seite auf das Trittbrett gestellt hatte, wurde ihr richtig klar, dass die Leute nichts Gutes im Schilde führten.

Sie war einen entsetzten Seitenblick auf Campion und sah, dass der Mann an seiner Seite ihm anscheinend in aller Freundlichkeit die Hand auf den Nacken gelegt hatte; der einzige Schönheitsfehler an dieser Szene war, dass er einen Revolver in dieser Hand hielt.

Ein dritter Mann, Hand in der Tasche, lehnte sich lässig an die Motorhaube, während ein Vierter mit bemerkenswerter Gelassenheit am Heck des Benz stand und allen Autofahrern, die an einen Unfall dachten und anhalten wollten, Zeichen gab, weiter zu fahren.

Sie waren allesamt schwere, auffallend gekleidete Typen, wie sie etwa den Buchmachern auf den Rennplätzen nur allzu bekannt sind.

Penny öffnete den Mund. Undeutlich nahm sie andere Wagen auf der Straße wahr. Der Mann an ihrer Seite packte sie am Arm.

»Mund halten, Miss«, gebot er leise. »Keinen Pieps. Also, wo ist er?«

Penny blickte Albert an. Er saß mucksmäuschenstill da, sein Gesicht war völlig ausdruckslos.

»Nein, nein«, protestierte er mit etwas schriller Stimme. »Ich möchte nicht abonnieren. Ich bin kein Musikliebhaber. Gehen Sie und spielen Sie vor dem nächsten Haus!«

Die Hand des Fremden ruhte noch immer liebkosend auf seinem Nacken.

»Keine Witze, Mann«, sagte er. »Wo ist er?«

»Sie sollten Glyzerin für die Stimme und Pfefferminz zur Verbesserung des Atems nehmen, mein Freund«, fuhr Campion nörglerisch fort. »Brüllen Sie mich nicht an! Ich bin nicht taub.«

Sein Gesprächspartner befahl den Mann zu sich, der so nonchalant am Kühler lehnte.

»Vorn im Wagen ist nichts«, sagte er. »Schau mal auf dem Notsitz nach.«

»Nein!«

Penny konnte den Entsetzensschrei nicht unterdrücken. Der Mann mit dem Revolver, der anscheinend die Aktion leitete, grinste.

»Vielen Dank, Miss«, sagte er sarkastisch. »Ein Mädel und ein Verrückter. Kommt einem vor, wie wenn man einem Säugling die Flasche wegnimmt.«

»Da ist lediglich mein Reiseproviant drin«, erklärte Campion, aber seine Stimme verriet Nervosität.

»So?« Der dritte Mann hob den Koffer heraus. »Da haben wir's. Der wiegt ja eine Tonne. Was anderes ist sowieso nicht im Wagen.«

Penny brachte vor Schreck kein Wort heraus, sie warf nur verstört einen Blick auf die Straße und sah, wie die Räuber einen Rolls Royce und einen Lieferwagen weiter winkten.

»Die Schlösser sind zu«, hörte sie eine Stimme hinter sich. »Gib mal dein Messer her.«

Der Mann mit dem Revolver schaute mit einiger Unruhe die Straße hinunter.

»Schmeiß das Köfferchen in die Karre«, befahl er. »Sonst gibt's hier ja eh nichts mehr zu holen. Los, Jungs, wir hauen ab!«

Seine vier Kumpane waren innerhalb von zehn Sekunden mit dem kostbaren Koffer in dem Benz. Der Fahrer stieß mit aufheulendem Motor zurück, und der Mann mit dem Revolver sprang auf. Die Straße war frei. Die ganze Episode hatte nicht länger gedauert als knapp fünf Minuten.

Campion löste die Bremsen und ließ den Wagen an, doch statt den flüchtenden Räubern zu folgen, wie Penny halb gehofft und halb befürchtet hatte, brauste er in Richtung London.

Erst als sie Witham erreichten und langsam durch die schmale Straße rollten, erlaubte sich Campion einen Seitenblick auf seine Begleiterin. Bis dahin hatte der Wagen seine ganze Aufmerksamkeit erfordert. Mit Bestürzung sah er, dass sie weinte, und zum ersten Mal an diesem Tag verlor er die Fassung.

12

»Ach, er ahnte nicht, was er riskierte!«, deklamierte Campion, während er den Sportwagen geschickt auf den großen Hof hinter dem Gasthaus Huguenot's Arms in Witham steuerte und knapp vor der Benzinpumpe zum Stehen brachte.

Penny trocknete hastig ihre Tränen.

»Was reden Sie da?«

»Dichtung«, erläuterte Campion. »Mein Höchstes. Seelenbalsam. Das ist die letzte Zeile des Gedichts, das ich Ihnen vortragen wollte, als uns der rüde Gentleman mit dem Raubinstinkt anhielt. Wissen Sie noch – der musikalische Major … Ich sage Ihnen lieber das Ganze noch einmal auf.«

Penny hob flehend die Hand.

»Bitte nicht«, bat sie. »Es ist furchtbar nett von Ihnen, dass Sie mich aufheitern wollen, aber Sie als Außenstehender können eben nicht begreifen, was das bedeutet. Der Koffer enthält den wichtigsten Gegenstand der Welt. Ich bin mit den Nerven völlig am Ende. Wir müssen zur Polizei.«

Campion saß regungslos da und schaute sie ernsthaft an.

»Sie sind der erste Mensch, den ich kenne, der so vernünftig über ein paar Flaschen Bier denkt«, sagte er. »Ich hatte keine Ahnung, dass Sie sich so aufregen würden.«

Penny starrte ihn an und begann langsam zu begreifen.

»Albert , sie –«

Er legte ihr die Hand auf den Arm.

»Verderben Sie uns nicht den Spaß«, sagte er. »Schauen Sie.«

Noch während er sprach, schwankte ein Lieferwagen mit dröhnendem Motor in den Hof. Die Fahrerkabine war ihnen zugekehrt, und Penny schnappte erleichtert und amüsiert nach Luft.

Hinter dem Lenkrad saß Val, eine Schirmmütze tief in die Stirn gezogen und bis zum Hals in einen gelben Regenmantel geknöpft. Über eine Schulter hing ihm ein Riemen, der auf eine lederne Geldtasche schließen ließ. Ein Bleistift hinter dem Ohr vervollständigte das Bild. Die Verkleidung war perfekt. Jedermann hätte sich täuschen lassen. Der Clou der Maskerade aber war Beth. Sie hatte ihr schickes Barett auf den Hinterkopf gesetzt und sich die Lippen geschminkt, bis sie klebrig wirkten, sich eine Schmachtlocke in die Stirn gezogen und ihre Jacke abgelegt, so dass sie nur in Rock und Bluse dasaß. Sie lächelte selbstgefällig; ihre großen dunklen Augen blitzten vor Vergnügen. Und in den Armen hielt sie, eng an die Brust gedrückt, ein kleines weißes Bündel, in weiße Tücher gehüllt, dessen oberer Teil mit einem Spitzenschleier bedeckt war.

»Na bitte–«, sagte Campion. »Und alles mit den einfachsten Mitteln. Unser junger Harry, der Weib und Kind während der Arbeitszeit spazieren fährt. ›Häuslichkeit kontra Leistungsfähigkeit‹ oder ›Alles sein Werk‹.«

Penny lachte.

»Sie sind großartig! Und das Baby –«

»Ist sein Gewicht in Gold wert. Lassen wir es dabei« schlug Campion vor. »Wir gehen jetzt am besten in das Zimmer hinauf, das Val telefonisch bestellt hat, und dort mischen wir und teilen erneut aus.«

Zehn Minuten später, in einem kleinen, muffigen Raum

des alten Gasthofs, entschuldigte sich Campion bei Penny.

»Ich habe mich wirklich wie ein Hornochse benommen«, sagte er mit echter Reue im Blick. »Aber in Coggeshall blieb mir keine Zeit zum Erklären – und außerdem hätten Sie vielleicht nicht zugestimmt. Und ich wollte doch so gern die Schurken in Aktion sehen! Ich habe keine echte Gefahr erwartet, und es gab ja auch keine. Können Sie mir noch einmal verzeihen?«

Penny setzte sich in einen wackligen Korbsessel.

»Schon gut«, sagte sie schwach. »Was geschieht als Nächstes?«

Beth, die vor dem Spiegel stand und ihr Aussehen in Ordnung brachte, drehte sich zu ihrer Freundin um.

»Als wir an euch vorbeifuhren und der Mann uns weiter winkte, dachte ich, ich müsste sterben. Wenn das ein wirkliches Baby gewesen wäre, hätte ich es zu Tode gedrückt. Aber sie haben uns keinen Moment lang verdächtigt, und später, als ihr uns überholt habt, wussten wir, dass alles gut gegangen war.«

Penny strich sich über die Stirn.

»Wer hat sich das alles ausgedacht?«, fragte sie. »Du hast die Tücher und diese anderen Sachen mitgehabt, Val?«

Ihr Bruder nickte.

»Als du draußen den Benzinstand kontrolliert hast, haben wir den Inhalt des Koffers durch ein paar Bierflaschen ersetzt, und dann habe ich Beth alles erklärt. Sie war großartig.«

Er warf dem kleinen dunkelhaarigen Mädchen einen bewundernden Blick zu.

Beth wechselte das Thema.

»Haben Sie über die Gangster herausgebracht, was Sie

wollten, Campion?«, erkundigte sie sich. »Ich meine – haben Sie einen von ihnen erkannt?«

»Ja und nein«, antwortete Campion. »Das unerfreuliche Subjekt, das an der Kühlerhaube lehnte, Penny, war unser Natty Johnson, ein alter Dorn in Luggs Auge. Zwei andere waren Taschendiebe, und der Herr, der das Wort führte und mich mit der Mündung seiner Waffe im Genick gekitzelt hat, ist ›Fingers‹ Hawkins, ein alter Kumpel von ›Putnam‹ Sanderson. Alles solide, verlässliche Arbeiter, deren Dienste man sich für ein mäßiges Entgelt sichern kann. Den Fahrer konnte ich nicht sehen, aber er hat seine Sache wie ein Profi gemacht. Jetzt trinken sie wahrscheinlich das Bier und spielen ›Wer kann am schlimmsten fluchen‹. Deshalb brauchen wir im Moment keine Vergeltungsmaßnahmen zu befürchten. Sie hegen keinen persönlichen Groll gegen uns. Sie werden Instruktionen abwarten, bevor sie etwas unternehmen. Das bringt uns leider nicht viel weiter.«

Val beugte sich vor.

»Und jetzt schicken wir die beiden Kleinen wohl nach Hause?«

»Eine Frage, die besser formuliert sein könnte«, rügte Campion sanft. »Ich hatte gehofft, unsere beiden Freundinnen überreden zu können, vom gegenüberliegenden Bahnhof aus den Zug um 12.30 Uhr nach Hadleigh zu nehmen, während wir uns mit dem Schatz nach London aufmachen.« Er schaute nachdenklich von einem Mädchen zum anderen. »Sie werden jetzt wohl sehr wütend sein?«, fragte er.

Penny sah enttäuscht drein; Beth hingegen lachte.

»Die beiden haben vielleicht Nerven!«, sagte sie. »Trotzdem finde ich, wir sollten uns fügen. Das ist Arbeit für harte Männer.«

Sie imitierte Vals etwas salbungsvolle Sprechweise, und der junge Mann lachte

»Sie hat mich schon die ganze Zeit damit aufgezogen«, beklagte er sich. »Warten Sie nur, bis die Sache hier vorbei ist, dann zeige ich Ihnen die helleren Seiten des Landlebens.«

Beth lächelte.

»Es war mitunter schon recht nett«, versicherte sie und legte ihm das in Tücher gehüllte Bündel in die Arme.

»Was geschieht mit dem Lieferwagen?«, fragte Penny.

»Der Mann, von dem ich ihn gemietet habe, holt ihn hier ab«, gab Val Bescheid. »Brechen wir jetzt auf?«

Er bestand darauf, die beiden Mädchen zum Bahnhof zu begleiten. Campion sollte sich inzwischen um den Wagen und um einen neuen Koffer kümmern.

»Wann kommen Sie zurück?«, fragte Penny unter der Tür.

»Morgen, wenn alles gut geht«, antwortete Campion leichthin. »Vertrauen Sie unterdessen auf Lugg, mein zweites Ich. Der wiegt eine ganze Polizeieinheit auf. Ich gedenke ihn der Nation zu vererben. Richten Sie ihm aus, er möchte bitte nicht meine Socken tragen. Und die Pullover in meinen Schulfarben. Ich habe überall Spione.«

Sie lachte und ging hinaus.

Nach knapp zwanzig Minuten war Campion mit Val unterwegs.

Val wirkte gelöster als vorher.

»Wissen Sie«, gestand er nach langem Schweigen, »diese Beth ist so ganz anders. Ich habe Frauen so lange gehasst, und ich finde es herrlich, dass es eine gibt, derentwegen man seine Vorurteile überwindet. Obwohl Sie ein so komischer Kauz sind, müssen Sie doch verstehen, was ich meine.«

»Konzentrieren Sie sich lieber auf das, was wir vorhaben«, empfahl Campion.

Val lehnte sich zurück.

»Sie fahren großartig«, lobte er. »Ich weiß nicht, ob es an ihrer Stimme oder an ihren Augen liegt – was meinen Sie?«

Campion gab keine Antwort. Der kleine Wagen flitzte Richtung London.

»Wir fahren direkt dorthin, wenn Sie nichts dagegen haben.«

Campion sagte diese Worte fast eine Stunde später, während er das Auto durch Aldgate manövrierte und in jenen alten und etwas düsteren Teil der City lenkte, den man Poultry nennt.

»Gute Idee«, stimmte Val zu. »Obwohl – hören Sie, Campion, gehen wir damit wirklich kein großes Risiko ein?«

Campion zuckte die Achseln.

»Die Firma Melchizadek ist absolut vertrauenswürdig. Seit dem ersten George zählen die besten Leute zu ihren Kunden. Melchizadek ist verschwiegen wie ein Grab. Und ein alter Freund von mir. Allerdings ist auch er im Falle eines Falles nicht kugelsicher. Dennoch möchte ich seine Meinung über die Möglichkeit der Anfertigung einer täuschend echten Kopie hören. Übrigens, Val, wie alt ist der Kelch eigentlich?«

»Schwer zu sagen«, meinte Val nach langem Zögern. »Jedenfalls stammt er aus vornormannischer Zeit.«

Campion hätte beinahe das Steuer verrissen.

»Was?«, staunte er. »Sie wollen doch nicht etwa behaupten, dass das Ding, das wir im Koffer haben, tausend Jahre alt ist!«

»Mein lieber Mann, natürlich ist es so alt.« Val war ein

bisschen eingeschnappt. »Sie kennen die einschlägigen Legenden genauso gut wie ich. Worüber wundern Sie sich also?«

»Mir ist eben erst so richtig klar geworden, was wir da auf dem Rücksitz haben. Das ist alles. Übrigens – wir sind da.«

Er bog in eine schmale Sackgasse ein und hielt vor einem kleinen, altmodischen Laden oder vielmehr vor einem Gebäude mit einem Schaufenster, das halb mit goldener und schwarzer Farbe übermalt worden war, so dass es wie eine der zahlreichen Großhandlungen aussah, die es in der Gegend gab. Die schwere Tür mit den glänzenden Messingbeschlägen war nur angelehnt. Campion stieg aus, nahm den Koffer und ging auf das Haus zu. Val folgte ihm.

Ein kleines Messingschild mit dem eingravierten Namen *I. Melchizadek* war direkt unter einem altmodischen Klingelzug angebracht. Val fiel auf, dass das Gebäude keine anderen Firmen beherbergte. Er folgte Campion in ein großes Vorzimmer, das von einer wenig stabilen Holzbarriere in zwei Teile getrennt wurde. Alles wirkte still und verlassen, und bis auf zwei oder drei kleine Schaukästen mit wunderbar gearbeiteten Nachbildungen seltener Medaillen und Orden deutete nichts darauf hin, womit die Firma sich beschäftigte.

Bei ihrem Eintreten erhob sich von einem Schreibtisch in einer Ecke hinter der Barriere ein schlanker junger Mann und kam auf sie zu. Campion überreichte ihm eine seiner Karten.

»Würden Sie Mr. Melchizadek fragen, ob er ein paar Minuten für mich erübrigen kann?«, fragte er.

Der junge Mann las den Namen von der Karte laut ab. »Mr. Christopher Twelvetrees.«

»Hallo«, rief Val überrascht. »Sie haben sich –«

Campion bedeutete ihm zu schweigen und nickte dem Angestellten zu.

»Richtig. Mr. Melchizadek kennt mich.«

Als der junge Mann verschwunden war, wandte sich Campion mit bedauernder Miene seinem Freund zu.

»Ich hätte Sie auf meine vielen Decknamen aufmerksam machen sollen. Vergessen Sie bitte nicht: Ich bin Christopher Twelvetrees, bis wir draußen sind.«

Ziemlich verwirrt fand Val gerade noch Zeit, stumm zu nicken, denn die Tür zum Büro, durch die der junge Angestellte verschwunden war, öffnete sich. Val erblickte einen sehr bemerkenswerten alten Herrn.

Mr. Ismael Melchizadek war ein Wunder an guter Erziehung, kultiviert und klug. Er näherte sich seinem siebzigsten Lebensjahr, war groß und hager und hatte ein festes, zartes Gesicht, das wie aus poliertem Elfenbein wirkte. Er war glattrasiert und trug sein weißes Haar kurz geschnitten. Mit ausgestreckter Hand trat er vor.

»Mr. Twelvetrees«, sagte er. »Ich freue mich, Sie zu sehen.«

Seine tiefe, weiche Stimme verstärkte noch die besondere orientalische Note seiner Persönlichkeit.

Campion schüttelte ihm die Hand und stellte Val vor.

Der junge Mann spürte den Blick der kleinen schwarzen Augen auf seinem Gesicht, die ihn mit untrüglicher Urteilskraft taxierten.

Mr. Melchizadek warf einen Blick auf den Koffer.

»Kommen Sie bitte in mein Büro, Mr. Twelvetrees«, sagte er. »Dort können wir ungestört sprechen.«

Er führte sie durch einen kurzen Gang in ein üppig ausgestattetes kleines Gemach, das den perfekten Rahmen für seine bemerkenswerte Person bildete.

Den Boden bedeckte ein alter Perserteppich, an den Wänden hingen schöne Gemälde. Ein riesiger Tisch nahm den meisten Platz ein, und nachdem Mr. Melchizadek seine Kunden mit Stühlen versorgt hatte, ließ er sich hinter dem Tisch nieder.

»Nun, Mr. Twelvetrees«, erkundigte er sich, »womit kann ich dienen?« Er zögerte. »Möchten Sie vielleicht eine Kopie anfertigen lassen? Vielleicht die Kopie eines gewissen äußerst berühmten Kelches?«

Campion zog die Brauen hoch.

»Sie nehmen den langen Weg, Sir?«, fragte er liebenswürdig.

Der alte Mann schüttelte den Kopf, und einen Moment lang umspielte ein Lächeln seine Lippen.

»Nein, mein Freund. Ich habe zu viele Kunden, als dass ich einen anderen als meinen eigenen Weg gehen könnte.«

Campion atmete auf.

»Gott sei Dank. Sie haben natürlich richtig geraten. Wie ich sehe, erkennen Sie den Ernst der Lage. Was wir hier haben, ist nichts Geringeres als der Kelch der Familie Gyrth.«

Er nahm den Koffer und legte ihn behutsam auf den Tisch.

Der alte Mann erhob sich und kam näher.

»Ich habe ihn noch nie gesehen«, sagte er. »Seine Geschichte, oder vielmehr seine Legende, ist mir natürlich bekannt. – Offen gestanden, das ist ein großer Augenblick für mich, Mr. Gyrth«, fügte er zu Val gewandt hinzu. »In den letzten zweihundert Jahren hatten wir die Ehre, viele Schätze bei uns zu sehen, aber dennoch ist dies hier eine denkwürdige Gelegenheit.«

»Über tausend Jahre alt«, betonte Campion. »Über tausend Jahre.«

Er schloss vorsichtig den Koffer auf, und nachdem er die Reisedecke entfernt hatte, hob er den noch immer in Schals gewickelten Kelch heraus.

Mr. Melchizadek schien ob dieser unkonventionellen Verpackung erstaunt und sogar ein bisschen schockiert. Doch er enthielt sich jeder Äußerung, bis Campion den letzten Schal abgewickelt und den goldenen Pokal in seine Hände gelegt hatte.

Es war ein Bild, das Val nie vergaß: der hochgewachsene, strenge alte Mann, der mit langen, schlanken Fingern die prachtvolle Handarbeit prüfte. Er drehte den Kelch nach allen Seiten, wobei er ihn durch eine Lupe betrachtete. Er untersuchte ihn von unten, von innen, stellte ihn schließlich zurück auf den Tisch und wandte sich wieder seinen Besuchern zu. Er wirkte ratlos, fast ein wenig verlegen.

»Mr. Twelvetrees«, sagte er langsam, »wir sind alte Freunde, Sie und ich.«

Campion hielt seinem Blick stand.

»Mr. Gyrth und ich«, entgegnete er scheinbar zusammenhanglos, »können beschwören, dass dies der Gyrth-Kelch ist. Was können Sie uns über ihn mitteilen?«

Zum ersten Mal spürte Val, dass da etwas nicht stimmte. Er stand auf und stellte sich zu den anderen.

Mr. Melchizadek nahm den Kelch wieder auf.

»Ein schönes Stück«, sagte er. »Die Ausführung ist hervorragend und im Entwurf bildet er fast ein Gegenstück zu dem in der Kirche von San Michele zu Vecchia. Aber er ist nicht mittelalterlich. Ich bin mir nicht sicher, aber wenn Sie gestatten, dass ich in unseren Büchern nachsehe, dann kann ich Ihnen das genaue Herstellungsdatum des Kelchs nennen.«

Ein unartikulierter Schrei löste sich aus Vals Kehle und

er öffnete den Mund zu einer heftigen Entgegnung. Campion hielt ihn zurück.

»Immer mit der Ruhe«, raunte er. »Die Sache wird von Minute zu Minute komplizierter. Ich glaube, wir stehen dicht vor einer Entdeckung.«

Die darauf folgende Stille wurde von Mr. Melchizadeks ruhiger Stimme unterbrochen.

»Es wäre mir lieber, wenn Sie sich nicht allein auf mein Wort verließen, Mr. Twelvetrees. Ich selbst möchte ganz gern ein zweites Gutachten einholen. Ich bin ein alter Mann, und es kommen immer wieder beachtliche Stilbrüche vor. Würden Sie mir daher gestatten, einen alten Freund von mir hinzuzuziehen? Zufällig ist nebenan einer der berühmtesten Experten auf diesem Gebiet. Er ist gerade zu Besuch gekommen, als Sie hier eintrafen, und er war so freundlich zu warten, bis ich wieder frei bin. Was meinen Sie?«

Er wandte sich von Campion zu Val. Der junge Mann war hochrot und ganz offensichtlich verwirrt. Mr. Melchizadek hüstelte.

»Sie können mit seiner Diskretion rechnen wie mit meiner eigenen«, murmelte er.

»Oh gewiss«, beteuerte Val hastig, und Campion nickte dem alten Mann zu, der daraufhin lautlos den Raum verließ.

»Das ist heller Wahnsinn«, keuchte Val. »Das –«

Campion legte ihm die Hand auf die Schulter.

»Ruhig«, mahnte er. »Hören Sie sich an, was die beiden zu sagen haben. Ich glaube, ich sehe jetzt allmählich klar.«

In diesem Moment kehrte Mr. Melchizadek zurück. Hinter ihm erschien ein schmächtiger, beweglicher kleiner Mann mit hoher Stirn und weißem Spitzbart. Er kam den beiden jungen Männern irgendwie bekannt vor, und noch bevor Mr. Melchizadek zu sprechen begann, hatten sie ihn erkannt.

»Dies, meine Herren, ist Professor Cairey, ein amerikanischer Experte. Professor Cairey, darf ich Sie mit Mr. Gyrth und Mr. Christopher Twelvetrees bekannt machen.«

13

Es folgte eine längere Pause. Professor Cairey betrachtete die beiden jungen Männer mit etwas zweifelndem Blick und Val nutzte die Gelegenheit, ihn eingehend zu mustern.

Er war ein adretter, kleiner alter Mann, der die gleiche Lebenslust ausstrahlte wie seine Tochter. Er hatte ein waches, kluges Gesicht, von dem eine Freundlichkeit ausging, welche die beiden sofort für ihn einnahm.

Er ergriff als Erster das Wort. Seine Stimme klang ruhig und angenehm. Er sprach mit leichtem amerikanischem Akzent.

»Eine schöne Bescherung«, meinte er. »Das Schicksal hat mich ereilt. Mr. Gyrths Angehörige und ich sprechen nicht miteinander, und außerdem schulde ich Mr. Gyrth noch eine Entschuldigung«

Dann lachte er und die allgemeine Anspannung verflog.

Val wollte etwas sagen, aber Campion legte ihm die Hand auf den Arm.

»Ich habe mich nämlich hinreißen lassen«, sprach Professor Cairey weiter, »vor einem oder zwei Tagen in Ihren Garten einzudringen, Mr. Gyrth. Ich glaube nicht, dass ich gesehen wurde, aber falls doch, dann lassen Sie mich erklären –«

Val konnte sich nicht zurückhalten. »Wir haben Sie leider doch gesehen, Professor. Sie haben in die Kapelle geschaut.«

»Stimmt«, gab er zu. »Ich arbeite gerade an einem neuen Buch über die Auswirkungen des Commonwealth auf die Kirchendekoration in Ostengland, und ich gestehe offen, ich habe mir – nun ja – etwas mehr Unterstützung von Ihren Leuten erhofft Aber irgendwie habe ich mich bei Ihrem Herrn Papa unbeliebt gemacht, und das Innere Ihrer Kapelle ist mir so unerreichbar wie von zu Hause in Westport, New Jersey, aus.« Seine Augen funkelten verschmitzt. »Ich hielt es aus, solange ich konnte. Doch dann, bevor ich von Ihrem Kummer gehört hatte, entschloss ich mich, einen Blick zu wagen, selbst auf die Gefahr hin, vom Gärtnerlehrling verjagt zu werden.«

Val wurde rot.

»Ich war lange nicht zu Hause«, erklärte er. »Und meine Tante hat natürlich auch Schwierigkeiten gemacht. Ich werde Ihnen mit dem größten Vergnügen alles zeigen.«

Campion, der bis dahin geschwiegen hatte, sah den Professor mit lachenden Augen an.

»Professor Cairey, Sie haben doch ein Buch über Aberglauben verfasst, nicht wahr?«

Professor Cairey errötete sanft.

»Stimmt, Mr. Twelvetrees«, bestätigte er, den Namen besonders betonend. »Ich hatte keine Ahnung, dass auch auf dieser Seite des Atlantiks jemand Notiz davon genommen hat.«

Val hatte das ungute Gefühl, dass die beiden sich insgeheim über etwas amüsierten.

»Ich muss mich bei Ihnen entschuldigen, Sir«, sagte Campion fast respektvoll. »Ich gestehe, wir hielten Sie anfangs für etwas ganz anderes. Nun ja – wir dachten, Sie seien auf den Kelch aus.«

Mr. Melchizadek machte ein empörtes Gesicht und murmelte ein Wort des Protestes. Der Professor beruhigte ihn mit einem Lächeln.

»Das war ich auch«, sagte er, »gewissermaßen.« An Val gewandt erklärte er: »Selbstverständlich bin ich mit der Geschichte Ihres großen Schatzes vertraut, Mr. Gyrth. Meiner Meinung nach gehört er zu den sieben Weltwundern. Natürlich war ich begierig, einen Blick auf ihn zu erhaschen, wenn möglich. Ich hatte gehört, dass er einmal in der Woche dem Publikum gezeigt wird, und ich habe auch so eine Gelegenheit wahrgenommen, aber der Kelch war hinter Gittern versteckt, das Licht war schlecht, und dann gab es da noch eine kleine Meinungsverschiedenheit zwischen Ihrer Tante und meiner Frau, und während ich hoffte, dass sich die Wolken verziehen würden, starb Ihre arme Tante, und da konnte ich natürlich nicht einfach zu einer Besichtigung kommen.«

Val, der ganz dem Zauber der charmanten Persönlichkeit des Professors erlegen schien, war drauf und dran, tausend Entschuldigungen für das zweifellos schlechte Benehmen der seligen Lady Pethwick vorzubringen, doch Mr. Melchizadeks sanfte, ruhige Stimme kam ihm zuvor.

»Ich denke, wenn Sie Professor Cairey gestatten, den Kelch zu untersuchen, dann kann er ein sicher für uns alle interessantes Gutachten abgeben.«

»Unbedingt.«

Campion trat vom Tisch weg und gab somit den Blick auf den Kelch frei.

Der Professor stürzte sich förmlich auf den Kelch. Er hob ihn auf, drehte ihn um und prüfte das Metall mit dem Daumen.

»Leihen Sie mir bitte Ihr Glas, Melchizadek«, ersuchte er. »Das ist ein schönes Stück.«

Sie beobachteten ihn gebannt. Seine kurzen, sensiblen Finger glitten liebkosend über die verzierte Oberfläche. Schließlich stellte er den Kelch ab.

»Was wollen Sie über ihn wissen?« erkundigte er sich.

»Was ist es wirklich?«, fragte Campion schnell, bevor Val ein Wort zu äußern vermochte.

Der Professor überlegte.

»Es ist ein Abendmahlskelch«, sagte er. »Der Entwurf ist reine Renaissance. Aber die Arbeitstechnik stammt meiner Meinung nach aus viel späterer Zeit. Der Kelch ist rund hundertfünfzig Jahre alt.«

Val schaute Campion niedergeschmettert an und Mr. Melchizadek hob das kostbare Stück hoch.

»Das dachte ich mir«, ließ er sich vernehmen. »Wenn Sie gestatten, Mr. Gyrth, dann kann ich es Ihnen beweisen, glaube ich.«

Er entnahm einer Schublade ein kleines Messer mit schlanker Klinge, und nachdem er die edelsteinbesetzten Buckel rund um den Sockel des Kelchs ein paar Minuten lang durch die Lupe untersucht hatte, versuchte er vorsichtig, einen Buckel loszulösen. Plötzlich entfuhr ihm ein Laut der Genugtuung. Er legte das Instrument weg, schraubte den Edelstein samt Fassung ab und deponierte ihn behutsam auf dem Tisch. Als die anderen herandrängten, deutete er auf die winzige glatte Fläche, die er freigelegt hatte.

Da war, gerade noch lesbar, in das Metall eingraviert:

Melchizadek fecit
1772.

»Mein Urgroßvater«, sagte Mr. Melchizadek schlicht. »Der Gründer dieser Firma. Er pflegte jedes Stück zu signieren, das er schuf, wenngleich er es gelegentlich so tun musste, dass es bei flüchtiger Betrachtung nicht weiter auffiel.«

»Aber«, rief Val, der nicht länger schweigen konnte, »sehen Sie denn nicht, was das bedeutet? Dies hier ist das, was während der letzten Jahrzehnte – immerhin während meiner und meines Vaters Lebenszeit – als der Kelch der Familie Gyrth galt!«

Einen Moment lang schien der Professor genauso bestürzt zu sein wie Val. Er trat an Campion heran.

»Mr. Twelvetrees«, murmelte er, »ich möchte Sie und Mr. Gyrth um eine private Unterredung bitten. Vielleicht können wir uns irgendwohin zurückziehen.«

Campion schaute ihn durch die dicken Brillengläser forschend an.

»Das entspricht ganz meinen Wünschen.«

Val, immer noch nach Worten ringend und verstört, stand einstweilen da und starrte die Arbeit des Melchizadekschen Urgroßvaters an, als habe er sie noch nie gesehen. Professor Cairey nahm die Situation in die Hand. Er verabschiedete sich von dem alten Goldschmied, mit dem er eng befreundet zu sein schien, packte den Kelch in den Koffer, und zehn Minuten später saßen sie zu dritt in den kleinen Zweisitzer gepfercht und fuhren aus der City hinaus ins Westend.

Val fand es etwas merkwürdig, dass Professor Cairey so unvermittelt ins Vertrauen gezogen wurde. Denn Campion war ihm nie so vorgekommen, als besäße er ein besonders vertrauensseliges Gemüt, und daher wunderte er sich.

Bevor sie am Piccadilly ankamen, hatte sich Campion mit entwaffnender Naivität noch mal vorgestellt, und als sie die Treppe zu seiner Wohnung hinaufstiegen, unterhielt er sich mit dem Professor wie mit einem guten Bekannten.

Val, der gestaunt hatte, wie unbekümmert Campion vorgefahren war, warf ihm einen verwunderten Blick zu.

»Als ich das letzte Mal hier war«, bemerkte er, »haben

Sie mir zu verstehen gegeben, ich könnte jeden Moment niedergeschossen werden, wenn ich vor die Tür ginge. Warum sind Sie jetzt so leichtsinnig?«

»Jetzt«, entgegnete Campion, »besteht keine unmittelbare Gefahr mehr. Inzwischen muss nämlich jedem Interessierten klar geworden sein, dass Sie und ich zusammenarbeiten. Sie zu erschießen, wäre sinnlos. Die Neuigkeit hat sich herumgesprochen. Ihr Vater weiß, dass Gefahr besteht, Scotland Yard weiß es, jeder Kriminalbeamte im Lande kann alarmiert sein. Vielleicht beobachten ›Georges‹ Leute das Haus, aber ich möchte es bezweifeln.«

Professor Cairey, der mit über dem Bauch gefalteten Händen dasaß und dem Gespräch mit hellwachem Interesse in den runden, braunen Augen gefolgt war, wandte sich nun an Campion.

»Ich schlage vor, Sie beichten jetzt Mr. Gyrth alles, und dann sehen wir weiter.«

Val schaute rasch Campion an, der bescheiden vortrat.

»Die Situation ist heikel«, murmelte er. »Aber vielleicht haben Sie Recht, und es ist jetzt an der Zeit, Ordnung in die Dinge zu bringen. Ich muss gestehen, Val, dass mir an dem Kelch Zweifel kamen, kaum, dass ich ihn auf dem Foto erblickt hatte. Bevor ich mich mit Ihnen in Verbindung setzte, habe ich daher meinen alten Freund Professor Cairey, den größten lebenden Experten auf diesem Gebiet, aufgesucht. Es stellte sich heraus, dass er in nächster Nähe des Hauses Ihrer Ahnen wohnt. Und das ist kein Zufall, müssen Sie wissen. Der Professor hat mir verraten, warum er sich in Ihrer Nachbarschaft eingemietet hat. Er konnte anhand der Fotografie kein sicheres Urteil abgeben, aber er hegte starke Zweifel.«

Der Amerikaner nickte, und Campion fuhr fort.

»Da ein kleiner Zwist zwischen Ihrer Tante und ihren Nachbarn bestand, konnte ich den Professor der Familie nicht gleich empfehlen. Ich verabredete mich mit ihm bei Melchizadek. Sehen Sie, ich wusste, dass mehr als ein einzelnes Sachverständigengutachten nötig sein würde, um Sie zu überzeugen, dass der Kelch nicht das ist, was er vorgibt.« Er machte eine Pause. »Es tut mir furchtbar Leid«, sagte er bedauernd. »Wissen Sie, ich wollte Sie überreden, den Kelch kopieren zu lassen, und dann haben ihn die Mädchen zuvorkommenderweise für uns gestohlen.«

Val sank in einen Sessel und schlug die Hände vors Gesicht.

»Das ist einfach zuviel. Jetzt ist alles aus.«

Der Professor beugte sich vor. Sein weises, humorvolles Gesicht strahlte Güte aus.

» Passen Sie auf«, sagte er. »Ich will keine Familiensitte umstoßen, derzufolge Sie in einem gewissen Alter gewisse Dinge erfahren. Auch bin ich mir der Delikatesse des Themas bewusst, über das zu sprechen ich mir anmaße. Doch möchte ich Ihnen, wenn Sie gestatten, bestimmte Fakten nennen, die jedem auffallen könnten, der die Sache als Außenstehender und Unbeteiligter betrachtet.«

Val hörte gespannt zu.

»Meiner Meinung nach«, fuhr der Professor fort, »handelt es sich bei dem schönen Stück, das da im Koffer liegt und das rund hundertfünfzig Jahre in Ihrer Kapelle stand, um einen sogenannten Ersatzkelch. Nun denke ich mir, dass dieser Ersatzkelch der Letzte einer langen Reihe ist – wahrscheinlich waren alle von unterschiedlicher Form. Der echte Kelch wurde allezeit irgendwo verwahrt, während das Ersatzstück seinen Platz einnahm und Schaulustige, Diebe und so weiter täuschte.«

Val holte tief Luft.

»Ich begreife.« Ein Hoffnungsschimmer trat in seine Augen. »Sie meinen, der echte Kelch ist viel zu kostbar, um gezeigt zu werden?«

»Unbedingt. Ich habe mich mit diesen Dingen befasst, und ich könnte Ihnen wahrscheinlich mehr über die Geschichte des Kelchs erzählen als sonst jemand außerhalb Ihrer Familie. Es heißt zum Beispiel, zur Zeit Richards II. sei er gestohlen worden und dann noch einmal kurz nach der Restauration. Aber die Gyrthschen Güter sind nie an die Krone gefallen, wie es der Fall gewesen wäre, wenn man den echten Kelch gestohlen hätte. Königin Anna hat in einer Charta sozusagen bestätigt, dass Ihre Familie den Originalkelch noch immer besitzt.«

Er hielt inne, als er Vals Überraschung bemerkte.

Campion grinste.

»Der Professor ist ein echter Sohn seines Landes – er weiß mehr über das unsere als wir.«

Val lehnte sich zurück.

»Ja, aber – wenn dies ein Ersatzkelch ist, wie Sie es nennen, dann könnten wir doch diesen verdammten Dieben das Ding überlassen und Schluss!«

Campion schüttelte den Kopf.

»Zwecklos«, fand er. »Entweder würden sie schon bei seinem Anblick stutzig werden oder aber spätestens dann, wenn sich in Bezug auf die Eigentumsverhältnisse nichts ändern würde. Sie würden keine Ruhe geben, bis sie den echten Kelch hätten. ›Ethel‹ und ›George‹ sind hartnäckig. Nein, unser ursprünglicher Plan ist der einzig richtige. Wir müssen den großen Fisch ausfindig machen und fangen.«

»Verstehen Sie, Mr. Gyrth«, sagte der Professor langsam, »alles, was ich Ihnen erklärt habe, dürfte einem intelligenten Dieb ebenfalls klar sein. Die Leute, mit denen Sie es zu tun haben, besitzen vermutlich Geschmack und Urteilsvermögen. Sobald sie den Kelch in Händen hätten, würden sie zu denselben Schlussfolgerungen gelangen wie ich. Leider wurde der Kelch von mehreren alten Autoren beschrieben. Modernen Verbrechern bieten sich weit mehr Möglichkeiten, historische Fakten aufzuspüren als ihren mittelalterlichen Kollegen.«

»Mein lieber Junge«, sagte Campion, »machen Sie keine solche Leichenbittermiene. Noch wissen unsere Gegner nichts davon, verlassen Sie sich darauf. Vorläufig gibt es auf der Welt wahrscheinlich nur fünf Personen, die über das Vorhandensein eines zweiten Kelches informiert sind, und um das Geheimnis des echten Kelchs zu wahren, müssen wir den Ersatzkelch mit allen Mitteln verteidigen.«

»Ja, das ist mir klar.« Val sprach langsam. »Aber wo ist der echte Kelch? Irgendwo vergraben?«

Der Professor räusperte sich.

»Als Außenstehender«, begann er, »wage ich die Vermutung kaum auszusprechen, aber es will mir scheinen, dass Sie an Ihrem fünfundzwanzigsten Geburtstag darüber aufgeklärt werden.«

Val zuckte zusammen.

»Die Kammer!«, rief er aus. »Natürlich.«

Eine Weile sann er vor sich hin. Doch dann veränderte sich sein Gesichtsausdruck, und seine Augen blickten fast angstvoll.

»Aber das ist noch nicht alles«, sagte er mit belegter Stimme. »Die Kammer im Ostflügel enthält etwas Entsetzliches. Vielleicht halten Sie mich für verrückt, Campion, aber ich kann das Gefühl nicht loswerden, dass es sich um kein gewöhnliches Museumsstück handelt. Soweit ich mich zurückerinnern kann, hat meinen Vater immer etwas bedrückt. Ich meine« – er suchte nach Worten –, »er quält sich mit etwas herum, womit er nicht fertig wird. Mein Großvater war genauso. Darüber wird natürlich niemals gesprochen, und ich habe es bis jetzt keinem Menschen gegenüber erwähnt, aber es gibt dort etwas, und zwar etwas Furchterregendes.«

Eine kurze Stille folgte seinen Worten. Dann stand der Professor auf.

»Es ist nicht daran zu zweifeln«, sagte er leise, »dass der echte Kelch, der aus englischem Rotgold besteht und kaum größer sein dürfte als eine gewölbte Männerhand, einen schrecklichen und äußerst wirkungsvollen Hüter hat.«

14

»Alles ist Schicksal, wie die alte Dame beim Kirchenkongress sagte«, bemerkte Campion. »Alles nimmt einmal ein Ende, und wir sind schon ganz schön vorangekommen. In einer Weile werden wir noch eine Expertise hören. Mein Freund, Inspektor Stanislaus Oates, ist ein entzückender Mensch. Er wird uns mit seinem sonnigen Gemüt aufheitern.«

Campion ließ sich Val gegenüber in einen Sessel fallen und zündete sich eine Zigarette an. Val bewegte sich unbehaglich.

»Experten am laufenden Band«, stöhnte er. »Aber den Professor mag ich. Warum haben Sie ihn so lange geheim gehalten?«

»Aus reiner Niedertracht«, antwortete Campion. »Um Eindruck zu machen. Außerdem kannte ich Sie noch nicht sehr gut. Und Mrs. Cairey – übrigens eine ganz reizende Person – und Ihre Tante waren einander spinnefeind.«

Val runzelte die Stirn.

»Tante Di war das, was Onkel Lionels Bruder Adolphe ein Ungeheuer zu nennen pflegte. Er hielt sie für sagenhaft dumm und konnte sie nicht leiden. Ich möchte gern wissen, was sie zu Mrs. Cairey gesagt hat. Garantiert etwas Beleidigendes.«

Campion spitzte die Ohren.

»Hallo, ich höre Schritte auf der Treppe. Der Inspektor. Er kommt früh. In der Regel lässt man ihn erst um halb sieben heraus.«

Er blieb ruhig sitzen und rief fröhlich: »Nur immer hereinspaziert!«

Eine lange Stille folgte auf diese Einladung. Campion rief noch einmal.

»Nur herein! Alles Freunde hier drin! Handschellen bitte an der Garderobe abgeben!«

Auf dem Gang wurden Schritte laut, im nächsten Moment wurde die Tür vorsichtig geöffnet, und ein kleines weißes Gesicht unter einem Schlapphut spähte durch den Spalt.

Campion sprang auf.

»Ernie Walker!«, sagte er. »Husch, husch! Fort! Die Polizei ist auf dem Weg hierher!«

Das bleiche, unschöne Gesicht verzog sich zu einem Feixen.

»Schon gut. Ich bin vorzeitig entlassen worden. Alle meine Papiere sind in Ordnung. Ich muss Ihnen was erzählen. Sie werden aus den Pantinen kippen.«

Campion nahm wieder Platz.

»Kommen Sie herein«, sagte er. »Machen Sie die Tür gut zu. Stehen Sie gerade und wischen Sie sich das Eigelb von der Unterlippe.«

»Ich kann mir doch wohl einen Bart wachsen lassen, wenn's mir passt, oder?«, entgegnete Mr. Walker friedfertig und nahm den Hut ab. »Ich hab was für Sie. Aber es wird Sie einen Fünfer kosten.«

»So? Was haben Sie denn anzubieten?«

Ernie Walker deutete mit dem Daumen auf Val.

»Was ist mit dem?«, wollte er wissen.

»Der ist in Ordnung«, versicherte Campion. »Nicht viel los mit ihm. Also – was gibt's?«

»Ich hab gesagt, einen Fünfer«, begehrte Ernie auf. »Und spielen Sie sich bloß nicht auf. Wenn Sie so gescheit wären, wie Sie denken, dann hätten Sie mich heute Früh erkannt.«

Campion blickte auf.

»Himmel! Sie haben den Benz gesteuert! Nehmen Sie sich in Acht, sonst nutzen Ihnen Ihre ganzen Entlassungspapiere nichts.«

»Langsam, langsam. Ich hab ja nichts verbrochen. Hab' ein paar Leute aufs Land gefahren – was ist schon dabei?« Ernie machte eine empörte Miene. »Und wenn Sie nichts erfahren wollen, bitte sehr. Ich behandle Sie wie einen Freund, und Sie werden eklig.«

Er stülpte sich den Hut auf.

»Regen Sie sich ab«, empfahl Campion gelassen. »Man hat Ihnen den Job angeboten, nehme ich an?«

»Stimmt«, bestätigte Ernie. »Und ich hab mir gedacht, es wäre Ihnen einen Fünfer wert, wenn Sie erfahren, wer mich angeheuert hat.«

Campion seufzte.

»Wenn Sie gekommen sind, um mir zu sagen, dass Matthew Sanderson mich nicht mag, dann hätten Sie sich den Weg sparen können. Haben Sie sonst noch etwas zu bieten?«

»Jawohl. Klar hat mich Matt Sanderson angeheuert, aber er arbeitet für wen anders. Wie ich den Motor hab warmlaufen lassen, hab ich die Ohren offen gehalten, und da hab ich ihn über seinen Auftraggeber reden hören. Man weiß nie, wann einem ein paar. Informationen nützlich sein können, hab ich mir gesagt.«

Campions Augen funkelten hinter den großen Brillengläsern.

»Jetzt wird es ein bisschen interessant.«

»Fünf Pfund«, forderte Ernie. »Fünf Pfund für den Namen von dem Kerl, für den wo Sanderson arbeitet.«

Campion tastete nach seiner Brieftasche.

»Das kommt von den Schundromanen, die Sie lesen«, knurrte Campion. »Dieses Denken in Fünferkategorien. Ihr Vater hätte sich mit einer halben Krone begnügt.« Er hielt fünf Pfundnoten wie Spielkarten hoch. »Also – heraus damit!«

»Sie sind ein feiner Mensch«, lobte Ernie. »Richtig nobel. Also, ich höre Sanderson zu einem Kerl sagen – ich hab ihn nicht gekannt: ›Dafür werde ich vor Daisy geradestehen müssen.‹ Das war, wie wir das Bier getrunken haben, wo Sie im Koffer gelassen haben. Die haben Sie schön an der Nase herumgeführt! Die waren fuchsteufelswild.«

»Daisy«, wiederholte Campion. »Irrtum ausgeschlossen?«

»Das war der Name. Ich hab es mir gemerkt, weil Al Ridgway, den wo man Daisy genannt hat, vor ein paar Jahren gehenkt worden ist. In Manchester war das.«

»Oh«, machte Campion und überreichte die Banknoten. »Na, wie geht das Autogeschäft?«

»Prima wie immer«, äußerte Mr. Walker enthusiastisch. »Vorige Woche hab ich in Norwood einen neu gespritzten Schlitten verscheuert. Mein Bruder hat ihn oben in Newcastle organisiert. Wir haben ihn herrlich hinfrisiert – Papiere und alles. Aber ich war der Gelackmeierte. Der dreckige Kerl – dabei ein respektabler Familienvater –, dem wo ich die Karre angedreht hab, hat mir ein paar Blüten untergeschmuggelt. Betrüger, das sind die Leute alle miteinander.«

»Psst, Stanislaus kommt«, sagte Campion.

Ernie steckte hastig das Geld ein und wandte sich erwartungsvoll zur Tür.

Inspektor Stanislaus Oates trat ein. Er war ein hochgewachsener, angegrauter Mann mit einem kleinen Bauchansatz.

»Hallo!«, grüßte er. »Lassen Sie immer die Haustür offen?« Und als er Ernie sah, entfuhr ihm: »Du liebe Güte!«

»Bin schon unterwegs, Sir.« Und Ernie strebte tatsächlich der Tür zu. »Bin nur zu Besuch gekommen. Sie doch auch, will ich hoffen.«

Er blinzelte dem Hausherrn zu. Campion lachte.

»Machen Sie die Tür von draußen zu«, sagte er. »Und vergessen Sie nie, das Wasserzeichen zu kontrollieren!«

»Wie war das?«, fragte Inspektor Oates argwöhnisch.

Doch die Tür hatte sich bereits hinter dem Autodieb geschlossen, und sie waren unter sich.

Campion stellte Val vor, dann schenkte er dem Kriminalbeamten einen Whisky-Soda ein.

Der Mann von Scotland Yard machte es sich in einem Sessel bequem.

»Was haben Sie mit dem kleinen Gauner zu schaffen?«, fragte er mit einer Handbewegung zur Tür, durch die Mr. Ernest Walker gerade erst entschwunden war. Er wandte sich an Val. »Wann immer ich diesen Menschen besuchen komme, treffe ich einen unserer Kunden hier in der Küche beim Biertrinken oder beim Sonnenbaden. Sogar sein Diener ist ein nicht bekehrter Ganove.«

»Vorsicht«, mahnte Campion. »Der Name Lugg ist tabu. Ich freue mich riesig, dass Sie da sind, alter Knabe. Sie sind genau der Mann, den ich brauche. Wissen Sie zufällig etwas über einen wohlhabenden, einflussreichen Gauner namens Daisy?«

»Vor einigen Jahren in Manchester hingerichtet«, kam prompt die Antwort.

»Das kann er nicht sein«, widersprach Campion. »Ich meine eine weit höher gestellte Person.«

»Es gibt meines Wissens siebenundfünfzig Arten von Daisys«, sagte Mr. Oates. »Als Spitznamen verwendet. Aber das sind kleine Fische – ganz kleine Fische allesamt. Worauf wollen Sie überhaupt hinaus? Oder ist das wieder einmal Staatsgeheimnis?«

Er lachte, und Val begann, diesen ruhigen, schlichten Mann sympathisch zu finden.

»Ich für meine Person nehme den kurzen Weg«, erklärte Campion und fügte, als sein Gast ihn verständnislos anschaute, hinzu: »Im Gegensatz zum langen, falls Sie mich verstehen.«

Der Inspektor verhielt sich eine ganze Weile sehr still. Dann seufzte er und setzte das Glas ab.

»Mein Beileid«, sagte er. »Wenn Sie weiterhin mit dem Feuer spielen, werden Sie sich eines Tages verbrennen, mein Lieber. Welche Hilfe erwarten Sie von mir?«

»Nur keine Bange«, entgegnete Campion, die letzte Frage ignorierend. »Ich werde noch den einundzwanzigsten Geburtstag meines Patenkindes erleben. Das ist in neunzehn Jahren, nicht wahr? Wie geht es dem Stammhalter?«

Das Gesicht des Inspektors hellte sich auf.

»Glänzend! Geht jeden Abend mit der Micky Maus ins Bett, die Sie ihm geschickt haben. – Hören Sie, ich bin natürlich ganz inoffiziell hier«, betonte er eilig. »Aber wenn das, was Sie in Ihre Obhut genommen haben, nicht schon verloren ist, könnten Sie die Sache doch uns übergeben, und fertig.« Er machte eine Pause. »Ihr Fehler ist eben, dass Sie Ihren Auftrag so höllisch ernst nehmen. Sie werden noch in Teufels Küche kommen.«

Campion erhob sich.

»Stanislaus, wir wissen beide, dass in neunundneunzig von hundert Fällen nur die Polizei im Stande ist, einen

Menschen und seine Habe zu schützen. Aber beim hundertsten Mal, wenn Öffentlichkeit verhängnisvoll ist und als einziger Ausweg lediglich drastische Maßnahmen bleiben, dann muss der Privatmann aus eigener Initiative handeln. Worüber ich indes mit Ihnen sprechen möchte, ist Folgendes. Sehen Sie den Koffer dort drüben?«

Er zeigte auf den neuen Vulkanfiberkoffer auf einem Seitentisch.

»Dieser Koffer muss während der nächsten Tage gut bewacht werden. Was er enthält, ist von relativ geringem, ideellem Wert, aber die Agenten unseres Freundes vom langen Weg sind da hinterher. Und wenn es ihnen in die Hände fällt, gerät ein bedeutender Staatsschatz in Gefahr. Können Sie mir folgen?«

Der Inspektor überlegte.

»Als Polizeibeamter würde ich sagen: ›Werter Herr, deponieren Sie es in einer Bank oder in einem Schließfach oder in der Gepäckaufbewahrung eines Bahnhofs – oder übergeben Sie es mir, und ich nehme es zum Yard mit.‹«

»Genau«, sagte Campion. »Aber als Mensch, als guter Freund, der bis zum Hals in der Sache mit drinsteckt, was würden Sie da raten?«

»Darauf sitzen bleiben«, entgegnete der Inspektor knapp. »Nicht mal vor die Tür mitnehmen. Hier ist so ungefähr der sicherste Ort von London. Sie wohnen über einem großen Polizeirevier. Ich würde einen Bobby vor dem Eingang postieren, zwei weitere in Rodriguez' Imbissstube und einen Kriminalbeamten auf dem Dach. Man kann sich Polizeischutz mieten, wissen Sie.«

»Fein«, sagte Campion. »Was meinen Sie dazu, Val? Sie bleiben hier mit dem Koffer, umgeben von einem Polizeikordon, während ich nach Sanctuary fahre und mich bemühe, etwas über Daisy herauszubringen.«

Val nickte.

»Ich tue alles, was Sie wollen. Ich bin vollkommen auf Sie angewiesen. Nur eins noch. Sie haben nur vier Tage Zeit. Nächsten Donnerstag ist der Zweite.«

»Aha. Na schön, vier Tage also. Können Sie die Wachmannschaft besorgen, Stanislaus?«

»Gewiss.«

Der Inspektor führte ein zehnminütiges Telefongespräch und sagte dann: »Erledigt. Damit habe ich Ihnen eine Menge Papierkram erspart. Aber es wird Sie allerhand kosten. Aber Geld spielt wohl keine Rolle, wie? – Übrigens, ist nicht Anweisung ergangen, Ihnen inoffiziell jede Unterstützung angedeihen zu lassen, der Sie bedürfen? «

Campion warf ihm einen warnenden Blick zu und der Inspektor flüchtete sich in eine Ausrede.

»Wahrscheinlich habe ich das bloß geträumt.«

Er schaute Val forschend an, doch dieser schien nichts gemerkt zu haben.

»Das wär's also«, sagte Campion. »Sie bleiben hier, Val, ich fahre morgen früh nach Sanctuary. Sie finden hier alles, was Sie brauchen. Ihrem Vater wird es doch recht sein, oder?«

Val grinste.

»Na klar. Er hat Sie von Anfang an als etwas ganz Selbstverständliches hingenommen, und das finde ich eigentlich sonderbar, aber die ganze Sache ist ja sowieso kaum zu fassen. Ich habe längst aufgehört, mich zu wundern.«

Der Inspektor erhob sich und trat zu seinem Freund.

»Seien Sie vorsichtig«, riet er. »Vier Tage sind keine lange Zeit, wenn Sie einen erwählten Experten der Namenlosen dingfest machen wollen. Und außerdem«, fügte er ungewöhnlich ernst hinzu, »würde es mir Leid tun, Sie auf der Anklagebank zu sehen.«

Campion reichte ihm die Hand.

»Ein Gefühl, das Sie ehrt, Sir«, sagte er.

Aber unter den saloppen Worten schwang ein neuer, ernster Ton mit, und die hellen Augen hinter den horngefassten Brillengläsern blickten hart und entschlossen.

15

Als Campion am nächsten Morgen gegen zehn Uhr über die Zufahrt zum Tower brauste, kam ihm Penny über den sonnenbeschienenen Rasen entgegengelaufen.

Campion hielt den Wagen an. Er sah sofort, dass sie sehr aufgeregt war und was sie sagte, klang auch nicht beruhigend.

»Ich bin so froh, dass Sie da sind«, sagte sie. »Lugg ist etwas Schreckliches zugestoßen.«

Campion nahm die Brille ab, wie um das Mädchen besser sehen zu können.

»Sie machen Witze«, meinte er zuversichtlich.

»Keineswegs.« Pennys blaue Augen blickten vorwurfsvoll. »Lugg hat eine Art Anfall gehabt und liegt im Bett. Ich habe noch keinen Arzt gerufen, weil Sie gestern Abend am Telefon gesagt haben, Sie würden heute früh kommen.«

Campion starrte sie noch immer voll ungläubigem Erstaunen an.

»Was soll das heißen? Was für einen Anfall? Einen Schlaganfall oder so etwas?«

Penny wollte zunächst nicht so recht mit der Sprache herausrücken. Dann atmete sie tief ein und begann.

»Es war gegen Morgen. Ich wurde von einem schauerlichen Heulen unter meinem Fenster geweckt. Ich schaute hinaus, und da war Lugg draußen auf dem Rasen. Er hüpfte herum wie ein Irrer und schrie wie am Spieß. Ich wollte gerade hinuntergehen, da tauchte Branch unten auf – sein Zimmer liegt über meinem – und holte ihn herein.

Niemand konnte mit Lugg etwas anfangen. Er hat wirres Zeug geredet und war völlig außer sich. Es klingt vielleicht absurd, aber er kam mir ausgesprochen hysterisch vor.«

Campion setzte sich die Brille auf.

»Eine sonderbare Geschichte. Er hat doch nicht etwa zufällig den Schlüssel zum Weinkeller gefunden?«

»Oh nein, nichts dergleichen«, versicherte Penny ungewöhnlich ernst. »Können Sie sich denn nicht vorstellen, was passiert ist? Er war unten in Pharisee's Clearing. Er hat dasselbe gesehen wie Tante Di.«

Ihre Worte schienen nur langsam in Campions Gehirn einzudringen. Er saß regungslos im Wagen und starrte vor sich hin.

»Ach du meine Güte«, sagte er schließlich. »Das könnte stimmen. Ich wollte dem alten Ekel bloß etwas zu tun geben. Ich hatte keine Ahnung, dass es solche Folgen haben könnte.«

Er ließ den Motor an und der Wagen rollte langsam an. Penny ging nebenher.

»Albert«, sagte sie streng, »Sie haben ihn doch nicht etwa in der Nacht dorthin geschickt? Wenn ja, dann sind Sie verantwortlich für das alles. Sie haben mir nicht geglaubt, dass es dort etwas Grässliches gibt. Haben Sie vergessen, dass es Tante Di getötet hat?«

Campion machte ein gekränktes Gesicht.

»Zwischen Ihrer Tante Diana und meinem Freund Magersfontein Lugg ist ein himmelweiter Unterschied«, gab er zu bedenken. »Ich habe ihm lediglich empfohlen, einmal nachzuprüfen, was es dort unten gibt, wenn er nichts Besseres zu tun hat. Ich werde sofort nach ihm sehen. Was sagt Branch dazu?«

»Branch ist äußerst diskret«, murmelte Penny. »Wissen

Sie, was? Lassen Sie den Wagen gleich hier und gehen Sie hinauf.«

Campion stürmte die schmale Treppe hinauf, die zu den Räumen des Personals führte. Vor Luggs Tür traf er auf Branch, der dort Wache hielt. Der alte Butler wirkte arg mitgenommen, und seine Freude über Campions Erscheinen war geradezu ergreifend.

»Oh Sir, ich bin ja so froh, dass Sie da sind! Ich weiß nicht mehr, wie ich ihn ruhighalten soll. Wenn er noch länger so herumbrüllt, haben wir bis zum Abend kein Personal mehr im Haus.«

Campion öffnete die Tür und trat ein.

Das Zimmer war abgedunkelt, und aus der Ecke, in der das Bett stand, erscholl ein dumpfes Röcheln. Campion ging zum Fenster, zog das Rollo hoch und ließ das Sonnenlicht hereinfluten.

Dann wandte er sich dem bibbernden Etwas zu, das ihn mit irrem Blick unter der Bettdecke hervor anglotzte.

»Na, was soll denn das?«, entrüstete sich Campion.

Lugg riss sich zusammen. Der Anblick seines Arbeitgebers hatte einen letzten Rest seiner früheren Aufsässigkeit geweckt.

»Ich kündige«, erklärte er schließlich.

»Das will ich hoffen!«, entgegnete Campion ergrimmt. »Je eher Sie verschwinden und aufhören, mich unmöglich zu machen, desto besser.«

Lugg richtete sich im Bett auf.

»Himmel, was habe ich eine Nacht hinter mir«, flüsterte er. »Ich habe wegen Ihnen fast den Verstand verloren, und jetzt behandeln Sie mich so.«

»Unsinn«, sagte Campion. »Ich lasse Sie in einem anständigen Haus zurück, und Sie benehmen sich wie ein Irrer und führen sich auf wie ein hysterischer Elefant.«

Das helle Sonnenlicht im Verein mit dem energischen Auftreten seines Herrn begann beruhigend auf den erschütterten Lugg zu wirken.

»Ich will Ihnen was verraten, Kamerad«, sagte er mit Würde. »Ich habe die Nerven verloren. Das wäre Ihnen auch passiert, wenn Sie gesehen hätten, was ich gesehen habe. Donnerschlag, war das ein Anblick!«

»Wahrscheinlich ist eine Eule an Ihnen vorbeigeflattert«, sagte Campion in veräachtlichem Ton. »Und Sie haben daraufhin mit Ihrem Gebrüll das ganze Haus aufgeweckt.«

»Wissen Sie, was? Verbringen Sie mal eine Nacht da draußen im Wald, und ich bringe Sie dann am nächsten Morgen in die Klapsmühle. Das Ding hat Lady Pethwick umgebracht, der bloße Anblick, jawohl. Und sie war kein Schwächling, will ich Ihnen mal flüstern. Die hat Mumm gehabt. Sonst wäre sie glatt übergeschnappt.«

Tödlicher Ernst schwang in Luggs heiserer Stimme mit, und seine schwarzen Äuglein blickten ausgesprochen entsetzt. Campion war insgeheim erschrocken. Er und Lugg hatten so manch furchtbares Abenteuer zusammen durchgestanden, und Lugg hatte selbst in größter Gefahr stets eiserne Nerven bewiesen.

»Worauf wollen Sie denn hinaus?«, erkundigte er sich etwas freundlicher. »Eine weiße Dame mit dem Kopf unter dem Arm wollte Sie wohl entführen, wie?«

Lugg blickte furchtsam um sich.

»Mit dem Übernatürlichen ist nicht zu scherzen«, sagte er. »Jetzt lachen Sie, aber das wird Ihnen schon vergehen. Was ich in der Nacht dort im Wald gesehen habe, war ein Ungeheuer. Tun Sie nicht so überlegen und hören Sie mir ordentlich zu, sonst muss ich denken, ich bin übergeschnappt.«

Diesem Flehen konnte Campion nicht länger widerstehen.

»Also los«, sagte er. »Lebewesen, Pflanze, Gegenstand?«

Lugg öffnete den Mund und schloss ihn wieder. Die Augen traten ihm aus den Höhlen, als er versuchte, sich den Hergang seines Abenteuers ins Gedächtnis zurückzurufen.

»Wenn ich das bloß wüsste!«, rang er sich endlich ab. »Also, ich sitze dort auf der Lichtung, wie Sie gesagt haben, schmauche meine Pfeife und wünsche mir, es wäre nicht gar so still, da höre ich so einen Gesang – aber wie von einem Tier, wenn Sie das kapieren. Ich horche, ein bisschen erschrocken, natürlich. Und dann, mitten in einem Lichtfleck, wo der Mond durch die Bäume scheint, sehe ich es stehen.« Er machte eine dramatische Pause. »So was Schauriges ist mir mein Leben lang nicht vor die Augen gekommen. Ein großes dürres Ding mit kurzen Beinen und Hörnern auf dem Kopf. Es ist auf mich zugekommen, ich bin nicht sitzen geblieben, aber – wissen Sie, was? – ich hab's gerochen. Ranzig hat es gestunken, wie nach Aas. Ich habe total den Kopf verloren und bin zurück zum Haus gerannt und hab gewinselt wie ein junger Hund. War vielleicht nicht ganz das einzig Wahre«, meinte er verlegen. »Aber da hätte sich jeder in die Hosen gemacht, jawohl.«

Campion hockte sich auf das Fußende des Bettes.

»Hörner?«, fragte er. »War es irgendein Tier?«

»Kein gewöhnliches«, sagte Lugg mit Bestimmtheit. »Aber es hat ausgeschaut wie eine drei Meter hohe Ziege, die auf den Hinterbeinen geht. Aber es hat menschliche Hände gehabt– ich hab's gesehen. Haben sich schwarz vom Himmel abgehoben.«

Campion stand auf.

»Lugg, ich glaube Ihnen. Ich bitte um Verzeihung. Stehen Sie jetzt auf. Und erzählen Sie niemandem etwas davon. Und selbst wenn jeder weiß, dass Sie ein Gespenst gesehen haben, so hat das doch nichts mit der Kammer zu tun, klar? Kein Wort darüber! Übrigens, ich habe in der Stadt einen alten Freund von Ihnen getroffen. Ernie Walker.«

»Lassen Sie sich bloß nicht mit dem ein!« Die letzten Spuren von Luggs Hysterie waren verschwunden. »Der ist ein ganz gemeiner Kerl, der für ein paar Zigarettenkippen seine eigene Mutter verpfeifen würde.«

Campion grinste.

»Ohne Sie gerate ich eben unweigerlich in schlechte Gesellschaft, wie? Wenn Sie aufgestanden sind, können Sie ja sagen, Sie hätten eine Gallenkolik gehabt.«

»Och, das wäre nicht gerade das Richtige«, protestierte Lugg. »Unter einem Herzanfall tu ich's nicht. Unsereins hat auch seinen Stolz.«

Campion ging hinaus und blieb kurz am Treppenabsatz stehen. Sein Gesicht wirkte noch einfältiger als sonst. Er begab sich in Sir Percivals Allerheiligstes im ersten Stock und hielt sich etwa zwanzig Minuten dort auf. Tief in Gedanken versunken kam er wieder heraus. Er wollte gerade ins Erdgeschoss hinabsteigen, als sich am anderen Ende des Korridors eine Gestalt von einem Fensterbrett erhob, die dort gesessen hatte. Es war Penny. Sie kam auf ihn zu.

»Nun?«, fragte sie. »Ich hoffe, Sie haben sich überzeugt, wie es um Lugg steht.«

Zu ihrer Überraschung hängte sich Campion bei ihr ein.

»Sie, meine Gnädigste, sollen jetzt mein Doktor Watson sein«, eröffnete er ihr. »Sie stellen die dummen Fragen, und ich werde sie mit dem funkelnden Esprit und der überlegenen Weisheit beantworten, die mich in allen meinen Klubs so beliebt macht. Früher hat man gelacht, wenn ich eine Rede halten wollte. Jetzt knebelt man mich. Aber macht mir das etwas aus? Nein, ich spreche frisch von der Leber weg. Ich mag einfache, offene Menschen, die einem zeigen, was eine Harke ist.«

»Geben Sie nicht so an«, sagte Penny gelassen, als sie in den Garten hinaustraten. »Was werden Sie jetzt tun?«

Campion blieb stehen und blickte sie ernst an.

»Hören Sie mal, Sie haben doch nicht etwa mit Beth Streit gehabt?«

»Natürlich nicht. Warum? Ich habe gestern Abend mit ihr telefoniert. Sie hat sich nach Val erkundigt. Die beiden scheinen sich großartig zu verstehen, finden Sie nicht?«

»Und wie. Mir ist es schon gestern aufgefallen. Oh, ich bin nicht so kurzsichtig, wie Sie denken. Noch immer schlägt ein jugendliches Herz unter meiner schönen neuen Hemdbrust. Nein, ich habe mich nach Beth erkundigt, weil wir jetzt ihren Vater besuchen werden, der ein sehr vornehmer Mensch ist, obwohl ich mit ihm befreundet bin. Ich hätte Ihnen das schon früher gestehen sollen, aber so ist das nun mal.«

»Können Sie nicht einmal ernst bleiben? Sie scheinen zu vergessen, dass ich nicht so gut über alles Bescheid weiß wie Sie.«

»Wir besuchen jetzt Professor Cairey«, sprach Campion weiter, während sie den Pfad über den Rasen einschlugen. »Sie sind nun ein großes Mädchen, und Sie könnten sich als nützlich erweisen. Kurz zusammengefasst verhält sich die Lage folgendermaßen: Bis zu Vals Geburtstag bleiben mir noch drei Tage. Drei Tage, in denen ich die

Ursache des Übels aufdecken und beseitigen muss. Der einzige Hinweis, den ich auf den in Frage kommenden Herrn habe, ist, dass sein Kosename Daisy lautet.«

Penny machte ein zweifelndes Gesicht.

»Das ist doch nicht gut möglich, oder?«

Campion gab keine Antwort, sondern redete unverdrossen weiter.

»Es ist mir völlig klar und Ihnen, mein lieber Watson, wohl ebenfalls, dass in Pharisee's Clearing verdächtige Dinge vor sich gehen, äußerst verdächtige, wenn man Lugg glauben darf. Ich habe das Gefühl, dass wir, wenn wir dem Gespenst den Garaus machen, einen direkten Hinweis auf Daisy bekommen.«

»Aber«, wandte Penny ein, »wenn Daisy, wie Sie ihn nennen, für das Gespenst verantwortlich ist und Tante Di absichtlich erschreckt wurde, warum geistert das Ding dann noch immer herum?«

»Das«, erwiderte Campion, »ist der springende Punkt. Wer weiß, vielleicht ist Lugg übergeschnappt und hat sich alles nur eingebildet.«

Penny warf ihm einen Blick zu.

»Das glauben Sie doch selbst nicht!«

Campion hielt ihrem Blick stand.

»Sie«, sagte er, »glauben, dass es etwas Übernatürliches ist.«

Penny zuckte heftig zusammen und wurde rot.

Plötzlich sprudelte es aus ihr heraus: »Ach, wenn Sie nur halb so viel von der Landbevölkerung verstünden wie ich, wenn Sie ihren Geschichten zugehört hätten und wüssten, woran die Leute glauben, dann wären Sie nicht so überheblich Dingen gegenüber, die – nun ja – nicht vernünftig erklärbar sind. Ich möchte allerdings keine Behauptungen aufstellen. Aber seit Tante Dis Tod haben sich immer mehr Zigeuner in der Gegend eingefunden. Angeblich hat sich auf der Heide schon eine ganze Heerschar versammelt.«

Campion zog die Brauen hoch.

»Gute alte Mrs. Sarah«, sagte er. »Tun Sie immer Ihr Möglichstes für die Benwell-Sippe, Penny. Die nettesten Leute der Welt.«

»Wen Sie alles kennen«, wunderte sie sich. »Warum gehen wir den Professor besuchen?«

»Weil«, antwortete Campion, »wenn unser Gespenst in Pharisee's Clearing ein echtes lokales Phänomen ist, Sie sich darauf verlassen können, dass der Professor alles darüber weiß, was es zu wissen gibt. Außerdem gibt es im Zusammenhang mit dem Übernatürlichen nichts Beruhigenderes als wissenschaftlichen Geist und eine wissenschaftliche Erklärung.«

Sie fanden den Professor im Garten seines hübschen Tudorhauses, das sich mit seinen bunt getünchten Wänden und dem Schindeldach aus einem Gewirr von Blumen erhob. Der alte Mann hieß sie mit dem Ausdruck echter Freude willkommen.

»Wie nett, Sie zu sehen! Sie bleiben doch zum Lunch? Meine Frau und Beth stecken irgendwo im Haus.«

Penny zögerte verlegen, doch Campion kam sofort zur Sache.

»Professor«, sagte er, »wir benötigen Ihre Hilfe.«

»Aber gern.« Der Professor wandte sich an Penny: »Richter Lobbett, einer meiner besten Freunde, verdankt sein Leben diesem jungen Mann. – Nun, was kann ich für Sie beide tun?«

»Haben Sie schon etwas von dem Gespenst in Pharisee's Clearing gehört?«, fragte Penny, die ihre Neugier nicht länger bezähmen konnte.

Der Professor ließ den Blick zwischen ihnen hin und her schweifen. Seine runden, dunklen Augen zeigten einen sonderbaren Ausdruck.

»Tja, ich weiß nicht, was Sie von mir denken werden, aber ich habe den Verdacht, dass ich es sogar fotografiert habe. Kommen Sie in die Bibliothek.«

16

Im Studierzimmer des Professors bekamen Penny und Campion eine außergewöhnliche Geschichte zu hören.

»Sie dürfen mich nicht missverstehen«, sagte der Professor, als er vor einem exquisiten hochbeinigen Schränkchen niederkniete und die unterste Schublade aufsperrte. »Ich gebe zu, ich habe meine Nase in anderer Leute Angelegenheiten gesteckt und mich unbefugten Betretens von Grundstücken schuldig gemacht, aber jenseits des großen Teichs nehmen wir es nicht so genau, wenn jemand den Fuß in den Garten des Nachbarn setzt.«

Penny genierte sich sehr.

»Bitte hänseln Sie uns nicht damit, Professor. Das war bloß ein unglücklicher Zufall. Tante Di hat die Sache aufgebauscht, und Vater hat sich wegen der Zigeuner blamabel benommen.«

»Das war es also?«, sagte der Professor, die Hand auf dem Schubladengriff. »Nun, Ihr Vater war damals vorsichtiger als ich. Ich habe ein halbes Dutzend Zuchthühner an die verdammten Vagabunden eingebüßt. Ich habe sie gestern von meinem Land verwiesen, als ich sah, dass sie wieder da waren.«

Penny hörte ihn kaum.

»Das – das Gespenst«, stotterte sie. »Ist es echt?«

Der Professor blickte sie eigenartig an und antwortete ausweichend.

»Sie werden sehen. Ich habe das Gerede über das Gespenst schon lange vor dem Tod Ihrer Tante gehört, und natürlich hat es mich interessiert. Ich bin nämlich so etwas wie ein Sachverständiger in Sachen mittelalterlicher Zauberei und Magie – es ist mein Steckenpferd, wissen Sie –, und bestimmte Eigentümlichkeiten der Gerüchte haben mein Interesse geweckt. Ich habe mehrere Nächte im Wald Ihres Vaters auf der Lauer gelegen, jedoch habe ich nichts zu sehen bekommen. Das liegt aber vielleicht daran, dass ich ein Gewehr mithatte.« Er schaute Penny forschend an. »Sie kennen all diese Geschichten vermutlich besser als ich.«

Sie nickte.

»Ich habe Verschiedenes gehört. Aber die Fotografie –«

»Ich komme gleich darauf zu sprechen. Ich weiß nicht, ob Ihnen bekannt ist, wie man Tiere in der Nacht fotografiert. Man errichtet eine Art Falle, so dass das Tier über eine quer über den Pfad gespannte Schnur stolpert, und diese löst ein Blitzlicht aus und öffnet den Kameraverschluss. Ich habe nun einige Male so eine Schnur in der Nacht gespannt, und schließlich, etwa vor vierzehn Tagen, wurde etwas daraus. Das zeige ich Ihnen jetzt.«

Er erhob sich mit einem großen Briefumschlag in der Hand. Sie sahen zu, wie er diesem ein Hochglanzfoto entnahm.

»Ich habe die Aufnahme vergrößern lassen«, erklärte er. »Sie ist nicht besonders gut, darauf mache ich Sie gleich aufmerksam, aber sie vermittelt einen Eindruck.«

Campion und Penny beugten sich erwartungsvoll vor. Die Blitzlichtaufnahme war tatsächlich nicht besonders gut gelungen. Nur ein Teil der Aufnahme war scharf, und man erkannte hauptsächlich ein Durcheinander von Blättern und Zweigen in krassem Schwarz-Weiß. Doch am Rande der hellen Fläche und zum Großteil von Schatten verdeckt, war ganz eindeutig eine flüchtende Gestalt zu erkennen.

Sie war gehörnt und sehr groß. So viel war klar. Der Rest wurde vom Unterholz und den verzerrten Schatten des Laubwerks unkenntlich gemacht. Unter normalen Umständen hätte man das Foto als misslungen abgetan, aber in Anbetracht der Geschichte des Professors und Luggs haarsträubendem Bericht gewann sie eine beunruhigende Bedeutung. In diesem Licht gesehen schienen alle Schatten und Unschärfen der Gestalt auf ungeahnte Scheußlichkeiten hinzuweisen.

Campion sah den Professor an.

»Haben Sie eine hübsche, zufriedenstellende Erklärung dafür?«, fragte er.

»Es gibt eine mögliche Erklärung«, antwortete der Professor zurückhaltend. »Und falls sie zutrifft, handelt es sich hier um eines der interessantesten Beispiele von mittelalterlichen Überbleibseln, von denen ich je gehört habe. Natürlich habe ich mich gehütet, die Sache öffentlich zu machen und weiterhin fremden Grund und Boden zu betreten. Sie werden einsehen, dass die Situation etwas heikel war.«

»Tja«, sagte Campion und richtete sich auf. »Auf zur Gespensterjagd! Eine lustige Nachtarbeit für unseren kleinen Albert.«

Begeisterung trieb dem Professor die Röte ins Gesicht.

»Ich mache mit! Ich brenne schon seit einem Monat darauf, genau das zu tun!«

Penny fand den knabenhaften Enthusiasmus des Professors nicht sehr ansteckend.

Sie sagte ruhig: »Wenn Sie heute Nacht wirklich in ›Pharisees' Clearing‹ herumstreifen wollen, dann empfehle ich Ihnen, den jungen Peck mitzunehmen. Er arbeitet bei Ihnen, nicht wahr, Professor? Er und sein Vater kennen sich in der Gegend bestens aus.«

Professor Cairey strahlte.

»Ich wollte ihn gerade selbst vorschlagen. Offen gestanden, der alte Peck war in dieser Sache meine Hauptinformationsquelle. Ein prächtiger alter Knabe«, fuhr er zu Campion gewandt fort. »Ich habe drei Wochen gebraucht, bevor ich verstehen konnte, was er redete, aber jetzt kommen wir famos miteinander aus. Er wohnt in einer Kate am Rande meiner Weidenpflanzung und sitzt den ganzen Tag in der Sonne und hört Radio. Wenn Sie zum Lunch bleiben, können wir anschließend hingehen und mit dem Jungen sprechen.«

»Aber wir können uns Ihnen doch nicht aufdrängen!«, protestierte Penny.

Der Gong, der zum Essen rief, ließ sie verstummen, und der Professor führte die beiden triumphierend ins Speisezimmer.

Mrs. Cairey, eine liebenswürdige, zierliche Dame mit grauen Augen und weißem, kurz geschnittenem Haar, empfing die unerwarteten Gäste mit reizender Selbstverständlichkeit. Was auch der Anlass ihres Streits mit Lady Pethwick gewesen sein mochte, sie ließ die jungen Leute nichts davon fühlen. Campion schien sich sowieso besonderer Beliebtheit bei ihr zu erfreuen und Penny war Beths Freundin.

»Ich bin richtig froh, dass Albert nicht länger verleugnet werden muss«, sagte sie, als man sich am Tisch in dem anmutigen, blumengeschmückten Raum niederließ. »Beth und ich haben unser Versprechen gehalten.« Sie lächelte Campion an. »Kein Sterbenswörtchen ist über unsere Lippen gekommen, dass wir Sie kennen. Ich dachte, das sei ein stilles, altmodisches Land. Ich hätte mir nie träumen lassen, dass sich hier so viel Geheimnisvolles ereignen würde.«

Nach dem Essen nahm der Professor Campion beiseite.

»Ich glaube, wir lassen die Damen lieber aus der Sache heraus«, sagte er.

Campion nickte.

»Ganz entschieden«, stimmte er zu. »Aber ich weiß nicht, wie Penny reagieren wird. Sie ist ein eigensinniges Geschöpf, und, so will mir scheinen, eine alte Freundin des würdigen Herrn, den wir gerade aufsuchen wollen. Ich glaube nicht, dass sie Wert darauf legen wird, mit auf Gespensterjagd zu gehen, aber vielleicht kann sie bei den Pecks ein gutes Wort für uns einlegen.«

Der Professor zögerte.

»Wenn es sich um das handelt, was ich denke«, sagte er, »dann ist das nichts für Frauen. Aber Sie mögen Recht haben, Miss Gyrth könnte uns anfangs von Nutzen sein. Wollen Sie mich bitte einen Moment entschuldigen? Ich möchte kurz mit Mutter sprechen.«

Fünf Minuten später war es dem Professor gelungen, die Ängste der weiblichen Mitglieder seines Haushalts zu zerstreuen und ihre Neugier zu stillen. Sie schritten zu dritt über den schattigen Kiespfad seines Blumengartens und gelangten durch ein Pförtchen auf eine weite grüne Wiese, wo eine Gruppe schlanker Weiden stand, die ihre grauen Blätter im Sonnenschein rascheln ließen.

Den Großteil des Weges legten sie ungewöhnlich schweigsam zurück, doch kurz bevor sie die Lichtung erreichten, vermochte Penny nicht länger an sich zu halten.

»Professor«, sagte sie, »Sie wissen etwas. Sie sind nicht der Meinung, dass dieses Phänomen, wie Sie es vermutlich nennen würden, etwas Übernatürliches ist?«

Der alte Mann antwortete nicht sofort.

»Mein liebes Kind«, sagte er endlich, »wenn es sich als

das herausstellt, was ich annehme, dann ist es etwas weit Unangenehmeres als ein Gespenst.«

Er enthielt sich weiterer Erklärungen, und sie mochte nicht weiter in ihn dringen, aber seine Worte ließen sie frösteln, und das heimliche Grauen, das immer irgendwo hinter der flammenden Schönheit einer einsamen englischen Landschaft zur Hochsommerzeit zu lauern schien, das Vorhandensein jenes geheimnisvollen Schreckens, den die Alten Panik nannten, machte sich beunruhigend bemerkbar.

Pecks Häuschen war einer jener pittoresken mit Stroh gedeckten Fachwerkbauten, die Bewunderung und Neid bei all jenen erwecken, die nicht darin wohnen müssen. Das Strohdach war mit Moos bewachsen, und das ganze Haus verschwand fast hinter dem hohen Gras und den verwilderten Sträuchern, die es umgaben. Ein von Unkraut überwucherter Ziegelsteinpfad führte zur Haustür, die offen stand und den Blick freigab auf einen alten Mann, der, einen zerknautschten Filzhut auf dem Kopf, neben einem leise dudelnden Radio saß.

Der Alte schaute die Ankömmlinge schief an, erhob sich mit unverhohlenem Bedauern und schaltete den Apparat aus. Mr. Peck senior war ein recht ansehnlicher alter Mann: Er hatte eine Haut wie roter Sandstein und ein kantiges, zahnloses Gesicht, auf dessen unterem, vorspringendem Teil er sich ein sehr schönes Büschel borstiger weißer Haare hatte sprießen lassen. Seine Kleidung bestand aus einer geflickten weißen Leinenhose und einer rot-grün gemusterten Strickweste, die ihm viel zu weit war. Seine Knöchel waren vom Rheuma geschwollen, und seine Handrücken fast so pelzig wie Bärentatzen.

Er lüftete vor Penny ehrerbietig den Hut.

»Morgen, Miss«, grüßte er.

»Guten Morgen«, erwiderte Penny höflich, wenngleich unzutreffend. »Ist Ihr Sohn in der Nähe?«

Mr. Peck warf einen Blick über seine Schulter.

»Perce!«, schrie er. »Herrschaften sind da!«

»Komme schon!«, antwortete eine Stimme aus dem Innern des Häuschens, und im nächsten Moment trat ein großer, schlaksiger junger Landbursche aus einer Tür. Er war in Hemdsärmeln und Weste. Lächelnd und ohne Scheu deutete er auf die Sitzgelegenheiten auf der Veranda und bat die Besucher, Platz zu nehmen.

Sie setzten sich, und sofort nahm die kleine Versammlung den Anschein einer Verschwörung an. Perce stand hinter dem Stuhl seines Vaters und wartete, mit flinken braunen Augen die ›Herrschaften‹ musternd, bis diese den Zweck ihres Besuches nennen würden.

»Ich hab Gliederreißen«, eröffnete der alte Mr. Peck das Gespräch.

»Ich schicke Ihnen ein Einreibemittel«, versprach Penny.

»Hä«, machte Mr. Peck ohne Vergnügen oder Vorwurf.

»Achten Sie nicht auf ihn«, sagte Perce mit rotem Kopf. »Ihm geht's so gut wie immer, nicht, Vater?«

»Eben nicht«, widersprach der Alte eigensinnig. Dann wechselte er das Thema. »Angeblich war es ja ein stilles Begräbnis. Ihre Tante war für manchen von uns das reine Gift, aber von den Toten soll man nicht schlecht sprechen.«

Ein heftiger, von hinten geführter Tritt gegen den Stuhl ließ ihn fast vornüberkippen, und er verstummte murrend. Nachdem niemand auf seine beiden Gesprächsthemen eingegangen war, schien er nun geneigt, die anderen ihr Anliegen vorbringen zu lassen.

Penny ergriff die Initiative.

»Percy«, sagte sie, »ich möchte, dass du Campion und Professor Cairey heute Nacht nach Pharsisee's Clearing begleitest. Die Herren glauben, dass sich dort ein – ein Tier herumtreibt, das gefangen werden muss. Verstehst du? Du wirst doch keine Angst haben, nicht wahr?«

»Nein, Miss, ich werde keine Angst haben.«

Der Junge sprach zuversichtlich, aber ein Schatten huschte über sein Gesicht. Sein Vater knurrte.

»Das ist kein Tier nicht, Miss. Das ist ein Gespenst, wie ich dem Professor da schon gesagt hab.«

Der Professor ergriff hastig das Wort.

»Wir möchten natürlich nicht, dass sich das herumspricht, Peck. Verstehen Sie?«

Der Junge lachte.

»Wir sagen nichts, Sir«, beteuerte er. »Haben Sie nun an eine Falle gedacht oder wollen Sie schießen?«

»Wir wollen es natürlich nur mit einer Falle fangen«, sagte der Professor fest.

Penny blickte auf.

»Percy, weißt du noch, wie Val und ich dir einmal als Kinder geholfen haben, einen alten Widder einzufangen, der ausgebrochen war?«

»Das war mit einem Heunetz, nicht?« Peck junior fand den Gedanken anscheinend nicht schlecht. »Ja, das könnten wir machen. Vorausgesetzt, dass ›es‹ wirklich existiert«, fügte er sachlich hinzu.

»Nichts werdet ihr fangen«, behauptete sein Vater, der sich eben dankbar aus des Professors Tabaksbeutel bediente. »Das ist ein Gespenst. Du lässt das Netz fallen, und es geht direkt durch, wie wenn's Wasser wäre. Das wird eine schöne Blamage, aber mir kann's ja egal sein. Mir wird's nicht wehtun.«

»Passen Sie auf«, mischte sich Campion ins Gespräch

ein. »Ist das Gespenst in Pharisee's Clearing neu oder spukt es schon längere Zeit?«

Der ältere Peck überlegte.

»Dort unten war's immer nicht ganz geheuer. Ich weiß noch, wie ich klein war, hat sich jeder im Dorf davor gegraust. Dann hat sich das gelegt. Dann, so vor fünf Jahren, hat wieder jemand was gesehen, und seither ist niemand mehr in der Nacht dort gewesen. Wird wohl ein Gespenst sein.«

Penny blickte den jüngeren Peck an.

»Was hältst du davon?«

»Ich weiß nicht. Ich habe noch nie richtig darüber nachgedacht. Das Ganze ist mir schleierhaft. Aber«, versicherte er munter, »ich habe keine Angst davor.«

Der Professor erhob sich.

»Sie kommen also gegen halb zwölf hinunter nach Tye Hall und bringen das Netz mit?«

»Jawohl, Sir.«

17

»Wenn diese Eule noch einmal schreit, drehe ich durch«, sagte Beth nervös.

Zu viert – die beiden Mädchen, Professor Cairey und Campion – saßen sie bei Kerzenschein in der Bibliothek von Tye Hall und warteten auf die Ankunft des jungen Peck mit dem Heunetz. Mrs. Cairey hatte sich zu Bett begeben, doch die beiden Mädchen hatten sich weder vom Professor noch von Campion überreden lassen, ihrem Beispiel zu folgen.

Früher am Abend hatte Campion gescherzt, doch nun, als sich der entscheidende Moment näherte, wirkte sogar er ernüchtert. Der Professor war jetzt die treibende Kraft. Sein anfänglicher knabenhafter Enthusiasmus war einer forschen Entschlossenheit gewichen, und er traf zielstrebig die Vorbereitungen für die Expedition.

»Taschenlampe, Reisedecke und Taschenflasche«, zählte er auf, während er das Genannte auf den Tisch legte. »Schießeisen nehmen wir vorsichtshalber keins mit. Mir wäre es lieber, ihr beiden Mädchen ginget ins Bett und hieltet euch aus der Sache heraus.«

»Unsinn«, gab Beth keck zurück. »Wir bleiben auf, bis ihr zurückkommt. Ob ihr ein Gespenst seht oder nicht, ihr werdet froh sein, etwas Warmes zu bekommen, wenn ihr wieder da seid.«

Campion, der am Fenster gestanden hatte, drehte sich um.

»Wir werden ein bisschen Mondlicht haben«, verkündete er. »Wenn ich nur wüsste, was Sie im Schilde führen,

Professor. Habe ich eine heulende Gestalt in Handschellen zu erwarten oder sind Ketten endgültig passé.«

Der Professor schüttelte den Kopf.

»Ich lege mich nicht fest – für den Fall, dass ich total daneben gelegen haben sollte. Aber die Mädchen sind hier jedenfalls in Sicherheit. Keine Hände werden nach ihnen greifen und keine Spukgestalten werden die Kerzen ausblasen. Unglaublich, wie diese alten Häuser in der Nacht knarren«, bemerkte er unwillkürlich.

Beth hockte sich auf die Armlehne von Pennys Sessel.

»Wir werden einander an der Hand halten, bis ihr zurückkommt«, sagte sie. »Ziemlich heiß heute nacht, nicht wahr?«

Kaum hatte sie das ausgesprochen, da schien die drückende Hitze schier unerträglich zu werden. Kein Lufthauch regte sich. Der Garten lag draußen unheimlich still da, und wenn eine Eule schrie, dann klang es fast, als erschalle das fürchterliche Geräusch direkt im Raum.

Das Gespräch stockte oft unerträglich lange, während sie warteten, und als plötzlich laut ans Fenster geklopft wurde, zuckten alle zusammen.

Doch es war nur Peck junior, dessen Kopf in der oberen Hälfte des geöffneten Schiebefensters erschien.

»Ich bin da, Sir«, meldete er.

Er selbst wirkte ein bisschen zerfahren und grinste etwas einfältig. Er hatte seiner Frisur zu Ehren der Gespensterjagd mit den Herrschaften besondere Aufmerksamkeit gewidmet, mit dem Erfolg, dass seine braunen Locken sich nun zu einer gewaltigen Tolle auf seinem Kopf türmten, was den Eindruck erweckte, als stünde ihm das Haar vor Entsetzen zu Berge.

»Bin ich pünktlich?«, erkundigte er sich,

Man merkte, wie sehr er sich bemühte, ruhig zu erscheinen, als sei der geplante Ausflug vollkommen alltäglich.

Der Professor raffte hastig seine Sachen zusammen.

»Wir gehen zur Seitentür hinaus«, sagte er zu Campion. »Warten Sie einen Moment, Peck, wir kommen gleich.«

»Alles Gute«, wünschte Penny.

Campion folgte dem geschickten und noch immer jugendlichen Professor hinaus in den Garten und ums Haus herum dorthin, wo sich die Silhouette des jungen Peck vor dem Fenster abzeichnete. Als sie sich ihm näherten, regte sich etwas in der Finsternis zu ihren Füßen.

»Das ist Neb, Sir«, erläuterte Peck, als der Professor einen gedämpften Laut von sich gab. »Mein Hund. Ich hab mir gedacht, ich nehme ihn mit, damit wir uns nicht so einsam fühlen. Er wird mäuschenstill sein, was, du Schlingel?«

Die letzten Worte waren an den Hund gerichtet, der sich als ein großes, mageres Biest, mit großem Kopf, riesigen Schlappohren und einem Stummelschwanz herausstellte. Er folgte seinem Herrn wie ein Schatten, da er mit jener erstaunlichen Gründlichkeit abgerichtet worden war, die in jenen Gegenden, in denen es auch private Jagdreviere gibt, so oft mit Argwohn betrachtet wird.

»Haben Sie das Netz?«, fragte Campion, als sie auf den Wald zugingen.

»Hier ist es, Sir. Es ist ein Stück von einem Alten. Ich habe mir gedacht, ein Ganzes ist zu schwer für uns, mit dem kommen wir nicht zurecht.« Er drehte sich halb um und deutete auf die große, schwere Rolle aus dicken geknüpften Seilen, die er über der Schulter trug. »Ich habe auch ein Windlicht mitgebracht, aber ich habe es noch nicht angezündet.«

»Das ist nicht nötig«, sagte der Professor. »Ich habe eine Taschenlampe.«

Als sie durch die Dunkelheit gingen, umfing sie tiefe Stille und nur das Rascheln ihrer Füße im Gras war zu hören.

Nach einer Weile begann der junge Peck zu erläutern, wie er vorzugehen gedachte.

»Da Sie mich mit dem Fangen beauftragt haben, dachte ich mir, es wird Sie interessieren, wie ich mir das vorstelle. Ich habe mir gedacht, ich suche mir einen ordentlichen Baum mit einem abstehenden Ast, und auf den setze ich mich mit dem Netz, und wenn das Ding daruntérkommt, werfe ich das Netz aus.«

Die Einfachheit dieses Plans schien den jungen Mann mit Stolz und Freude zu erfüllen. Campion und der Professor waren keineswegs so begeistert.

»Angenommen, es kommt nicht unter Ihren Baum?«, gab Campion zu bedenken.

»Es wird schon kommen«, sagte der junge Peck zuversichtlich. Er überlegte kurz und rückte dann mit einer Erklärung heraus. »So was verfolgt Menschen, Sir. Ich hab mit meinem Alten darüber gesprochen, der hat mir das gesagt. Und da dachte ich mir, wenn ich auf dem Baum sitze, Sir, könnten Sie es unter das Netz führen. Aber wir wissen ja noch gar nicht, ob das Gespenst überhaupt dort sein wird.«

Campion lachte leise.

»Aha«, sagte er. »Wir sind also gleichzeitig Köder und Fisch.«

Peck wollte sich über diesen Scherz fast vor Lachen ausschütten.

»So ist es, Sir«, flüsterte er. »Aber jetzt müssen wir bitte still sein. Ich werde vorausgehen, mit Verlaub.«

Er übernahm die Führung, lautlos auftretend wie eine Katze. Der große Köter huschte hinter ihm her wie ein Schatten. Eine Zeit lang wanderten sie schweigend. Campion hatte die Brille abgenommen, wie es seine Gewohnheit war, wenn es gefährlich werden konnte. Die Hitze war beinahe unerträglich geworden. Der abnehmende Mond spendete nur wenig Helligkeit, wenngleich die Sterne strahlten.

Der Waldsaum, dem sie zustrebten, wirkte pechschwarz und merkwürdig abweisend, und die Käuzchen, die es dort in Mengen gab, schrien von Zeit zu Zeit schaurig. Die Männer folgten dem Pfad und gelangten in den Wald des Professors, den die Lichtung von dem größeren Forst trennte, der zum Tower gehörte, und durch den Penny vor einer Woche, am Morgen nach Lady Pethwicks Tod, Campion geführt hatte.

Der junge Peck richtete sich auf und trottete auch dann noch unverdrossen weiter, als die Äste über seinem Kopf den Pfad in Schwärze tauchten. Plötzlich begann Neb zu schnüffeln. Gleich darauf blieb er wie angewurzelt stehen und stieß ein leises Winseln aus, das den Jungen zum Halten veranlasste.

»Was ist denn, Neb?«, flüsterte er.

Der Hund verließ lautlos den Pfad und verschwand in der Finsternis. Als er nach einer Weile zurückkehrte, hing ihm etwas aus der Schnauze. Der Junge hockte sich nieder und riss ein Streichholz an. Die winzige Flamme beleuchtete den großen gelben Hund, der ein junges Kaninchen zwischen den Zähnen hielt. Das Kaninchen war tot; ein Stück Draht umschloss fest seinen Hals.

Peck nahm dem Hund die Beute ab und der Professor zückte die Taschenlampe.

»Ah«, machte der Junge verächtlich, als er den Hasen

wegwarf. »Da treibt sich jemand herum, der sich nicht vor Gespenstern fürchtet. Der Hase war nicht länger als eine halbe Stunde in der Schlinge.«

Er stand auf und ging, von seinem Hund gehorsam gefolgt, weiter in die schweigende Tiefe des Waldes hinein. Der Pfad wurde im Winter von Holzfällern benutzt und führte durchs Dickicht hindurch direkt auf die Lichtung.

Pharisee's Clearing war schon bei Tag etwas unheimlich, doch bei Nacht wirkte der Ort ausgesprochen angsteinflößend. Der schmale, steinige Streifen zwischen den beiden Wäldern lag gespenstisch im Sternenlicht, und hier, zwischen den langen Baumreihen eingeschlossen, war die Luft erstickend.

Der Professor stieß Campion an.

»Fast zu schön, um wahr zu sein«, murmelte er.

Campion nickte.

»Das wäre also die Szenerie«, raunte er. »Ort und Zeit stimmen. Wann beginnt die Vorstellung?«

Doch da, wo Campion schnodderig war, fand Peck nichts mehr zu lachen. Als sie im Schatten am Rande der Lichtung Halt machten, drang seine Stimme belegt und aufgeregt an ihr Ohr.

»Hier wäre der richtige Platz. Sie locken es hierher, und ich fange es«, murmelte er, auf die Eiche deutend, unter der sie standen.

Dann verschwand er wie ein Schatten in der Schwärze und sie hörten das leise Schaben seiner Gummisohlen am Stamm des Baumes. Er kletterte wie ein Affe, keine geringe Leistung bei dem Gewicht, das er in Form des Netzes mit sich schleppte, und sie konnten ihn leise stöhnen hören, als er sich hinaufzog. Ein paar Sekunden später flüsterte er direkt über ihren Köpfen.

»Ich bleibe da, bis es soweit ist.«

»Wo ist der Hund?«, fragte der Professor gedämpft.

»Unter dem Baum. Der rührt sich nicht.«

Peck schien seine Vorbereitungen getroffen zu haben.

»Was unternimmt A. jetzt?«, murmelte Campion.

Schwache, kaum wahrnehmbare Geräusche erfüllten den Wald rings um sie, ein leises Rascheln wie unterdrücktes Atmen in der Finsternis. Keiner der drei war unempfänglich für das Unheimliche des Augenblicks.

»Ich schlage vor«, flüsterte der Professor, »Sie begeben sich auf die linke Seite, ich auf die rechte. Ich habe mein Foto von der Stelle aus aufgenommen, wo Sir Percivals Waldweg die Lichtung erreicht. Wenn wir drei in gleichmäßigen Abständen um das Oval herum Posten beziehen, kann uns das Ding nicht entgehen, wenn es überhaupt erscheint.«

Campion machte sich in die angegebene Richtung auf. Er bewegte sich am Waldrand entlang und hielt sich vorsichtig im Schatten der überhängenden Zweige. Abgesehen von einem atemberaubenden Moment, als er einen Hasen direkt zu seinen Füßen aufscheuchte, hatte er keine aufregenden Erlebnisse auf dem Weg zu einer Stelle, die seiner Schätzung nach etwa dreißig Meter vom Eingang zum Gyrthschen Wald entfernt lag. Dort setzte er sich ins hohe Gras und wartete.

Aus der lautlosen Stille auf der Lichtung schloss er, dass der Professor seinen Posten irgendwo jenseits des fahl erhellten Geländestreifens bereits erreicht hatte. Der Gedanke, dass drei Mann und ein Hund gespannt darauf warteten, dass etwas Unbekanntes zwischen den losen Steinen und spärlichen Grasbüscheln auftauchte, nahm der Szene etwas von ihrem Schrecken. Campion zog die Knie bis ans Kinn an und richtete sich auf eine lange Wartezeit ein.

Die Minuten verstrichen langsam. Einige Male ertönte ein verschlafenes Quaken aus dem Wald hinter ihm, irgendwo weit weg im Garten vom Tower stieß ab und zu eine Nachtschwalbe ihren rauen Schrei aus.

Und dann wurde Campion gewahr, dass sich jemand unbeholfen in den Tiefen des Waldes hinter ihm bewegte. Er drehte den Kopf um und lauschte angestrengt. Das Geräusch hatte durchaus nichts Übernatürliches an sich. Da bewegte sich ein Mensch oder ein Tier von ähnlicher Schwere. Eine Zeit lang wunderte er sich, doch ein einziges Geräusch überzeugte ihn: das scharfe, metallische Klicken eines Tellereisens.

Er lauschte dem sich entfernenden Rascheln, das nur dann unterbrochen wurde, wenn weitere Fallen aufgestellt wurden. Da hatte jemand wenig Angst vor dem Grausigen, das Lady Pethwick getötet und Lugg zu hysterischen Ausbrüchen getrieben hatte.

Abermals war alles still. Die Leuchtzeiger der Uhr zeigten halb eins an. Campion seufzte und sank wieder in sich zusammen. Sein Gesicht trug selbst im Dunkeln den gewohnten Ausdruck liebenswürdiger Beschränktheit. Die Augen hielt er halb geschlossen.

»Alle guten Geister beschützen mich hoffentlich«, hauchte er vor sich hin; dann schlug er den Jackenkragen hoch, um das Weiß seines Hemdes zu verbergen.

Die drückende Schwüle der Nacht begann dem ersten kühlen Luftzug der Dämmerung zu weichen, als seine Sinne, die allmählich stumpf geworden waren, unsanft geweckt wurden, und zwar von einem der grässlichsten Geräusche, das er je gehört hatte. Es war nicht sehr laut, aber die Art des Geräusches machte jeden Mangel an Lautstärke wett.

Es war ein Geräusch, das man nur als sanftes Heulen

bezeichnen konnte. Es kam zwischen den Bäumen rasch näher, und er musste an Lugg denken, der die Laute als ›so einen Gesang – aber wie von einem Tier‹ bezeichnet hatte. Nicht einmal bei den wilden Eingeborenenstämmen, mit denen Campion einige Erfahrung besaß, hatte er jemals etwas so Haarsträubendes gehört. Doch das schrecklichste an dem Geräusch war, dass es einen Rhythmus hatte. Es stieg und fiel in einem bestimmten Takt, und die Tonlage war hoch und tremolierend.

Die Laute kamen immer näher, und ganz plötzlich sah er die Gestalt.

Sie war nicht über Sir Percivals Pfad gekommen, wie erwartet, sondern aus der schmalen Öffnung am nördlichen Ende der Lichtung, und sie stand da nun und hob sich vor dem heller werdenden Himmel als Silhouette ab.

Campion erhob sich ohne Rücksicht auf seine gefühllosen und schmerzenden Glieder. Das Wesen, was es auch sein mochte, hatte allerdings etwas elementar Schreckliches an sich. Es war ungemein groß, wie Lugg gesagt hatte, und fast unvorstellbar dünn. Lange Hörner, denen einer Ziege ähnlich, krönten den Kopf, und der Leib wirkte grotesk und unförmig.

Es näherte sich, immer noch heulend, über die Lichtung, und Campion konnte nun seine Vorderseite klarer sehen.

Plötzlich wurde ihm übel und seine Kopfhaut prickelte.

Fast im selben Moment drehte sich das Geschöpf mit dem Wind, und ein starker Verwesungsgeruch schlug Campion entgegen.

Er sprang aus seinem Versteck. Die Gestalt blieb stehen und wandte sich ihm zu. Da blickte er in ein einzelnes totes Auge, leer und abscheulich.

Campion behauptete seinen Platz, und die Gestalt kam näher. Pecks Hund hatte jämmerlich zu jaulen begonnen. Campion wich vorsichtig in Richtung auf das Jaulen zurück, und mit jedem Schritt, den das Wesen auf ihn zu machte, lockte er es zielsicher in die Falle.

Plötzlich schnellte es vor, und er machte kehrt und rannte panisch auf die Öffnung zu, das gehörnte Ding dicht hinter ihm her.

Er kam an dem winselnden Hund vorbei, und eine Schrecksekunde lang war ihm, als habe ihn die Gestalt eingeholt. Über seinem Kopf raschelte es, und einen Moment lang schien so etwas wie eine riesige Fledermaus über ihm zu schweben. Dann fiel das schwere Heunetz über das ihn verfolgende Wesen, und ein grauenhafter, halb menschlicher Schrei zerriss die Stille

»Rufen Sie den Hund zurück!«, schrie der Professor, als er herbeistürzte. »Rufen Sie um Himmels willen den Hund zurück!«

18

Als der Professor die Taschenlampe anknipste, zitterte seine Hand heftig.

Der Hund kauerte, nachdem er von seinem Opfer abgelassen hatte, bebend am Fuße des Baumstamms, während Campion sich über das zappelnde Bündel in dem schweren Netz beugte.

Der blendende Lichtstrahl nach der dichten Finsternis schien paradoxerweise die Verwirrung nur noch zu steigern. Das Wesen, was es auch sein mochte, hatte sich beruhigt und lag regungslos im Netz.

Der Umstand, dass das ›Gespenst‹ tatsächlich gefangen zu ihren Füßen lag, brachte beiden Männern erst richtig zu Bewusstsein, wie gering ihre Erfolgsaussichten gewesen waren. Doch nun lag es da, immer noch unbegreiflich, eine groteske und stinkende Masse.

Peck sprang von seinem Ast zu Boden, und sie erhaschten einen Blick auf sein Gesicht: Es war bleich und glänzte schweißnass

»Allmächtiger«, flüsterte er vor sich hin.

Der Professor beugte sich über das Netz, und als er sprach, verriet seine Stimme mehr Erregung als Entsetzen.

»Ich habe es gewusst. Ich hatte Recht. Das ist der bemerkenswerteste Überrest altertümlicher Bräuche, von dem ich je gehört habe. Wissen Sie, was wir da haben?«

»Eine Frau«, antwortete Campion.

»Eine Hexe«, sagte der Professor. »Seien Sie vorsichtig. Ich glaube, sie ist ohnmächtig geworden.«

Äußerst behutsam begann er, das Netz zu lösen. Der junge Peck, der seine Angst heldenhaft niederkämpfte, schickte sich mit flatternden Händen an, das Windlicht anzuzünden.

Campion und der Professor entfernten sorgsam das Netz. Die Gestalt auf dem Boden regte sich nicht.

»Himmel! Der Schock wird sie doch nicht getötet haben?« Der Professor war ernstlich besorgt. »Bringen Sie die Laterne her, Peck, ja? Gut so. Halten Sie mal die Taschenlampe.«

Und dann, als das Licht ungehindert auf ihre Jagdbeute fiel, enthüllte sich ihnen der Schrecken von Pharisee's Clearing.

Das Wesen unterschied sich in vielem von einem herkömmlichen Gespenst, vor allem durch den Umstand, dass es nichts von seiner Grausigkeit einbüßte, als es deutlich zu sehen war.

Es handelte sich um eine Frau. Sie war alt, und ihr ausgemergelter gelber Körper war nur mit einem großen Fetzen ungegerbter Ziegenhaut bekleidet. Ihr Kopfputz bestand aus einem Ziegenschädel, an dem noch Haarbüschel klebten, und ihr Gesicht war hinter einer Maske aus Fell verborgen, in die Schlitze zum Hindurchsehen eingeschnitten waren. Ihre knochigen Arme waren anscheinend mit Blut beschmiert. Der Gesamteffekt war unbeschreiblich.

Der Professor bückte sich und entfernte den Kopfputz, wobei er ihn behutsam bei den Hörnern hielt. Campion wandte sich einen Moment lang angeekelt ab. Als er wieder hinblickte, erlitt er einen neuerlichen Schock. Der Kopf der Frau lag unbedeckt da, und die Stirn über ihren geschlossenen Augen dehnte sich endlos. Sie war völlig kahl.

Der junge Peck, heiser vor Erleichterung, beantwortete die Frage, die sich beide insgeheim gestellt hatten.

»Das ist die alte Mrs. Munsey«, erklärte er. »Mein Alter hat behauptet, sie sei eine Hexe aber ich hab's nie ernst genommen. Allmächtiger, wer hätte das gedacht? Ich habe das Gerede nie geglaubt.«

Der Professor holte die Reisedecke.

»Da wir nun wissen, um wen es sich handelt, ist alles viel einfacher«, sagte er. »Wo wohnt sie?«

»Sie lebt mit ihrem Sohn, Sir – Sammy heißt er«, warf Peck ein, dessen Mut rasch zurückgekehrt war, als sich das Gespenst als menschliches Wesen entpuppt hatte. »Er spinnt. Sie sind beide nicht ganz richtig im Kopf.«

»Können Sie uns hinführen?«, fragte Campion. »Ist es weit? Wir werden die Frau tragen müssen.«

»Nein, es ist nicht weit. Es sind keine anderen Häuser in der Nähe.«

Dem Professor war es inzwischen gelungen, die alte Frau von ihren schauderhaften Fetzen zu befreien und wickelte sie nun in die Reisedecke.

»Ich glaube«, sagte er, »es wäre für alle Beteiligten das Beste, wenn wir sie nach Hause schaffen würden, bevor sie wieder zu Bewusstsein kommt. Wenn sie sich hier draußen wiederfindet, umgeben von ihrem Plunder – und von uns, fängt sie womöglich an zu toben.«

Der junge Peck, der sich kurz zuvor weggestohlen hatte, kehrte mit einer leichten Bretterhürde zurück, die einen Teil des Demarkationszaunes zwischen den beiden Grundstücken bildete.

»So, wenn Sie bereit sind, dann laden wir sie da drauf und nehmen den Weg über die Lichtung. Es ist höchstens eine halbe Meile.« Sie legten die Alte auf die improvisierte Bahre und brachen auf.

Der Professor schien anfangs in tiefes Nachdenken versunken, doch als sie den nördlichen Ausgang der Lichtung erreichten, warf er Campion einen Blick zu.

»Haben Sie begriffen?«, fragte er.

»Undeutlich«, entgegnete Campion. »Ich würde es nicht glauben, hätte ich es nicht mit eigenen Augen gesehen.«

»Ich hatte schon längst einen Verdacht«, gestand der alte Mann. »Die Ziegenhörner und das Gerede von den sonderbaren Tönen haben mich sofort auf den Gedanken gebracht. Ein interessanter Fall. Etwas Ähnliches hat es meines Wissens seit fünfzig Jahren nicht mehr gegeben. Die moderne Zivilisation breitet sich über das ganze Land aus – über die ganze Welt –, und doch stößt man hie und da auf ein Fleckchen, wo sich seit dreihundert Jahren nichts geändert hat. Diese Frau ist natürlich nicht bei Verstand«, erklärte er hastig, als er bemerkte, wie Peck die großen roten Ohren spitzte. »Aber ich bin fest überzeugt, dass sie in direkter Linie von praktizierenden Hexen abstammt. Und manche von deren Bräuchen sind ihr überliefert worden. Dieses Kostüm zum Beispiel ist authentisch, und der Gesang wird von verschiedenen Experten erwähnt. Diese Frau ist ein lebender Anachronismus. Wahrscheinlich weiß sie selbst nicht genau, was sie tut, und handelt instinktiv. Hochinteressant – hochinteressant.«

»Gut, aber warum?«, fragte Campion, den die Sache mehr mitgenommen hatte, als er sich eingestehen wollte. »Hatte sie ein Motiv? Wurde sie von jemandem dazu veranlasst?«

Der Professor überlegte.

»Das müssen wir herausfinden«, sagte er. »Da sie so häufig nächtliche Ausflüge unternahm, wird sie wohl einen triftigen Grund gehabt haben. Aber das wird sich zweifellos herausstellen. Allerdings kann das seit Jahren schon so gegangen sein. Vielleicht hat ihre Mutter das Gleiche getan. Sie würden staunen, wenn Sie wüssten, wieviel Hexerei in diesem Lande, übrigens auch in meinem eigenen, während der letzten hundert Jahre noch ausgeübt wurde. Es ist noch nicht allzu lange her, dass Hexen verbrannt wurden. Man stößt auch heute noch in den Polizeiberichten der Lokalzeitungen auf phantastische Geschichten dieser Art.«

»Wie dem auch sei, dies hier ist doch ein bisschen ungewöhnlich, nicht?«, meinte Campion, auf die verhüllte Gestalt deutend, die sie auf der Hürde trugen.

»Das ja. Hier handelt es sich um Überreste einer frühen Form von Hexerei, aber schließlich, wenn man dieses Landvolk auf dreihundertjährigen Stühlen sitzen und elisabethanische Beinlöffel benutzen sieht, warum sollte man sich dann wundern, wenn es – ganz, ganz selten, zugegebenermaßen – noch die schwarzen Riten von vor drei- bis vierhundert Jahren praktiziert? Wir werden bestimmt noch viel mehr erfahren, wenn wir sie nach Hause geschafft haben.«

»Ich möchte nicht gefühllos erscheinen«, sagte Campion, während er seinen schmerzenden Rücken streckte und den Griff wechselte, »aber ich wünschte innig, die gute Dame hätte sich mit einem Besenstiel versorgt.«

»Gleich haben wir's geschafft«, ließ sich Peck vernehmen, der mit der Laterne vorausmarschierte. »Nur noch über den Hügel da vorne.«

Nach fünf Minuten hatten sie die Erhebung erklommen. Die Dämmerung kündigte sich bereits an und im Osten war der Himmel fast weiß. Das Licht der Laterne nahm allmählich eine gelbe Färbung an.

Die Kate der Alten war schwach zu sehen. Als sie näher kamen, konnten sie das bunte Durcheinander von Brettern, Lehm und Teerpappe unterscheiden, aus dem die Hütte bestand. Sie war von einem Streifen festgestampfter Erde umgeben, auf dem einige magere Hühner unruhig nisteten.

Ein paar Schritte vor der Tür wandte sich Peck um.

»Es ist vielleicht besser, wenn wir sie hier absetzen«, meinte er. »Ich schaue erst mal schnell nach, ob Sammy daheim ist.«

Er setzte sein Ende der Hürde aufatmend ab, die beiden Herren folgten seinem Beispiel und streckten die schmerzenden Rücken. Peck ging, von seinem Hund gefolgt, auf die schiefe Tür zu. Er klopfte an, und als er keine Antwort bekam, trat er ein.

Fast unmittelbar darauf erscholl von drinnen ein aufgeregt zwitscherndes Geräusch, und eine Gestalt floh aus der Tür und verschwand im Schatten hinter der Hütte

»He, was war das?«, äußerte der Professor heiser.

Er bekam eine Antwort von Peck, der ein bisschen beschämt auf der Schwelle erschien.

»Das war Sammy. Der hat mich schön erschreckt! Sollen wir sie hineintragen? Hier ist alles einmalig dreckig.«

Zu dritt hoben sie die Hürde wieder auf und trugen sie in die Kate. Peck hängte die Laterne an einen Haken, und sie warf ihr ungewisses Licht auf eine der trostlosesten menschlichen Behausungen, die sie je gesehen hatten.

In dem niedrigen Raum standen einige armselige Möbelstücke herum. In einer Ecke war ein Bett. Durch eine offene Tür blickte man in ein Kämmerchen mit einem weiteren Lager. Links neben der Tür war ein Kamin in die Außenwand eingebaut, in dem noch die Reste eines Feuers schwelten. Der Fußboden war mit Unrat übersät.

Angewidert blickte der Professor sich um.

»So etwas dürfte man gar nicht zulassen«, sagte er. »Obwohl es manchmal schwer ist einzugreifen, das weiß ich. Campion, helfen Sie mir bitte, die Frau auf das Bett zu legen.«

Sie hoben die Alte auf das zerwühlte Lager.

»Wem gehört das Land?«, wollte er wissen.

»Eigentlich niemandem, Sir«, gab Peck Auskunft. »Es nutzt nichts. Sie leben schon seit Jahren hier, sie und davor ihre Mutter. Es gibt hier niemanden, der an sie herankommen kann.«

Der Professor zog die Taschenflasche heraus, goss ein bisschen Brandy in den Schraubverschluss und flößte ihn der Alten ein. Sie regte sich und lallte ein paar unverständliche Worte.

»Nehmen Sie sich in Acht, Sir. Sie wird Sie bestimmt verfluchen«, warnte Peck.

Der Professor grinste.

»Ganz bestimmt!«

Da erschien ein Schemen unter der Tür, und sie sahen ein weißes, verschrecktes Gesicht mit einem schütteren Kinnbart hereinspähen.

»Komm herein«, gebot Campion ruhig. »Deine Mutter ist im Wald ohnmächtig geworden.«

Sammy Munsey betrat den Raum wie ein scheues Tier. Unter der Laterne blieb er stehen.

Er war ein zwergenhafter, dürrer Mensch in zerrissener, formloser Kleidung. Er lächelte blöde und schwenkte die Arme.

Plötzlich schien ihm etwas einzufallen, und er winselte: »Ihr habt sie gesehen – draußen im Wald. Rührt mich nicht an! Ich hab nichts getan!«

Dieser Ausbruch hatte ihn erschöpft und Peck, der in

der Hütte herumgestöbert hatte, brachte plötzlich zwei kaum erkaltete Hasen herein. Sammy entriss sie ihm und versteckte sie hinter dem Rücken wie ein Kind. Bebend vor Angst und Wut stand er da.

»Mit Schlingen gefangen«, verkündete Peck rechtschaffen empört. »Deshalb arbeiten die beiden nichts«, erklärte er dem Professor. »Jeder im Dorf fragt sich, wovon sie leben.«

Sammy schaute sich nach einer Fluchtmöglichkeit um, doch sein Ankläger blockierte ihm den Weg zur Tür. Er fluchte eine Weile ausgiebig, dann wandte er sich Hilfe suchend an die Gestalt auf dem Bett.

»Mutter, sie sind uns draufgekommen!«, schrie er, die Alte schüttelnd. »Sie sind uns draufgekommen!«

Die Alte öffnete die hellen, rot geränderten Augen.

»Ich werde sie verfluchen«, murmelte sie giftig. »Keiner von ihnen wagt sich mir in die Nähe.«

Sie drehte den Kopf um und ihr Blick fiel auf den Professor. Sie stützte sich auf den Ellenbogen auf und belegte ihn mit einem Sturzbach von solchen Unflätigkeiten, dass er sich trotz seines wissenschaftlichen Interesses offenkundig schockiert fühlte. Als er jedoch nicht vor ihr floh, schlug ihre Stimmung um

»Lasst mich in Ruhe!«, wimmerte sie. »Ich hab euch nichts getan. Ich hab nichts verbrochen. Ich tu' euch nichts, wenn ihr geht.«

Sammy unterbrach ihr Jammern. Seine Angst war Mitleid erregend.

»Sie sind uns draufgekommen!«, wiederholte er. »Sie sind uns draufgekommen.«

Die Alte schien den Sinn der Worte erst nach und nach zu erfassen. Sie begann zu stöhnen.

»Ich kann nichts dafür.«

Campion gelangte zu der Erkenntnis, dass sie keineswegs so schwachsinnig war wie ihr Sohn. Ein Funke von Intelligenz glomm in den wässerigen, rot geränderten Augen, die die Lage ziemlich genau zu taxieren schienen.

»Haben Sie Leute aus Pharisee's Clearing verjagt, damit Ihr Sohn im Wald ungestört wildern konnte?«

Sie blickte Campion verschlagen an.

»Sie nehmen ihn nicht mit, wenn ich's Ihnen sage?«

»Ich werde ihm kein Haar krümmen«, versprach Campion. »Ich will lediglich wissen, warum Sie sich so verkleidet haben.«

Seine harmlose Miene schien den Argwohn der Alten einzulullen, denn ihre Stimme wurde ruhiger.

»Er ist nicht richtig im Kopf«, sagte sie. »Er könnte nie nichts fangen, wenn er nicht in Ruhe gelassen wird. Er weiß nicht, wie er auf sich aufpassen soll und er hatte keine Angst vor mir. Aber die anderen – die hab ich erschreckt.«

Sie lachte, wobei sie geräuschvoll die Luft zwischen den Kiefern einsog.

Der Professor beugte sich über sie.

»Wer hat Ihnen beigebracht, das zu tun?«, erkundigte er sich.

Anscheinend witterte sie hinter der Frage eine Herausforderung, denn sie fauchte ihn an.

»Ich hab's gelernt, als ich jung war. Ich weiß mehr, als Sie denken. Wo ist mein Gewand?«

Der Professor fuhr zurück.

»Wenn Sie Ihre Ziegenfelle meinen – die sind im Wald geblieben.«

Die Alte versuchte aufzustehen.

»Ich muss es holen. In dem steckt Macht – da haben Sie keine Ahnung von.«

»Bald«, beschwichtigte Campion. »Bald. Jetzt bleiben Sie liegen, bis Sie wieder zu Kräften gekommen sind.«

Mrs. Munsey legte sich folgsam zurück, doch ihr Blick streifte argwöhnisch im Zimmer umher und ihre Lippen bewegten sich lautlos.

Campion beugte sich abermals vor.

»Warum hatten Sie es auf Lady Pethwick abgesehen? Sie hätte niemanden am Wildern gehindert.«

Die Alte richtete sich steil auf. Mit ihrem kahlen Kopf und den entblößten, zahnlosen Kiefern bot sie ein schauerliches Bild.

»Hab ich nicht«, krächzte sie.

»Dann war es wohl Sammy«, meinte Campion seelenruhig.

Mrs. Munseys rot geränderte Augen glitzerten ausgesprochen boshaft. Sie stellte sich im Bett auf und stand, die Decke um ihren ausgemergelten Körper gerafft, alle anderen überragend da.

»Ich verfluche dich«, rief sie mit konzentriertem Hass in der Stimme. »Ich verfluche dich beim geraden Strich, beim krummen Strich, beim einfachen und unterbrochenen. Bei der Flamme, beim Wind, beim Wasser, beim Regen und bei der Erde. Bei allem, was da kreucht und fleucht. Bei der Schlange, beim Auge, bei der Hand, beim Fuß, bei der Krone, beim Kreuz, beim Schwert und bei der Geißel verfluche ich dich! Haade, Mikaded, Rakeben, Rika, Rita lica, Tasarith, Modeca, Rabert, Tutli, Tumch!«

Als das letzte Wort ihrem Munde entfloh, sank sie wieder aufs Bett, wo sie schwer atmend liegen blieb.

Der Professor, der dieser Fülle archaischer Flüche mit innigem Vergnügen gelauscht hatte, zog ein kleines Notizbuch aus der Tasche und kritzelte ein paar Wörter hinein.

Campion, über den sich die verbale Sturzflut böser Wünsche ergossen hatte, ließ sich nicht beirren.

»Sie haben Lady Pethwick zu Tode erschreckt«, sagte er langsam und bedächtig, so als spräche er zu einem Kind. »Nachher, als Sie sahen, was Sie angerichtet hatten, haben Sie ihr die Hände gefaltet und die Augen geschlossen. Warum haben Sie das getan? Wenn es nur ein Unfall war, dann sagen Sie es.«

Sammy, der mit offenem Mund zugehört hatte, ahnte dumpf, dass da eine schwerwiegende Anschuldigung gegen seine Mutter erhoben wurde, und äußerte sich in dem irregeleiteten Bemühen, sie zu entlasten.

»Sie hat sich vor den Herrschaften versteckt, bevor Daisy ihr was von der Lady gesagt hat. Davor hat sie nur gewöhnliche Leute verjagt.«

»Hören Sie nicht auf ihn!«, kreischte die Mutter. »Er weiß gar nichts nicht! Er lügt Ihnen was vor!«

Doch Campion hatte genug gehört.

»Wer ist denn Daisy?«, fragte er scheinbar gleichgültig. »Nun, Sammy?«

»Daisy kann nichts dafür!«, keifte Mrs. Munsey. »Ich hab eine Figur von der Lady gemacht, ich hab ihr einen Namen gegeben, und ich hab sie verbrannt.«

Sie teilte ihnen diese verblüffende Tatsache ohne Stolz und ohne Reue mit. Dem Professor verschlug es den Atem.

»War es eine Lehmfigur oder eine Wachsfigur?«, fragte er unwillkürlich.

»Es war Dreck«, antwortete Mrs. Munsey finster.

Campion folgte diesem Teil des Gesprächs nicht. Er war vollauf mit Sammy beschäftigt, dem er seine Frage noch einmal vorgelegt hatte.

Der Schwachsinnige wich seinem Blick aus. Aber er

senkte den Kopf und murmelte ein paar kaum verständliche Worte.

»Sie meint Miss Daisy«, hörte Campion undeutlich. »Mein Vater hat mal bei ihr gearbeitet, wie er noch gelebt hat.«

Doch erst Peck lieferte die wirklich sensationelle Information.

»Verzeihung, Sir. Das ist Mrs. Daisy, die wo er meint. Mrs. Daisy Shannon, die die Pferde hält.«

»Verdammt!«, sagte Campion, ausnahmsweise einmal völlig verblüfft.

19

»Ich glaube, das war eines der aufregendsten Erlebnisse meines Lebens«, bemerkte Professor Cairey zu Campion, als sie gemeinsam von Mrs. Munseys Kate über die Felder nach Tye Hall zurückgingen. »Natürlich darf nichts davon bekannt werden, das ist mir klar. Es gäbe sonst endlose Verwicklungen. Aber ich werde Sie als Zeugen anführen, wenn ich einmal meine Memoiren schreiben sollte. Dieser Peck wird doch den Mund halten?«

Campion schien sich von irgendwelchen vagen und albernen Überlegungen loszureißen.

»Eh?«, machte er und versuchte angestrengt sich die letzten Worte seines Begleiters ins Gedächtnis zurückzurufen. »Ach ja, der wird schweigen wie das Grab. Vor allem weil er meiner Meinung nach gar nicht glaubt, dass das wirklich passiert ist. Und außerdem«, fügte er hinzu, als er in der Ferne den Tower über den Bäumen aufragen sah, »ist man hier gewohnt, Geheimnisse zu bewahren. Vielleicht bekommt der alte Peck etwas zu hören, aber sonst niemand.«

Eine Zeit lang gingen sie stumm weiter. Der Morgen hatte seinen Einzug gehalten, die Luft war frisch und kühl, und die unzähligen winzigen, betauten Spinnweben, die das Gras überzogen, wirkten wie feines Filigran.

»Ein echter Fall von Hexerei«, schwärmte der Professor. »Haben Sie gehört, was sie von ihrem Gewand sagte und von der Figur, die sie gemacht hatte? Die Anfertigung der Lehmfigur eines Feindes, die dann zerstört oder entstellt wird, damit das lebende Vorbild von dem gleichen

Übel befallen wird, ist einer der ältesten Bräuche auf der Welt. Und die Verwünschungen, die sie gegen Sie ausgestoßen hat, Campion! Reine traditionelle Magie. Jedes Symbol – der gerade Strich, die Schlange – repräsentiert einen bösen Geist. Ich werde es mir zu Hause gleich notieren.«

Campion zuckte die Achseln.

»Sie können dem gleich mit ein paar passenden Segenssprüchen entgegenwirken, wenn Sie schon dabei sind«, sagte er. »Ich hoffe inständig, dass nichts daraus wird, sonst stehen mir lausige Zeiten bevor. Und gerade jetzt brauche ich die Engel auf meiner Seite.«

Der Professor streifte ihn mit einem listigen Blick.

»Die phantastischen Anschuldigungen gegen eine Dame namens Shannon nehmen Sie doch wohl nicht ernst?«

Der blasse junge Mann neben ihm enthielt sich einer Antwort. Sein Gesicht war so ausdruckslos wie immer.

Der Professor schüttelte den Kopf.

»Eine Frau wie Mrs. Munsey kann alles Mögliche sagen«, fuhr er fort. »Man kann sich genau denken, was passiert ist. Da waren die beiden, ohne Freunde und praktisch mittellos, und der Junge nicht schlau genug, erfolgreich Fallen zu stellen, wenn er nicht völlig ungestört blieb. Dann heckt die Mutter in ihrem verschrobenen Gehirn einen Plan aus, wie sie ihm am besten helfen könnte, und da erinnert sie sich an etwas, was ihre Mutter sie einstens gelehrt hat – all den alten Aberglauben, die besondere Macht des Ziegenbocks. Die halbvergessenen Sprüche fallen ihr wieder ein, und instinktiv wendet sie alles zu ihrem eigenen Nutzen an. Vor Wildhütern brauchte sie sich nicht zu fürchten – ich habe nämlich gar keine –, aber vor anderen Schlingenlegern. Alle waren gegen Sammy. Dies ist weder die erste noch die letzte Dorfgemeinschaft, die kein Mitleid mit Schwachsinnigen hat.« Er lachte kurz auf. »Eine richtig primitive Geschichte, die möglicherweise einen der ursprünglichen Gründe der Hexerei illustriert: nämlich die Terrorisierung der Starken durch die Schwachen. Höchst interessant.«

»Was wird mit ihnen geschehen?«, fragte Campion.

»Ich habe mir da etwas ausgedacht.« Das Gesicht des Professors strahlte vor Güte. »Der Pastor hier im Ort, mit dem ich mich sehr gut verstehe, ist ein sehr anständiger alter Mann. Er heißt Pembroke. Ich werde mit ihm über die beiden sprechen. Vielleicht lässt sich etwas für sie tun. Man muss sich um sie kümmern, sie haben es nötig. Himmel! Wenn Mutter dieses Weib gesehen hätte, wäre sie übergeschnappt. Ich war mehr oder weniger darauf vorbereitet, aber mir wurde doch ganz anders.«

»Anders?«, sagte Campion. »Ich war völlig durch den Wind. Armer alter Lugg! Noch ein solcher Schock, und er entsagt der Welt. Ich möchte gern wissen, warum sich Mrs. Munsey die Mühe gemacht hat, Lady Pethwicks Leiche umzubetten.«

»Abermals Instinkt«, meinte der Professor. »Diese alte Frau denkt kaum. Sie lässt sich von Instinkt und Aberglauben leiten. Eine alte Überlieferung besagt, dass die Toten, wenn man sie mit offenen Augen liegen lässt, die Lebenden immerfort beobachten.«

Inzwischen hatten sie die Gartenpforte erreicht.

»Wir behalten den Großteil dieser Geschichte für uns«, setzte er noch hinzu.

»Selbstverständlich«, stimmte Campion zu. »Ich hole Penny ab und kehre zum Tower zurück.«

Ein Feuer brannte in der Bibliothek, als sie eintraten, und ein Imbiss stand auf dem Tisch. Die Gesichter von Beth und Penny glühten vor Aufregung, aber ihre eingesunkenen Augen und blassen Wangen verrieten, dass ihr Ausharren auch seine Schrecknisse gehabt hatte. Beth küsste ihren Vater.

»Bin ich froh, dass ihr da seid!«, rief sie. »Als es so spät wurde, bekamen Penny und ich Angst, das Gespenst könnte euch verschleppt haben. Hast du etwas entdeckt?«

Der Professor begnügte sich mit einem ganz knappen Bericht über die Ereignisse.

»Es war nur eine alte Frau, die draußen im Wald die Leute erschreckt hat, damit ihr Sohn unbehelligt Schlingen legen konnte«, sagte er, während er dankbar die Tasse Kaffee entgegennahm, die man ihm reichte. »Kein Grund zur Aufregung.«

»Mrs. Munsey?«, fragte Penny rasch.

Der Professor zog die Brauen hoch.

»Wie kommen Sie auf die Idee?«

»Es klingt ganz nach ihr«, antwortete Penny.

»Wenn es weiter nichts ist«, sagte Beth ein wenig enttäuscht. »Aber wenn ihr die Dinge gesehen hättet, die wir uns eingebildet haben, während wir hier allein gesessen haben, da hättet ihr etwas zu erzählen!«

Campion stand auf.

»Penny, ich glaube, es wird Zeit, zum Tower zurückzukehren. Zum Lunch zu kommen und bis zum Frühstück am nächsten Morgen zu bleiben, ist nicht das einzig Wahre. Lugg wird entrüstet sein. Sein Benimm-Buch brandmarkt überlang ausgedehnte Besuche als ausgesprochen unfein.«

Penny erklärte sich sofort zum Aufbruch bereit.

Der Professor drückte Campion draußen in der Halle die Hand.

»Überlassen Sie alles mir«, murmelte er. »Ich kümmere mich darum.«

Als sie den Garten verließen, drehte sich Penny argwöhnisch zu Campion um.

»Also, heraus damit. Was ist wirklich passiert?«

»Ungebührliche weibliche Neugier sollte stets und unter allen Umständen gezügelt werden, da Anzeichen derselben wirklich wohlerzogenen Menschen großes Unbehagen verursachen«, versetzte Campion mürrisch. »Das steht jedenfalls in dem Benimm-Buch. Seite vier. Mit Illustration.«

»Wie können Sie es wagen, sich so zu benehmen«, brauste Penny auf, »nachdem Sie beide hereingekommen sind wie nach einem Ausflug in die Hölle! Mrs. Munsey war es, stimmt's? Hatte sie selbst es auf Tante Di abgesehen, oder hatte sie jemand angestiftet?«

Campion musterte sie sinnend.

»Es war nicht nett«, gestand er. »Sogar Pecks Hund bekam einen Schock. Der Professor hielt sich zwar aufrecht und stumm, aber Mrs. Munseys Toilette bleichte sogar seine Wangen. Wir schafften sie zu ihrem Wohnsitz, woselbst sie mir die Zukunft weissagte – mit ziemlich pessimistischer Note, wie ich fand. Dann schüttelten wir einander reihum die Hände und gingen nach Hause. Jetzt wissen Sie es, das ist die ganze Geschichte, frisch aus zuverlässiger Quelle.«

»Schon gut. Ich bekomme noch alles heraus, nur keine Bange.«

»Ich bin überzeugt davon«, sagte Campion geringschätzig. »Beth wird die Geschichte ihrem lieben alten Vater entlocken, und Sie beide werden sich daran ergötzen wie zwei schlimme kleine Mädchen.«

Penny blieb eine Weile stumm.

»Und was ist mit Daisy?«, erkundigte sie sich schließlich.

Campion streifte sie mit einem Blick.

»Ach so. Ich habe ganz vergessen, dass ich Ihnen davon erzählt habe. Penny, die Sache ist todernst. Schwören Sie mir, dass Sie zu keiner Menschenseele ein Sterbenswörtchen über Daisy sagen, vor allem nicht zu Beth und deren Vater! Denn obwohl Mrs. Munsey Ihre Tante so erschreckt hat, dass sie starb, war Daisy die treibende Kraft. Ich glaube nicht, dass Mord beabsichtigt war, aber... Ich weiß nicht.«

Ein ungewohnter Ernst lag auf seinen Zügen, und Penny war überrascht und ein bisschen verwirrt, als sie den beinahe flehenden Ausdruck seiner Augen sah.

»Versprechen Sie es«, drängte er.

»Also gut«, willigte sie widerstrebend ein. »Sie haben also doch etwas herausgefunden?« Campion nickte. »Es kann von Bedeutung sein, muss aber nicht«, meinte er. »Ich hoffe das letztere.«

Penny schritt stumm neben ihm her, die Hände auf dem Rücken verschränkt, den blonden Kopf gesenkt.

»Übrigens«, brach er plötzlich das Schweigen, »als ich gestern mit Ihrem Vater sprach und ihm versicherte, Val werde übermorgen zu seinem Geburtstag zu Hause sein, hat er gar nichts von dem Ritual erwähnt. Was geht bei solchen Gelegenheiten vor sich?«

Penny dachte nach.

»Früher einmal war das ein großer Tag, glaube ich«, sagte sie dann. »Zu meines Großvaters Zeiten war die Familie ziemlich reich. Mutter hat uns erzählt, dass an Vaters fünfundzwanzigstem Geburtstag ein großes Fest veranstaltet wurde, mit Gottesdienst, Theater, einer Gesellschaft im Haus und am Abend Tanz für die Pächter. Vater musste sich dem Spaß jedoch fern halten – wegen der mitternächtlichen Zeremonie in der Kammer, bei der er von seinem Vater und dem Kaplan in das Geheimnis eingeführt wurde. Aber darüber wird natürlich nicht gesprochen.«

»Aha«, sagte Campion gedehnt. »Ich nehme an, dieser Tage wird auf den Kaplan verzichtet?«

»Nun ja, wir haben keinen Hauskaplan, wenn Sie das meinen. Aber als Vater im Krieg war, hat Mr. Pembroke, der hiesige Vikar, bei uns im Ostflügel gewohnt. Damals waren wir noch Kinder. Soviel ich weiß, wird er am Geburtstagsabend mit uns essen. Andere Festlichkeiten wird es nicht geben, zum Teil weil wir nicht so viel Geld haben und zum Teil wegen der armen Tante Di. Sie denken sicher, dass Vater sich in der ganzen scheußlichen Angelegenheit ziemlich sonderbar benommen hat – ich meine, er hat sich aus allem herausgehalten, aber Sie können ihn erst dann richtig begreifen, wenn Sie sich klar machen, dass ihn etwas bedrückt. Ich meine«, sie senkte die Stimme, »ich würde das niemandem sagen außer Ihnen, aber das Geheimnis ist der Grund dafür. Sogar als er annehmen musste, der Kelch sei verschwunden, hat er sich nicht besonders darüber aufgeregt. Sie hören doch zu? Deshalb ist er so eigenartig und reserviert, und deshalb bekommen wir ihn so selten zu Gesicht.«

Sie blickte Campion um Verständnis bittend an. Der junge Mann mit dem blassen Gesicht und dem zerstreuten Verhalten wandte sich ihr zu.

»Ich bin bei weitem nicht so dämlich, wie ich aussehe«, sagte er freundlich.

Ein jähes Verstehen spiegelte sich auf ihrem Gesicht.

»Ich glaube, Sie verstehen sich mit Vater sehr gut. Normalerweise hasst er Besuch von Fremden. Wissen Sie, dass Sie der bemerkenswerteste Mensch sind, dem ich je begegnet bin?«

Sie blickte mit der ganzen Bewunderung ihrer Jugend zu ihm auf.

»Hören Sie auf, mich zu becircen«, bat Campion nervös. »Meine Schwester – die reich geheiratet hat – würde sich für Sie genieren.«

»Schon gut. Ich will Sie ja nicht verführen. Aber Val und Beth sind auf dem besten Wege zum Altar. Val scheint seine schlechten Erfahrungen mit Frauen völlig überwunden zu haben.«

»In ein paar Jahren«, sagte Campion, »werden Sie ausgesprochen gefährlich sein. Ich werde bei Ihrer Hochzeit hinten in der Kirche sitzen und zwischen all den alten Jungfern herzzerreißend weinen. Eine malerische Figur dieser Art dient jeder Trauung zum Vorteil, finden Sie nicht auch?«

Penny ließ sich jedoch nicht ablenken.

»Sie haben etwas im Sinn«, behauptete sie und hängte sich unbefangen bei ihm ein. »Mit den Worten meiner Lieblingsautorin: ›Ist es eine Frau, mein Junge? Oder sind Sie nicht gewohnt, spät aufzubleiben?‹«

Zu ihrer Überraschung blieb er wie angewurzelt stehen und starrte sie an.

»Mein liebes Kind«, sprach er feierlich, »mit den Worten des miserabelsten Schauspielers, den ich je auf einer Bühne gesehen habe: ›Der Mann, der die Hand gegen eine Frau erhebt, außer in freundlicher Absicht, ist des Namens nicht wert.‹ Oder anders ausgedrückt: ›Schlag die Dame nicht auf den Kopf, Papi, sonst nimmt dich der Polizist mit.‹ In einer so peinlichen Situation wie dieser habe ich mich in meinem ganzen Leben noch nicht befunden, das können Sie mir glauben.«

Penny lachte, da ihr die verborgene Bedeutung der frivolen Worte entgangen war.

»Ich würde es tun«, sagte sie. »Wer immer sie sein mag. Ich halte zu Ihnen.«

Campion gestattete sich ein zweifelndes Lächeln.

»Würden Sie wirklich?«, murmelte er.

20

»He, aufwachen, Sir! Inspektor Stanislaus Oates höchstpersönlich ist am Telefon! Jetzt bekommen wir Ihren schönen Morgenrock wieder nicht zu sehen. Und ich hab mich schon so darauf gefreut.«

Lugg hatte den Kopf durch die Tür zum Schlafzimmer seines Herrn gesteckt.

»Er ruft schon den ganzen Tag an«, fuhr er fort, um ein bestimmtes Maß an Grobheit bemüht, um seine Besorgnis zu verbergen. »Gönnen Sie ihm seinen Schönheitsschlaf, hab ich zu ihm gesagt.«

Campion sprang aus dem Bett. Er sah im Licht des Nachmittags seltsam schlampig aus.

»Um Himmels willen!«, rief er. »Wie spät ist es?«

»Immer mit der Ruhe – immer mit der Ruhe. Halb fünf.« Lugg kam mit einem dezent gemusterten seidenen Morgenrock herein. »Reißen Sie sich zusammen. Sie sehen ja verboten aus, wenn Sie halb wach sind. Bürsten Sie sich die Haare, bevor Sie hinuntergehen. Da ist eine weibliche Hausangestellte, die wo mir gefallen könnte, unten in der Halle am Apparat.«

Campion schnürte den Gürtel des Morgenmantels fest um seine überschlanke Taille und griff nach seiner Brille.

»Den ganzen Tag hat er schon versucht, mich zu erreichen«, sagte er. »Wenn das wahr ist, werde ich Sie feuern, Lugg.«

»Ich muss Sie doch am Leben erhalten. Meine Stellung hängt davon ab«, versetzte der Diener. »Die ganze Nacht aufbleiben und einem Gespenst nachjagen – das tut Ihnen nicht gut. Sie schauen aus wie eine halbaufgeweichte Leiche. – So ist's recht, schubsen Sie mich nur herum«, brummelte er, als Campion sich an ihm vorbeidrängte und die Treppe hinuntereilte.

Das mollige kleine Dienstmädchen, offensichtlich Luggs Charme verfallen, überließ Campion den Hörer, den es bis dahin umklammert hatte, und entfernte sich auf ein gebieterisches Zeichen von Lugg küchenwärts.

»Hallo«, sagte eine schwache Stimme am anderen Ende des knisternden Drahtes. »Sind Sie das? Endlich. Ich war drauf und dran, zu Ihnen zu fahren. Es tut mir furchtbar Leid, alter Junge, aber sie haben ihn.«

Campion blieb eine Weile still, doch in Beantwortung einer scharfen Frage vom entgegengesetzten Ende der Leitung sagte er matt: »Oh – ja, ich höre Sie schon. Was erwarten Sie – einen Glückwunsch?«

»Ich bitte Sie«, flehte die ferne Stimme. »Es war ein großartig ausgedachter Trick. Sie wären selbst darauf hereingefallen. Heute Morgen gegen zwei Uhr wurde eine ganze Meute Betrunkener ins Polizeirevier in der Bottle eingeliefert, und etwa dreißig ihrer Freunde trafen dort zur selben Zeit ein. Es kam zu einer fürchterlichen Rauferei, und der Mann, der vor Ihrer Schwelle Wache hielt, beteiligte sich daran wie ein Idiot. In dem Durcheinander muss jemand hinaufgeflitzt sein und Ihre Wohnung durchsucht haben. Seither versuche ich ununterbrochen, Sie zu erreichen. Was haben Sie gemacht? Wir versuchen unser Möglichstes und noch ein bisschen mehr. Können Sie uns einen Hinweis geben?«

»Augenblick noch«, ersuchte Campion. »Was ist mit dem jungen Herkules?«

»Ach, Gyrth? Der macht uns auch ein wenig Sorgen«, wisperte die feine Stimme. »Er hat eins auf den Kopf bekommen, aber kaum war unser Mann auf dem Dach durch die Luke gestiegen, erholte er sich und rannte seinem Eigentum nach. Offen gestanden, wir können ihn nicht finden. Draußen auf der Straße war eine Massenschlägerei im Gange, und Sie wissen, was das für ein trostloser Ort ist. Wir haben die üblichen Verdächtigen festgenommen, aber die scheinen nichts zu wissen. Wir halten auch ein rundes Dutzend der Radaubrüder fest. Wissen Sie nicht, wie wir weitermachen könnten?«

Campion überlegte. Er war jetzt hellwach.

»Haben Sie etwas zu schreiben zur Hand?«, fragte er. »Passen Sie auf. Da sind zwei Langfinger: Darky Farrell und ein gewisser Diver. Die stecken mit drin, ich habe sie gesehen. – Ach, Sie haben sie schon geschnappt? Drehen Sie sie durch den Wolf. Dann ist natürlich noch Natty Johnson da. Der einzige, der mir dann noch einfällt, ist Fingers Hawkins.«

»Gut«, tönte es aus dem Apparat. »Wir besorgen den Rest. Sie bleiben doch dort? Ich rufe Sie an, sobald sich etwas tut. Uns ist hier nicht besonders wohl zumute. Eine schöne Gesellschaft ist das: alles Rennplatzganoven.«

»Das habe ich mir gedacht«, sagte Campion. »Lassen Sie sich wegen mir nicht den Kopf einschlagen. Und noch etwas, Stanislaus... Geben Sie dem Bobby vor meiner Tür einen Kuss von mir.«

Er legte den Hörer auf die Gabel, wandte sich erschöpft vom Apparat ab und fand sich Aug in Aug mit Lugg, dessen Anblick ihn mit plötzlichem Grimm zu erfüllen schien.

»Jetzt haben Sie es geschafft!«, ereiferte er sich. »Wenn wir den Fall vermurksen, dann ist Ihr Gluckenkomplex daran schuld! Bah! Gehen Sie und züchten Sie Champignons!«

Lugg blieb gelassen.

»Sie haben uns da mit netten Leuten zusammengebracht, was?«, sagte er. »Ich kenne ein paar Knastbrüder, die würden vor Scham erröten, wenn man sie mit den Namen, die Sie übers Telefon erwähnt haben, in Verbindung bringen würde. Mit Rasiermessern und zerbrochenen Flaschen hantieren, das machen die. Es ist genau die Sorte, wo ich was gegen hab. Niemand kann mich einen Snob nennen – nicht eigentlich –, aber irgendwo muss man schließlich die Grenze ziehen.«

Doch ausnahmsweise ließ sich Campion nicht besänftigen.

»Lassen Sie mir ein Bad ein, holen Sie den Wagen, bringen Sie mir eine Landkarte und verschwinden Sie«, sagte er, rannte die Treppe hinauf und ließ Lugg sprachlos und seiner üblichen düsteren Bissigkeit beraubt zurück.

Eine gute Stunde später hörte Penny, die allein in dem geräumigen, verblichenen Salon saß, dessen breite Rautenfenster auf die Zufahrt hinausgingen, etwas überrascht die Tür zum Zimmer ihres Vaters jenseits des Korridors leise zufallen, und gleich darauf sah sie Campion die Treppe vor dem Portal hinunterlaufen, in seinen wartenden Wagen steigen und mit halsbrecherischer Geschwindigkeit davonbrausen.

Sie hatte damit gerechnet, dass er in Kürze herunterkommen und den Tee mit ihr nehmen würde, und sie hatte sich gerade entschlossen, nach Lugg zu klingeln, als Branch erschien und auf einem Tablett einen dicken Briefumschlag brachte.

»Campion hat mich ersucht, Ihnen das zu überbringen, Miss«, sagte er und zog sich zurück.

Von Neugier erfasst, riss Penny das Kuvert auf und schüttelte dessen Inhalt neben sich aufs Sofa aus. Zu ihrer

Überraschung lag auf dem verschossenen Brokat ein gefaltetes Blatt Papier, ein weiterer Briefumschlag und ein kleiner Beutel aus billiger roter Seide. Das Papier war dicht in einer klaren, charakteristischen Handschrift beschrieben.

Liebe Penny, ich muss einen Freundschaftsbesuch machen, um mit meinem neuen Anzug anzugeben. Vielleicht werde ich dort so willkommen sein, dass man mich nicht gleich wird gehen lassen wollen. Erwarten Sie mich deshalb nicht eher, als bis Sie mich sehen. Ich lasse Ihnen Lugg als eine Art Andenken zurück. Drei Mahlzeiten pro Tag, meine Teure, und keinen Alkohol.

Dürfte ich Sie bitten, ihm den beiliegenden Brief auszuhändigen, den ich zugeklebt habe, um meine schlechte Erziehung zu demonstrieren. Er wird ihn Ihnen zweifellos zu lesen geben. Aber ich möchte, dass er ihn erst erhält, wenn ich schon ein Stück unterwegs bin, da er auf die Verfolgung von Autos abgerichtet ist. Der etwas grellfarbene Beutel, der, wie Sie sehen, sich nicht so leicht öffnen lässt, enthält, soviel ich weiß, ein Büschel vom Bart eines sehr alten Freundes von mir (eines Propheten im Westentaschenformat). Der ist auch für Lugg bestimmt.

Denken Sie an Ihr Versprechen, das allerdings nur so lange gilt, wie ich am Leben bin. Bewahren Sie Ruhe, was auch geschehen mag. In Zweifelsfällen wenden Sie sich vertrauensvoll an den Professor, der über vieles Bescheid weiß und ein großartiger Mensch ist.

Was für ein mildes Wetter für die Jahreszeit wir doch haben, finden Sie nicht? ›Geprägte Münze ist's Gesicht, das Herze ist's, was zählet.‹

Ich verbleibe, stets der Ihre
William Shakespeare
(für Sie: Bill)

Das Mädchen saß da und wendete den Brief auf dem Knie um und um, bis Branch mit dem Teewagen wiederkam. Obwohl sie es vor Neugier kaum aushalten konnte, ließ sie doch eine halbe Stunde verstreichen, ehe sie nach Lugg schickte. Colonel Gyrth erschien nie zum Tee, und sie war noch immer allein, als sich die Tür öffnete und Campions stattliches Alter Ego mit besorgtem Gesichtsausdruck eintrat.

Der klobige Mann hatte großen Respekt vor dem Salon und durchmaß ihn, als schwankte der Boden unter seinen Füßen.

»Ja, Miss?«, sagte er misstrauisch.

Penny reichte ihm schweigend den Brief. Er ergriff ihn begierig und riss ihn, alle von Branch während der letzten Tage erhaltenen Weisungen vergessend, einfach auf, hielt das Papier dicht vor die schwarzen, glänzenden Äuglein und begann zu lesen.

»Na also«, sagte er plötzlich. »Was habe ich Ihnen gesagt? Da haben wir die Bescherung. Eigensinnig, das ist er.«

Sein Blick fiel auf Pennys Gesicht, und da kam ihm zu Bewusstsein, wo er sich befand. Er schickte sich tollpatschig und ungeschlacht an, den Salon zu verlassen, doch Penny hielt ihn zurück.

»Ich habe ebenfalls einen Brief von Campion erhalten«, sagte sie. »Ich soll Ihnen das übergeben.« Sie reichte ihm den roten Seidenbeutel und fügte kühn hinzu: »Er schreibt, Sie würden mir Ihren Brief höchstwahrscheinlich zeigen.«

Lugg zögerte zunächst, doch dann schien er erfreut, dass er sich jemandem anvertrauen konnte.

»Da haben Sie ihn«, knurrte er ungnädig. »Da werden Sie mal sehen, was der für ein Mensch ist.« Er warf ihr den

Brief in den Schoß. »Vielleicht kommen Sie da gar nicht ganz mit.«

Penny faltete das Blatt auseinander und begann zu lesen.

Unbeschreiblicher Idiot und Schwachkopf! Hoffentlich lesen Sie das, wie ich es geschrieben habe – mit Bammel. Machen Sie sich jedoch keine Sorgen, Sie Schlauberger. Ich musste zum Moran-Trick Zuflucht nehmen. Falls ich bis morgen Früh nicht zurück bin, schicken Sie den Bart des Propheten an Mrs. Sarah nach Heronhoe Heath. Werden Sie nicht wieder hysterisch, und sollte es zum Schlimmsten kommen, dann hüten Sie sich, meine gefälschte Unterschrift unter irgendein lausiges Zeugnis zu setzen. Man würde Ihnen doch auf die Schliche kommen. Überlassen Sie das ›Sesam öffne dich‹ Sarah und den ihrigen. Mit unfreundlichem Gruß.

Penny ließ das Blatt sinken.

»Was soll das bedeuten?«

»Da bin ich schlicht überfragt«, entgegnete Lugg schroff. »Empfiehlt sich einfach auf Französisch! Er hat gewusst, dass ich ihn sonst zurückgehalten hätte. Jetzt reicht's mir aber. In null Komma nichts werde ich die Stellenangebote studieren müssen. Nicht einmal ein Zeugnis hat er mir dagelassen. Donnerschlag, da haben wir uns was eingebrockt!«

»Können Sie sich nicht deutlicher ausdrücken?« Penny begann allmählich die Geduld zu verlieren. »Was ist das für ein Moran-Trick? «

»Och, das«, sagte Lugg. »Damals war's Leichtsinn, jetzt ist es Selbstmord. Wir waren mal hinter einem Gangster namens Moran her, der unter anderem auch ein Mörder war. Und was tut mein Chef, wie wir den nicht kriegen können? Er geht seelenruhig zu ihm ins Haus und lässt sich kidnappen, damit er herausbringen kann, was die Bande vorhat. ›Die Neugier wird noch Ihr Tod sein, mein Junge‹, hab ich zu ihm gesagt, wie ich ihn herausgeholt hatte. ›Einen feuchten Kehricht werden Sie davon haben, wenn Sie das Beweismaterial gegen den Kerl zusammenkriegen, der wo Sie kaltgemacht hat.‹«

Penny sprang auf.

»Er weiß also, wer es ist?«

»Klar weiß er das«, antwortete Lugg. »Wahrscheinlich weiß er es schon, seit er ein kleiner Junge war – das wird er jedenfalls behaupten. Aber wir wissen nichts! Da fährt er eingeschnappt weg, und ich hab das Nachsehen. Wenn ich ihn jemals lebend wiederkriege, dann lasse ich ihn in die Klapsmühle einweisen.«

Das Mädchen sah ihn fassungslos an.

»Aber der Kelch ist doch bei Val in Sicherheit! Wozu tut er das dann?«

Lugg schaute sie schnell an.

»Verlassen Sie sich drauf, Miss, da gibt's noch 'ne Menge, wo man uns nichts von gesagt hat. Uns bleibt nichts anderes übrig, als seinen Anweisungen zu folgen und nicht die Hoffnung zu verlieren.«

Penny vertiefte sich wieder in den Brief.

»Wer ist Mrs. Sarah?«, wollte sie wissen.

»Die Chefin von einem Haufen Zigeuner. Entweder feine oder fiese Leute, was anderes gibt's für ihn nicht. Und ich kann alle beide nicht riechen – tut mir Leid, Miss.«

Penny blickte rasch auf.

»Wir beide bringen morgen Früh das Säckchen nach Heronhoe Heath«, bestimmte sie. »Das ist rund fünf Meilen von hier entfernt. Mrs. Shannon hat dort in der Nähe ihre Stallungen. Wir fahren mit dem Wagen.«

Lugg zog eine Braue hoch.

»Mrs. Shannon? Ist das die Person, die hier herumschnüffeln gekommen ist, einen Tag nach dem Tod Ihrer Tante? So mit lauter Stimme und schick?«

Penny musste unwillkürlich lächeln.

»Richtig.«

Lugg stieß einen Pfiff aus.

»Ich hasse die Weiber«, verkündete er unvermutet. »Besonders die berufstätigen.«

21

Heronhoe Heath, ein breiter Streifen Ödland, zwischen der Straße nach Ipswich und einer kleinen Bucht auf der anderen Seite war fast ganz mit blühendem Ginster bedeckt, als Lugg und Penny am Morgen nach Campions Abreise in dem kleinen Zweisitzer quer durchs Gelände rumpelten. Die Sonne schien so strahlend, dass über der Bucht am Rande der Heide ein Dunstschleier hing, hinter dem man undeutlich Mrs. Shannons niedrige, rote Stallungen ausmachen konnte. Sonst gab es hier in beiden Richtungen drei Meilen weit keine Häuser.

Das Zigeunerlager erstreckte sich, ebenfalls von der Welt abgeschieden, am nördlichen Rand der Heide wie ein buntes, im Gras ausgebreitetes Tuch.

Als sie bis auf Rufweite heran waren, wurde der Weg, zerfahren von den Rädern vieler Wohnwagen, unpassierbar. Penny bremste.

»Von hier ab müssen wir zu Fuß gehen«, sagte sie.

Lugg seufzte und wuchtete sich aus dem Wagen. Das Mädchen stieg ebenfalls aus. Sie bildeten ein seltsames Paar.

Penny war ohne Hut und trug ein Kleid aus weißer Seide, Lugg hingegen war wie ein höherer Bediensteter in konventionellem schwarzem Anzug und Melone erschienen. Der respektable Eindruck wurde jedoch zunichte gemacht, weil er sich die Melone schräg in die Stirn gezogen hatte. Das verlieh seiner Erscheinung etwas finster Draufgängerisches, und der Strohhalm, den er zwischen den Zähnen hielt, minderte diesen Eindruck keineswegs. Er brummelte unaufhörlich vor sich hin, während er voranstapfte.

»Sehen Sie sich das an«, sagte er. »Vagabunden. Barackenbewohner. Also, ich möchte mein Leben nicht in einem Zelt verbringen.«

Penny betrachtete die Szenerie mit Wohlgefallen. Die lustig gestrichenen Wagen mit den hohen, gewölbten Planen, die an Leinen aufgehängten bunten Kleidungsstücke und die vielen Feuerchen, deren Rauch fast senkrecht in die reglose Luft stieg, boten unbestreitbar ein hübsches Bild. Auch Schmutz und Elend gab es, doch die Sonne brachte die Farben zum Leuchten, und der Anblick war alles in allem gefällig.

Was sie ganz besonders beeindruckte, waren die vielen Fuhrwerke und Wohnwagen. Es mussten an die vierzig sein, und Penny fiel auf, dass sie nicht von den unzähligen kleinen Zelten und Schuppen umgeben waren, wie in großen Lagern üblich, sondern dass das Ganze irgendwie provisorisch wirkte, ein Eindruck, den das Vorhandensein eines riesigen, altmodischen gelben Kremsers noch erhöhte.

Sie hatte noch nie ein Zigeunerlager besucht. Das hatte man ihr nie erlaubt, und sie kannte die Zigeuner nur als braune, friedfertige Menschen, die sich ausgezeichnet aufs Handeln verstanden.

Ihr wurde etwas beklommen zu Mute, als sie an der Seite des grimmigen Lugg auf das Zentrum des Lagers zuhielt. Kinder spielten halb nackt rings um die Wohnwagen und riefen ihr mit schrill zwitschernden Stimmen unverständliche Bemerkungen zu. Lugg marschierte unerschütterlich weiter.

Ein dunkelhäutiger junger Mann, dessen muskulöse Arme sich wie polierte Bronze gegen sein schreiend gemustertes Hemd abhoben, schaute aus einem Wagen heraus. Kaum hatte er einen Blick auf Lugg geworfen, da brüllte er auch schon vor Lachen, woraufhin die halbe Sippe zusammenströmte. In allen erdenklichen Öffnungen erschienen Köpfe, und Penny fürchtete, dass sich der Empfang nicht ausgesprochen freundlich gestalten würde.

Doch Lugg wich und wankte nicht.

»Wir suchen eine gewisse Mrs. Sarah«, verkündete er mit Stentorstimme. »Ich habe eine Nachricht für sie. Privat und wichtig.«

Der Name übte sofort eine beruhigende Wirkung auf die Menge aus, und der junge Mann, der vorhin gelacht hatte,kam aus seinem Wagen heraus.

»Kommen Sie mit«, sagte er und führte sie über die bucklige Wiese in die Mitte des Lagers, wo ein wahrhaft prachtvoller Wohnwagen stand, geschmückt mit einem Porträt des Königspaares auf der einen Seite und auf der anderen mit der knallbunten Abbildung von siamesischen Zwillingen umgeben von einem Kranz aus vier Delfinen. Die Messingteile an diesem barocken Gefährt waren so blank poliert, dass sie wie Gold glänzten. Sie bildeten am Vorderteil des Wagens einen kleinen Balkon, hinter dem auf dem überdachten Kutschbock eine ungeheuer dicke alte Frau saß. Um den Kopf hatte sie ein grün-gelb gemustertes Baumwolltuch gebunden; ihre ausladenden Formen umhüllte ein bunt bedruckter Kittel. Sie lächelte und ihre klugen schwarzen Augen betrachteten die Besucher mit herablassender Freundlichkeit.

Der junge Mann, der sie hergeführt hatte, äußerte ein paar Worte zu ihr, die Penny nicht verstand. Das Lächeln der alten Frau wurde breiter.

»Kommen Sie herauf, meine Dame«, sagte sie und deutete auf die bunten Stufen, die in das Innere des Wagens führten. Dabei fiel das Sonnenlicht auf die Ringe an ihrer Hand und brach sich funkelnd in den echten Steinen.

Penny erkletterte die Stiege und setzte sich der alten Frau gegenüber. Lugg ließ sich vorsichtig auf der obersten Stufe nieder. Die Menge stand noch immer neugierig herum.

Die korpulente Alte, allem Anschein nach Mrs. Sarah, drehte sich zu ihren Leuten um. Das Lächeln war von ihrem Gesicht verschwunden. Ein paar ätzend scharfe Sätze, deren Sinn Penny lediglich erraten konnte, ließen die Zigeuner wie unartige Kinder auseinander stieben. Dann wandte sich Mrs. Sarah hoheitsvoll wieder ihren Gästen zu.

»Wer hat Sie geschickt, meine Dame?« fragte sie mit schmeichelnder Stimme und in gewähltem Ton.

Lugg zog den roten Seidenbeutel heraus und übergab ihn Penny, die ihn an die alte Dame weiterreichte. Die dicken braunen Finger ergriffen ihn und Mrs. Sarah riss mit ihren langen, geschwärzten Nägeln den Faden auf, der den oberen Rand des Säckchens zusammenhielt. Im nächsten Moment lag der Inhalt in ihrer Hand.

Penny schaute neugierig hin. Es handelte sich um einen altmodischen Haarring aus zahllosen winzigen Flechten die höchst kunstvoll ineinander verwoben waren. Die Alte hielt ihn hoch und lachte.

»Orlando!« sagte sie mit unverhohlener Freude. »Keine Angst, meine Dame. Sarah weiß Bescheid. Morgen. Ja, er sagte: am Tag danach. Gut. Wir werden bereit sein. Leben Sie wohl, meine Dame.«

Penny, die nichts begriff, machte ein ratloses Gesicht.

»Orlando?«

Lugg stieß sie an.

»Einer von seinen Namen«, erklärte er unwirsch. »Gehen wir. Die Sitzung ist beendet.«

Er hatte anscheinend Recht. Die Alte lächelte und nickte, schien jedoch zu keinem Gespräch bereit zu sein. Penny gewann den Eindruck, Mrs. Sarah habe eine Nachricht erhalten, auf die sie gewartet hatte. Als sie die Stufen hinabstieg, beugte sich die alte Zigeunerin noch einmal vor.

»Sie haben ein Glücksgesicht, mein Kind«, orakelte sie. »Sie werden einen netten Mann bekommen. Aber nicht Orlando.«

Ziemlich verwirrt über diese unverhoffte Eröffnung lächelte Penny ihr zu und eilte Lugg nach, der auf den kleinen roten Wagen zustrebte, so schnell es seine Würde erlaubte.

»Er nennt sich Orlando bei den Zigeunern«, sagte er. »Komisches altes Weib, was? Haben Sie der ihre Ringe gesehen? Sind ihre guten tausend Pfund wert, schätze ich. Alles an solchen armen Teufeln wie wir verdient. Eine von denen hat mir mal die Zukunft geweissagt. Eine Reise übers Wasser, angeblich. Einen Monat später war ich in Parkhurst eingelocht. Das ist auf der Insel Wight, wissen Sie.«

Penny hörte ihm nicht zu.

»Aber was bedeutet das alles?«, fragte sie. »Was hat er von ihnen verlangt?«

Lugg machte eine übertrieben verzweifelte Gebärde.

»Das sind alte Freunde von ihm«, gab er Auskunft. »Er zieht manchmal mit ihnen herum. Mich nimmt er nicht mit – ich muss zu Hause den Kanarienvogel hüten. So einer ist er. Damit muss man sich abfinden. Das wird noch allerhand Wirbel geben, bevor wir mit der Sache fertig sind.«

Inzwischen hatten sie den Wagen erreicht. Penny erwiderte nichts; doch als sie sich hinters Steuer setzte, fuhr ein Wohnwagen an ihnen vorbei in Richtung auf das Lager. Sie blickte über die Heide hinweg dorthin, wo sich in der Ferne schwach die Stallungen abhoben. Einen Moment lang blitzte Verstehen in ihren Augen auf, aber sie behielt ihre Gedanken für sich.

Sie fuhren über die kurvigen Sträßchen nach Sanctuary zurück.

»He, wo sind wir hier denn?« rief Lugg nach ungefähr der siebzehnten scharfen Kehre. »In einem Irrgarten?«

Penny lächelte.

»Übers freie Feld sind es nur fünf Meilen. Aber auf der Straße dauert es viel länger. Diese hier stammt noch aus einer Zeit, als man den Boden reicher Grundbesitzer umgehen musste.«

Als sie an Tye Hall vorbeikamen, standen Beth und der Professor an der Pforte. Sie winkten und Penny hielt an und stieg aus.

»Hören Sie«, sagte sie zu Lugg. »Sie fahren den Wagen zum Tower. Ich komme später zu Fuß nach.«

Immer noch ein bisschen brummend gehorchte Lugg, und Penny ging zu ihren Freunden hinüber.

»Wir warten auf die Post«, teilte ihr Beth mit. »Wo steckt denn heute dein komischer Freund?«

»Das weiß Gott allein«, sagte Penny verlegen. »Er ist gestern Abend abgereist und hat Nachricht hinterlassen, dass er einen Besuch macht. Ich glaube, er weiß etwas.«

Der Professor, höchst vernünftig und leicht in einen gelben Schantunganzug und Panamahut gekleidet, strich sich mit der schmalen braunen Hand den schönen Bart.

»Mehr hat er nicht hinterlassen?« fragte er. »Das klingt aber sehr sonderbar.«

»Gerade jetzt alles liegen- und stehen zu lassen«, wunderte sich Beth. »Das sieht ihm gar nicht ähnlich.«

»Ich glaube, er hat etwas vor«, sagte Penny, bemüht, jeden falschen Eindruck zu verwischen. »Lugg und ich haben in seinem Auftrag einen Gang gemacht. Von dort kommen wir eben her. Wir haben einen roten Seidenbeutel zu einer äußerst malerischen alten Dame gebracht. Sie ist so eine Art Zigeunerkönigin, nehme ich an. Draußen auf der Heide kampiert eine ganze Menge von ihnen.«

Die runden braunen Augen des Professors weiteten sich.

»Wenn das nicht merkwürdig ist!«, sagte er und versank wieder in tiefes Nachdenken.

»Jedenfalls war sie anscheinend völlig im Bilde«, fuhr Penny fort, »was ich von mir nicht behaupten kann. Und sie hat etwas von morgen erwähnt, so als hätte er sich mit ihr verabredet. Er ist ein recht eigenartiger Mensch, weißt du.«

Beth öffnete den Mund, um zuzustimmen, doch eine Erscheinung, die gerade über der Zaunpforte, die in die Hecke eingepasst war, zusammenklappte, hinderte sie daran.

»Val!« schrie Beth auf und rannte über die Straße.

Die anderen beiden folgten ihr.

Der junge Mann war totenbleich. Er sah krank aus, und als er eine Bewegung auf sie zu machte, taumelte er. Der Professor klinkte die Pforte auf, legte sich Vals Arm um die Schulter und schleppte ihn hinüber in seinen Garten.

»Lasst ihn jetzt in Ruhe, Kinder«, gebot der Professor, einen Ansturm von Fragen abwehrend. »Beth, lauf ins Haus und bereite Brandy und Eiswasser vor. Penny, stützen Sie ihn bitte auf der anderen Seite.«

»Es geht schon«, sagte Val erschöpft. »Ich glaube, man

hat mich betäubt. Ich bin gerade erst zu mir gekommen – ich habe Sie reden hören und bin herausgewankt. Ich bin ein ausgemachter Esel, jawohl, das bin ich.«

»Reden Sie nicht so viel«, empfahl der Professor, als sie durch eine Seitentür ins Haus gelangten. »Nein, alles in Ordnung«, versicherte er dem aufgeregten Hausmädchen, das ihnen entgegentrat. »Mrs. Cairey soll nicht erschrecken. Mr. Gyrth wurde lediglich von einer Übelkeit befallen.«

Das Mädchen zog sich zurück und der Professor führte seinen Schützling in die Bibliothek, wo Beth bereits mit Brandy und Wasser wartete.

Val ließ sich nicht länger am Sprechen hindern.

»Ich habe nichts Besseres verdient«, sagte er, als er dankbar in einen tiefen Sessel sank. »Himmel! Ich habe einen Kopf wie nach einem Gelage!«

»Was ist denn bloß passiert?«, riefen Beth und Penny wie aus einem Munde.

»Und«, setzte seine Schwester hinzu, als sie sich plötzlich erinnerte, »wo ist der Kelch?«

Vals getrübte Augen wurden einen Moment lang hart. Er versuchte sich aufzurichten, sank aber kraftlos wieder zurück.

»Sie haben ihn«, sagte er apathisch. »Wo ist Campion?«

Penny gab einen unartikulierten Laut von sich und ließ sich dann bleich und zitternd am Tisch nieder.

Beth hingegen schien sich mehr um Val zu sorgen als um den Kelch. Unter ihrer liebevollen Obhut begann er sich rasch zu erholen. Er sah sie dankbar an.

»Ich mache Ihnen so viel Mühe«, sagte er. »Ich habe keine Ahnung, wie ich in das Feld geraten bin.«

»Was ist denn geschehen?«, fragte der Professor. »Versuchen Sie sich zu erinnern.«

Val überlegte.

»Ich war in Campions Wohnung und bin lange mit einem Buch aufgeblieben. Den Koffer mit dem Kelch hatte ich buchstäblich auf dem Schoß. Ich hatte mich nicht ausgekleidet – ich hatte nicht die Absicht, ins Bett zu gehen. Am frühen Morgen, so zwischen zwei und drei Uhr, hörte ich draußen einen Höllenlärm. Ich schaute zum Fenster hinaus und sah, dass unten vor dem Polizeirevier eine Massenschlägerei im Gange war. Mit einem Mal hörte ich jemanden hinter mir in der Wohnung. Er muss mit einem Nachschlüssel hereingelangt sein.«

Er legte eine Pause ein, während er versuchte, die verworrenen Ereignisse in seinem Kopf zu ordnen.

»Na ja, und dann«, fuhr er fort, »dann – verdammtes Kopfweh! – habe ich einen Schlag auf den Kopf bekommen, aber nicht bevor ich einen Blick auf den Kerl geworfen hatte. Ich habe ihn erkannt. Als es mir schlecht ging«, sagte er verlegen, »da habe ich alle möglichen Lokale besucht. Und da war eins gleich bei der Berwick Street, in Soho, direkt neben dem Markt, wo eine ganze Menge zweifelhafter Typen aus und ein ging. Ich glaube, sie hatten irgendwo hinten einen Versammlungsraum. Und den Mann, der mich niedergeschlagen hat, habe ich oft dort gesehen. Er hat ein auffallendes Gesicht mit einer eigentümlichen Knollennase.«

Er verstummte abermals und der Professor nickte verständnisvoll.

»Und dann verloren Sie das Bewusstsein?«

»Ja«, bestätigte Val. »Aber das können höchstens zwei Minuten gewesen sein. Ich weiß noch, dass ich eine grässliche Wut bekam und hinunter rannte. Ich hatte nichts anderes im Kopf als die schmutzige Spelunke an der Berwick Street. Draußen war noch immer die Schlägerei im

Gange, und ich musste mich hindurchkämpfen. Ich glaube, ich habe einen Bobby dabei umgerissen. Natürlich hätte ich ein paar Polizeibeamte mitnehmen sollen, aber das ist mir erst später eingefallen. Die Polizei hatte ohnehin alle Hände voll zu tun.«

»Und als Sie in die Berwick Street kamen?« warf Beth ein, die dem Bericht ihres Helden mit glänzenden Augen gelauscht hatte.

»Tja, ich bin in das Lokal hineingestürmt wie ein wildgewordener Bulle und habe den Wirt nach dem betreffenden Mann gefragt. Er führte mich in ein Hinterzimmer, wo ich schäumend vor Wut wartete. Und dann kam ein Koloss von einem Mann herein, und ehe ich wusste, wie mir geschah, bekam ich ein Handtuch voll Äther oder Chloroform ins Gesicht geklatscht. Von da erinnere ich mich an nichts mehr, bis ich mich draußen auf dem Feld wiederfand. – Moment mal, was für einen Tag haben wir heute? Ich meine –«.

»Sie werden morgen fünfundzwanzig«, gab der Professor Bescheid. »So, wie Sie aussehen, müssen Sie seit dem frühen Morgen in der Hecke gelegen haben. Ein Glück, dass wir trockenes Wetter haben.«

»Wie bin ich bloß hierher gekommen?«, sinnierte Val. »Man hat mich doch gestern Abend in dem Schuppen an der Berwick Street unschädlich gemacht – nein, es kann nicht gestern Abend gewesen sein. Am Abend davor. Wahrscheinlich hat man mir etwas eingespritzt. Chloroform hätte mich nicht so lange betäubt. Aber – wo ist Campion? Ich muss ihn informieren. Na ja, vielleicht hat er es inzwischen schon von der Polizei erfahren.«

»Albert ist fort«, jammerte Penny. »Und wir haben den Kelch verloren.« Sie richtete sich plötzlich auf. »Das ist es also! Gestern hat jemand den ganzen Tag lang versucht,

Albert anzurufen. Mary hat es mir heute Früh gesagt. Deshalb ist er weggefahren. Vermutlich wollte er Vater nicht erschrecken und mich auch nicht.«

Sie wurde von Mrs. Cairey unterbrochen, die den Kopf zur Tür hereinsteckte.

»Papa«, sagte sie, »der Briefträger ist da. Er hat dir das Nachnahmepäckchen gebracht. Penny, meine Liebe, möchten Sie Ihre Post auch gleich haben? Er gibt sie Ihnen bestimmt, wenn Sie herauskommen. Großer Gott!« rief sie aus und eilte herbei, als sie Val erblickte. »Sie sehen aber schlecht aus, Mr. Gyrth. Kann ich irgendetwas für Sie tun?«

Penny folgte dem Professor wie benommen hinaus. Sie war ganz schwindlig von all den neuen Verwicklungen. Warum regte sich eigentlich niemand wirklich darüber auf, dass der Kelch verschwunden war?

Der Briefträger, ein rotwangiger und schwitzender Einheimischer, stand an der Haustür und verschnaufte auf sein Fahrrad gestützt.

»Zwei Briefe für Sie, Miss«, bemerkte er, nachdem er seine Transaktion mit dem Professor abgeschlossen hatte. »Ihr Bruder ist nicht zufällig auch da?« fügte er hinzu, die blauen Augen hoffnungsvoll zu ihr aufschlagend.

»Doch, er ist hier«, antwortete Penny, über die Frage nicht wenig erstaunt.

»Das trifft sich gut! Ich habe sonst nichts für den Tower außer diesem Paket, das an ihn adressiert ist. Wenn Sie so freundlich wären, Miss ...«

Der Mann schnallte bereits die gewaltige Segeltuchtasche auf, die an seinem Gefährt befestigt war, und im nächsten Moment hatte er Penny ein großes, schweres Paket in die Arme gelegt.

»Sie haben Glück, dass Sie es überhaupt bekommen«,

sagte er. »Mir scheint, es hat ein bisschen mehr als das zulässige Gewicht. Guten Morgen, Miss.«

Er griff sich an die Mütze und schwang sich auf das Rad.

Penny ging mit dem Paket langsam in die Bibliothek zurück. Doch erst als sie den Raum betrat, begann sie sich über Größe und Schwere des Pakets Gedanken zu machen, und eine sonderbare Erregung erfasste sie.

»Val«, sagte sie atemlos, »mach das auf. Ich glaube – ach, ich weiß nicht – mach es jedenfalls auf.«

In ihrer Stimme lag ein solches Drängen, dass der junge Mann neugierig wurde.

»Was um alles in der Welt –« begann er. »Ach so, morgen ist mein Geburtstag. Wahrscheinlich hat mir irgendwer aus der Verwandtschaft etwas geschickt.«

Er nahm das Messer, das Beth ihm reichte, und zerschnitt den Bindfaden. Dann enthüllte er einen festen Karton von der Art, wie er zum Versand großer Flaschen benutzt wird. Etwas von der Erregung seiner Schwester schien auf ihn übergegangen zu sein, denn die Hand, die die Klappe des Kartons öffnete, zitterte heftig.

Gleich darauf hatte er ein Büschel Holzwolle herausgezogen, und ein überraschter Ausruf entwich seiner Kehle. Der Professor, Mrs. Cairey und Beth beugten sich vor, und Val zog ganz behutsam den hohen, schlanken Goldkelch heraus, den Mr. Melchizadeks Urgroßvater angefertigt hatte.

»Der Kelch!«, rief Penny mit einem Schluchzen in der Stimme. »Oh, Val, es ist ihm nichts passiert!«

Das Gesicht der beiden Frauen spiegelte Pennys Freude wider, doch der Professor und Val wechselten einen Blick.

»Wie?«, stieß Val erstickt aus. »Das ist unglaublich!

Liegt etwas Schriftliches bei? Wer hat das Paket adressiert?«

Eine hektische Suche ergab, dass der Karton sonst nichts enthielt, und die Adresse war in Druckbuchstaben geschrieben. Der Stempel war unleserlich.

Der Professor räusperte sich.

»Ich kann mir denken, was das bedeuten soll«, sagte er, die Überreste des Pakets antippend. »Aber wie Sie heute Morgen auf das Feld gelangt sind, ist mir ein Rätsel. Wer hat Sie hingeschafft und warum? Ich verstehe das nicht.«

Penny, die ihren Bruder während der letzten Minuten angestarrt hatte, streckte plötzlich die Hand aus.

»Val! Dein Knopfloch!«

Instinktiv fasste sich der junge Mann an den Rockaufschlag, und ein Ausdruck der Verwunderung breitete sich auf seinem Gesicht aus, als er die welke Wiesenblume aus dem Einschnitt entfernte und sie anstarrte.

»Komisch«, sagte er. »Ich kann mich nicht erinnern, sie angesteckt zu haben. Sie ist auch noch verhältnismäßig frisch.«

Penny riss sie ihm aus der Hand.

»Siehst du denn nicht, was das ist?« Ihre Stimme wurde schrill. »Auf dem Feld, wo du aufgewacht bist, wachsen sie zu Hunderten! Es gibt nur einen Menschen auf der Welt, der an so etwas gedacht hätte!«

Es handelte sich um eine weiße Lichtnelke, die auf Englisch ›campion‹ heißt.

22

Am Abend desselben Tages hielt Campion seinen Wagen zwischen den hohen Ginsterbüschen auf der Heide von Heronhoe an und zog genießerisch die Luft ein. Er wirkte womöglich noch ein bisschen einfältiger als sonst, machte aber trotz seiner offenkundigen Unruhe einen mit sich selbst hochzufriedenen Eindruck.

Obwohl er stundenlang hinter dem Steuer gesessen hatte, zeigte seine lange, schlaksige Gestalt keinerlei Anzeichen von Ermüdung. Er schloss den Wagen ab, steckte den Schlüssel in die Tasche und legte kurz die Hand auf die Kühlerhaube.

»Strauchritters Abschied von seinem Ross«, verkündete er in die Luft hinein. Dann drehte er sich abrupt um und schritt weit ausgreifend über die elastische Grasnarbe davon.

Hinter ihm glühten die Lichter des Zigeunerlagers in der Dämmerung, und einen Moment lang fiel es ihm schwer, ihrer lockenden Freundlichkeit zu widerstehen. Doch er wandte sich entschieden ab und begnügte sich mit einem lang gezogenen Begrüßungspfiff, wie ihn einer der zahllosen Seevögel in der Bucht ausgestoßen haben könnte. Fast unmittelbar darauf wurde der Ruf erwidert: Zwei melodiöse Pfiffe ertönten, die angenehm beruhigend klangen. Campion schien befriedigt und setzte seinen Weg fast unternehmungslustig fort.

Mrs. Shannons Stallungen zeichneten sich kaum wahrnehmbar als dunkle, rechteckige Masse im grauen Zwielicht ab. Er hatte die Entfernung nicht ganz richtig eingeschätzt, und der Weg war länger als erwartet. Nachdem er endlich die Gebäude erreicht hatte, stand er lange im Schatten einer hohen Mauer und lauschte angestrengt. Kein Laut drang zu ihm heraus. Überzeugt, dass sein Kommen unbemerkt geblieben war, begann er langsam die Mauer abzuschreiten. Er bewegte sich leise und benutzte nur ab und zu seine Taschenlampe.

Die Anlage entsprach weitgehend seinen Erwartungen. Eine hohe, rote Mauer umschloss das gesamte Anwesen und bildete ein riesiges Geviert, das nur an einer Seite von dem unbefestigten Fahrweg gestreift wurde, den Campion nach Verlassen der Straße vorsorglich gemieden hatte.

Das mächtige Eisentor, in das der Weg mündete, war abgesperrt. Campion spähte vorsichtig hindurch und stellte erleichtert fest, dass alles im Dunkeln lag. Im westlichen Teil befanden sich das Wohnhaus und der Garten, direkt vor ihm lag ein viereckiger Hof mit einem Häuschen an der linken Seite. Die Stallungen nahmen den restlichen Teil des Grundstücks ein. Sie waren zweigeschossig um alle vier Seiten eines freien Platzes angeordnet. Ein großes Holztor führte auf den Hof, aber an der Ostseite befand sich ein weiterer Eingang, der von der Heide her zu erreichen war. Der Fahrweg zog sich in einer flachen Kurve am Wohnhaus vorbei bis zum Holztor, das Zutritt zu dem Innenhof im Stalltrakt gewährte.

Campion, in der Dunkelheit allein, wurde plötzlich ungemein wachsam. Er bildete sich ein, irgendwo im Haus Stimmen zu hören. Doch bevor er nicht alle Gebäude umrundet hatte, unternahm er keinen Versuch einzutreten. Und als er wieder beim Eisentor anlangte, war er bedeutend klüger als zuvor.

Das Anwesen befand sich in einem bedauernswerten Zustand und hatte unter dem Einfluss der salzigen Luft sehr gelitten. Campion steckte seine Brille in die Tasche, und nachdem er eine passende Stelle neben der Küche gefunden hatte, wo wilder Wein wucherte, begann er zu klettern. Es ging nicht leicht, denn die Mauer war hoch und oben mit Glasscherben bestückt, die der wilde Wein verdeckte. Doch er schaffte es und glitt auf der anderen Seite geräuschlos zu Boden. Abermals lauschte er mit angehaltenem Atem. Immer noch war nichts zu hören außer dem fortgesetzten Stimmengemurmel irgendwo auf der anderen Seite des Hauses.

Nachdem er die Brille wieder aufgesetzt hatte, setzte er sich in Bewegung. Weder ein Hund noch ein Stallbursche war zu sehen, und nach eingehender Inspektion des Hofes zwischen den Stallungen, dessen Holztor einen Spalt breit offen stand, war Campion überzeugt, dass die Auskunft, die er am Nachmittag in London bei einem seiner zahlreichen Besuche eingeholt hatte, im Wesentlichen zutraf. Mrs. Shannons Reitställe konnten wohl kaum als florierendes Unternehmen bezeichnet werden. Obwohl Boxen für zwanzig Pferde vorhanden waren, schien nur eine einzige belegt zu sein.

Das Häuschen neben dem Holztor war ebenfalls leer, auf allen Seiten zeigten sich Spuren des Verfalls. Lediglich der Rasen und der Hof wirkten gepflegt. Der Garten war eine Wildnis.

Mit einiger Vorsicht näherte sich Campion der einzigen erleuchteten Öffnung: einer Glastür, die auf den Rasen hinausging. Er hatte achtsam den Lichtschein vermieden, den sie aufs Gras warf, doch nun wagte er sich näher; der Rasen dämpfte seine Schritte.

Eine dünne Gardine hing hinter den Scheiben, gewährte jedoch freien Einblick. In den Ruinen eines ehemals schönen Raumes hatten sich fünf Männer und eine Frau um einen Tisch gruppiert, an dem ein Pokerspiel im Gange war.

Keine nette Gesellschaft, dachte Campion, während er den Blick von Gesicht zu Gesicht schweifen ließ. Da war Matthew Sanderson, verschlagener denn je aussehend, als er die Karten austeilte, der ›Major‹ mit dem Pferdegesicht und Fingers Hawkins, der sich an dem Überfall auf der Straße beteiligt hatte, in Hemdsärmeln, obwohl er sich zwischen den sozial Höhergestellten ein bisschen unbehaglich zu fühlen schien. Außerdem war da noch ein grauhaariger Mann mit schmalen Augen, den Campion nicht kannte, und ein kleiner Asiate, den er sehr wohl kannte, dessen Anwesenheit ihn aber verwirrte.

Mrs. Shannon beherrschte die Gruppe allein kraft ihrer Persönlichkeit. Sie war wie immer ungewöhnlich schick. Das kühne Schwarz-Weiß ihres Kleides wirkte trotz der strengen Eleganz des Schnitts ausgefallen. Auf ihrem weißen Gesicht lag ein Lächeln. Sie trug ihr Haar kurz wie ein Mann und eine schwere Kette mit barbarisch roten Perlen um ihren Hals. Diese feminine Note nahm sich seltsam an ihrer maskulinen Erscheinung aus.

»Sie passen, Major?«, sagte sie, als der Mann mit dem roten Gesicht seine Karten hinwarf. »Sie haben nie den Mut, eine Sache durchzustehen. Sandy, ich habe Sie beobachtet. Sie spielen mit allen Tricks.«

Sanderson knallte die Karten auf den Tisch.

»Ich wundere mich, dass Sie noch niemand umgebracht hat, Daisy«, sagte er mit mehr Bewunderung als Missmut in der Stimme.

»Mein Mann hat es versucht«, entgegnete Mrs. Shannon gelassen.

»Aber zuerst haben Sie ihn erledigt, was?«, meinte der Major lachend.

Die Frau fixierte ihn mit ihrem eigentümlich hochmütigen Blick.

»Er hat sich immer beklagt, der Whisky sei ihm nicht stark genug«, sagte sie. »Ich denke oft, es war der Methylalkohol, mit dem wir den Whisky versetzt haben, der ihn umgebracht hat.«

Sanderson wandte sich ab.

»Mir wird direkt mulmig«, sagte er. »Wenn man Sie so reden hört, wundert man sich, dass Sie keine Angst vor Erpressung haben.«

Mrs. Shannon lachte.

»Den Mann möchte ich sehen, der sich getrauen würde, mich zu erpressen!«

»Keine Erpressung«, ließ sich Fingers Hawkins von der anderen Seite des Tisches vernehmen. »Aber wir wollen das, was uns zusteht.«

»Das und noch mehr«, versicherte Mrs. Shannon mit einem Anflug von Verachtung. »Tony, Sie passen auch? Danke. Das Spiel geht an mich.«

Sie deckte ihre Karten auf, als Campion an die Scheibe pochte.

Alle zuckten zusammen außer Mrs. Shannon, die kaum vom Einsammeln der Karten aufblickte.

»Machen Sie die Tür auf, Fingers«, gebot sie. »Da kratzt jemand.«

Der schwere Mann ging vorsichtig hin, drehte den Schlüssel im Schloss, riss die Glastür auf und sprang behände zur Seite.

Campion, blass, lächelnd und harmlos-einfältig, stand auf der Schwelle.

»Guten Abend, allerseits«, grüßte er und trat ins Zimmer. »Hat jemand einen guten Tipp für das Rennen um den Ascot-Goldpokal?«

Fingers Hawkins verschwand draußen in der Dunkelheit,

»Er ist allein«, meldete er, als er zurückkam und die Tür wieder abschloss.

Daraufhin besserte sich die vorübergehend etwas gedrückte Stimmung der Gesellschaft schlagartig.

Sanderson begann zu lachen.

»Ganz auf sich allein gestellt«, spottete er. »Ist das nicht einfach süß und zutraulich? Wir haben Daisy einzureden versucht, sie soll Sie zu einem Erholungsaufenthalt einladen, bis der Spaß vorbei ist, und da sind Sie schon!«

»Nehmt euch in Acht. Vielleicht ist eine ganze Wagenladung Polente draußen«, warnte der Asiat.

»Halt die Klappe, Moggie!«, schnauzte Sanderson ihn an. »Wie oft soll ich dir noch sagen, dass die Polizei nichts von der Sache weiß? Weshalb sollten sie dich schnappen – weil du am Leben bist?«

»Das könnte ich verstehen«, sagte Campion liebenswürdig. »Nun ja, jeder nach seinem Geschmack, nicht wahr, Mrs. Shannon?«

Sie würdigte ihn keines Blickes.

»Was wollen Sie hier?«, fragte sie, während sie die Karten mischte. »Ich glaube, ich kenne Sie gar nicht.«

»Unsinn«, sagte Campion. »Wir haben uns beim lieben Vikar kennen gelernt. Sie müssen sich erinnern. Ich habe die Biskuits herumgereicht. Sie haben zwei genommen. Dann haben wir beide herzlich gelacht.«

Mrs. Shannon hob die Augen und musterte ihn eisig.

»Sie scheinen noch dümmer zu sein, als ich anfangs dachte.« Ihre Stentorstimme schallte ihm über den Kartentisch hinweg entgegen. »Was wollen Sie hier?«

»Sie besuchen«, antwortete Campion mit fester Stimme. »Das sieht doch ein Blinder.«

»Sandy«, sagte Mrs. Shannon. »Werfen Sie den Kerl hinaus.«

»Fällt mir gar nicht ein«, weigerte sich Sanderson. »Daisy unterschätzt Sie, Campion. Ich werde mich bedeutend sicherer fühlen, wenn Sie die nächsten Tage über hier zu Gast bleiben. Haben Sie eine Pistole?«

»Nein«, gab Campion Bescheid. »Ich mag Handfeuerwaffen nicht. Ich finde schon Blasrohre gefährlich.«

»Keine Witze. Ich habe meine auf Sie angelegt.«

Campion zuckte die Achseln und wandte sich an Fingers.

»Machen Sie schon« forderte er ihn auf, während er die Arme hob. »Ich sehe gern Profis bei der Arbeit.«

»Schon gut«, knurrte der Taschendieb verdrossen.

Dennoch tat er Campion den Gefallen. Nach ein paar Sekunden trat er einen Schritt zurück und schüttelte den Kopf.

Sandersons Heiterkeit wuchs.

»Also, das ist wirklich nett!«, sagte er. »Was bilden Sie sich überhaupt ein? Sie haben schon manch verrückte Sache gemacht, aber jetzt haben Sie wohl endgültig den Verstand verloren. Was soll das Ganze?«

»Nehmt euch vor ihm in Acht«, riet der, den sie Moggie genannt hatten. »Der ist schlüpfrig wie ein Aal. Der hat bestimmt nichts Gutes vor, verlasst euch drauf. Wahrscheinlich treibt sich draußen seine Bulldogge, der Lugg, herum.«

»Bringen Sie das zu Papier, unterschreiben Sie es, senden Sie es in unser Hauptbüro, und wir verehren Ihnen eine hervorragende Füllfeder, gratis und franko«, sagte Campion. »Jedes Zeugnis, selbst das bescheidenste, wird registriert und kann jederzeit eingesehen werden.«

Mrs. Shannon stapelte sauber die Karten auf und drehte sich im Sitzen herum, um ihren Besucher noch einmal zu mustern.

»Warum sind Sie hergekommen, junger Mann?«, fragte sie. »Sie fangen an, mich zu langweilen.«

»Warten Sie nur«, tröstete Campion. »Warten Sie nur, bis ich meine Persönlichkeit voll entfalte. Ich hoffe, Sie verzeihen mir. Ich habe mir Ihre Stallungen angesehen. Eines verstehe ich nicht ganz: so viele Boxen und nur ein Pferd? Ich nehme an, das reizende Tierchen bewohnt jeden Tag eine andere.«

Der Gesichtsausdruck der Frau veränderte sich nicht, aber ihre kräftigen, knochigen Hände hörten auf, mit den Karten zu spielen.

»Vielleicht bleiben Sie doch besser ein, zwei Tage hier«, meinte sie. »Sperren Sie ihn in eine der Boxen, Sandy, damit wir endlich weiterspielen können!«

»Zunächst überzeugen wir uns lieber, ob er wirklich allein ist«, schlug Sanderson vor. »Es sollte mich nicht wundern, wenn er's wirklich wäre. Der ist so eingebildet, dem ist alles zuzutrauen.«

»Falls Sie draußen jemanden finden, dann hat er nichts mit mir zu tun«, beteuerte Campion. »Absolut keine Verbindung mit einer anderen Firma. Nein; wie bereits gesagt, wollte ich hier einen ganz normalen Anstandsbesuch machen. Ich bin über die Mauer geklettert. Hinauf – hinunter, ganz ohne fremde Hilfe. Moggie hätte es nicht besser gekonnt.« Er wandte sich an den soeben Genannten. »Ich kann mir offen gestanden nicht vorstellen, was ein Fassadenkletterer hier zu tun hat.«

»Das ist auch gar nicht nötig«, mischte sich Sanderson hastig ein. »Über uns brauchen Sie sich nicht den Kopf zu zerbrechen. Passen Sie lieber auf sich selbst auf. Fingers, du und der Major, macht mal einen Rundgang.«

»Gut so«, lobte Campion. »Und pfeift schön die ganze Zeit. Dann wissen wir, dass ihr es seid. Soll ich Ihnen inzwischen einige Kartentricks vorführen?« Er beäugte die Karten auf dem Tisch voll Verlangen. »Oder ich sage Ihnen die Zukunft voraus, Mrs. Shannon. Sie haben ein Glücksgesicht.«

Zur allgemeinen Überraschung warf Mrs. Shannon die Karten zu ihm hinüber. Campion hob sie auf und mischte sie feierlich.

»Sie heben dreimal in meine Richtung ab«, instruierte er sie.

Seine kleinen Augen blickten mild und unschuldig, und ein infantiler Ausdruck lag auf seinem Gesicht. Mrs. Shannon hob mit einem halb belustigten, halb verächtlichen Lächeln auf den Lippen ab.

Campion begann mit wichtigtuerischer Miene die Karten aufzuschlagen.

»Ich sehe eine Menge Buben in Ihrer Nähe«, verkündete er fröhlich. »Einen dicken«, fügte er mit einem Blick auf die entschwindende Gestalt des Majors hinzu.

Sanderson lachte.

»Sie haben die Ruhe weg!« konstatierte er nicht ohne Bewunderung. »Machen Sie weiter.«

»Ich sehe eine große Absprache«, sagte Campion, die Karten eine nach der anderen aufdeckend. »Und eine Menge Ärger. Ach, ach, ach! Lauter schwarze Karten! – Sieht aus, als würde jemand ins Kittchen kommen.«

»Schluss jetzt!«, gebot Sanderson und hob die Hand, als wollte er die Karten vom Tisch fegen. »Er versucht doch nur, Zeit zu schinden.«

»Pst«, machte Campion. »Ich erhoffe mir reiche Belohnung in klingender Münze dafür. Also, hier haben wir einen Haufen Geld. Ah, lassen Sie sich nicht von Reichtümern verleiten, meine Dame. Hier kommt die Glückskarte. Dicht daneben, aber nicht angeschlossen. Ein blonder junger Mann schiebt sich dazwischen. Ich an Ihrer Stelle würde mich vor ihm in acht nehmen, Mrs. Shannon.«

Er faselte weiter und schien darüber seine Umgebung völlig zu vergessen.

»Da ist eine alte Frau mit einem Sohn, die das Spiel verderben wird, wenn Sie nicht aufpassen – eine dumme alte Frau mit einem noch dümmeren Sohn. Da werden Sie allerhand zu verantworten haben.«

Da wurde er von den beiden zurückkehrenden Kundschaftern unterbrochen.

»Alle Tore geschlossen. Kein Mensch auf der Heide. Er ist allein«, meldete der Major. »SoIlen wir ihn jetzt wegschaffen?«

»Unterbrechen Sie mich nicht«, sagte Campion vorwurfsvoll. »Ich habe das Zweite Gesicht und darf nicht gestört werden, bis der Anfall vorbei ist. Also, was haben wir da?«

Er betrachtete eine Weile die Karten, die er im Halbkreis auf dem Tisch angeordnet hatte. Sie lagen so, dass das eine Ende Mrs. Shannon zugekehrt und das andere unter seiner Hand lag.

»Ach ja«, sagte er endlich, als sei ihm etwas Neues eingefallen. »Dann sind da noch Reisen.«

Er beugte sich über den Tisch und legte eine einzelne Karte so vor die Frau hin, dass das ganze Arrangement grob einem Fragezeichen ähnelte.

»Ich sehe eine weite Reise«, sprach er weiter. »Ganz eindeutig. Sie nehmen den langen Weg.«

Und dann, als sie auf den Tisch starrte, fegte er die Karten achtlos beiseite.

»Die Séance ist beendet. Noch ein paar Auskünfte gefällig? Sanderson, lassen Sie sich von mir Ihre Vergangenheit erschließen.«

Ein schallendes Auflachen des Majors erstarb unter einem einzigen vernichtenden Blick Sandersons.

»Schluss mit dem Unfug. Wo soll ich ihn hinstecken, Daisy? Am besten auf den Speicher, wahrscheinlich.«

»Mir scheint, der hat es gar zu sehr darauf abgesehen«, fand Moggie. »Warum schmeißen wir ihn nicht einfach hinaus?«

Mrs. Shannon machte der Diskussion schließlich ein Ende.

»Steckt ihn in die Dachkammer über dem Tor«, entschied sie. »Dort kann er ein paar Tage bleiben.«

Sanderson grinste.

»Na also, haben Sie doch Vernunft angenommen.«

Er legte Campion die Hand auf die Schulter und stieß ihn zur Tür. Fingers Hawkins packte ihn am anderen Arm, und so wurde Campion schmählich zu den Stallungen eskortiert, die er gerade erst inspiziert hatte. Und obwohl er auf dem ganzen Wege dorthin protestierte, sollte man doch annehmen, dass er im Großen und Ganzen äußerst zufrieden war.

23

Um acht Uhr am Abend des 2. Juli, Val Gyrths fünfundzwanzigstem Geburtstag, schmachtete Campion über der Toreinfahrt zu Mrs. Shannons Pferdeställen. Es war ein gutes Gefängnis. Die Fenster waren vergittert – wohl eher um einen Einbruch, als um einen Ausbruch zu verhindern –, aber sie erwiesen sich als für beide Fälle gleichermaßen tauglich. Die zwei Türen, die in andere Räume im Obergeschoss führten, waren abgesperrt. Selbst wenn er hätte fliehen wollen, wäre ihm das nur unter größten Schwierigkeiten gelungen.

Es war erstickend heiß unter dem niedrigen Dach, und sein Lager, das aus einem Haufen Stroh mit darübergeworfener Decke bestand, war nicht gerade bequem. Doch war er keineswegs entmutigt. Im Laufe des Tages hatte sich mehrmals Besuch bei ihm eingestellt, allerdings hatte die eine Person, derentwegen er überhaupt gekommen war, sich absichtlich nicht blicken lassen. Mrs. Shannon hatte ihm noch nicht ihre Aufwartung gemacht.

Das war bisher der einzige Fehlschlag gewesen, doch hier wusste er nicht weiter, alles hing nun von Mrs. Shannons Charakter ab.

Im Laufe des Tages hatte er festgestellt, dass die Dame bedeutend mehr Männer befehligte, als er beim Pokern gesehen hatte, doch er tröstete sich mit dem Gedanken an den gelben Wohnwagen draußen auf der Heide

Er stand auf und stellte sich ans Fenster. Von Westen her begannen große, dunkelblaue Wolkenstreifen am goldenen Himmel aufzuziehen, und unten im Hof spielte sich eine Szene ab, genau wie die, die Sanderson am Tag nach Lady Pethwicks Tod der desinteressierten kleinen Gruppe im Kelchhaus geschildert hatte.

Mrs. Shannon, unterstützt von einem schreckensbleichen Stallburschen und dem gleichermaßen besorgten Major, war damit beschäftigt, ihre einzige Zuchtstute von einer Box in die andere umzuquartieren. Es war ein ungewöhnliches Bild: die Frau, hochgewachsen, eckiger und maskuliner denn je in Reithosen und einer weißen, hochgeschlossenen Hemdbluse mit einer hohen Halsbinde in derselben Farbe. Sie trug keine Kopfbedeckung, und das Abendlicht fiel auf ihr blasses, verzerrtes Gesicht. Das Pferd, ein schönes Tier mit einem Fell wie schwarzer Satin und einem weißen Vorderfuß, war sowohl nervös als auch bösartig. Es war schwer wie ein Jagdpferd und sehr groß, und wenn es sich bewegte, spielten die mächtigen Muskeln unter der Haut wie Wasser, das ein Windhauch kräuselt.

Es verweigerte die zweite Box, stieg und schlug wild mit den Vorderhufen aus. Mrs. Shannon, mit einer Hand den Zügel umklammernd, ließ die Peitsche niedersausen. Wieder und wieder weigerte sich die Stute und stampfte über den Hof, bis die Ziegel widerhallten. Aber die Frau blieb unnachgiebig. Ein dutzendmal schien sie sich nur durch Geschicklichkeit und die eiserne Hand zu retten, mit der sie das Tier hielt.

Campion entsann sich, dass das Pferd *Bitter Aloes* hieß. Gerade als ihm der Name wieder einfiel, fand der Kampf draußen ein jähes Ende. Das unbändige Tier attackierte seine Herrin wild und wurde mit einem heftigen Schlag von Mrs. Shannons kleiner, aber kraftvoller Faust auf das samtige Maul belohnt. Als es vor diesem unerwarteten Angriff trappelnd zurückwich, nutzte die Frau die Gelegenheit und drängte es rücklings in die Box. Gleich darauf erschien Mrs. Shannon wieder, grimmig triumphierend, und kostete ihren Sieg voll aus. Sie quittierte des Majors plumpe Glückwünsche mit einem schnippischen »Seien Sie nicht albern«, das bis zu Campion heraufschallte, dann lag der Hof wieder verlassen da.

Campion blieb noch eine Weile am Fenster stehen. Er war etwas beunruhigt. Die Anwesenheit von Moggie, dem kleinen Asiaten, gab ihm Rätsel auf. Und dann war da noch der grauhaarige Mann, von dem er nur zu gern gewusst hätte, welcher Branche er angehörte.

Darüber hinaus war Campion durchaus bereit zu warten. Wenn Mrs. Shannon auch nur einen Funken Weiblichkeit besaß, würde sie ihn bestimmt aufsuchen. Er wunderte sich ein bisschen, dass sie noch nicht gekommen war. Wirklich wichtig war für ihn nur die Frage, und dies war zugleich der einzige Grund für seine gegenwärtige Lage, ob Mrs. Shannon die Agentin der *Societé Anonyme* war, die Amateurin, die mit fachkundiger Unterstützung Matthew Sandersons und seiner Kumpane für die Abenteuer des Gyrth-Kelches verantwortlich zeichnete, die Agentin, deren Tod allein – den Regeln des Ringes gemäß – den Anlass zur Aufgabe des Unternehmens darstellte.

Campion hoffte sowohl um seinet- als auch um ihretwillen, dass es sich nicht so verhielt. Wohl oder übel würde er sich mit der Frage auseinander setzen müssen.

Noch scheute er davor zurück und dachte stattdessen lieber an den Tower. Er stellte sich vor, wie die kleine Gesellschaft gesetzt und feierlich beim Diner saß: Sir Percival am Kopf des Tisches, Val zu seiner Rechten, Penny ihrem Bruder gegenüber und Pembroke, der alte Pastor, neben ihr. Campion war überzeugt, dass sich das Gespräch mühsam dahinschleppte, trotz der privaten Natur der Zusammenkunft. Der Schatten der Geheimkammer schwebte drohend über ihnen, der Geheimkammer, die den echten Gyrth-Kelch enthielt und noch etwas anderes, was niemals aus Sir Percivals Bewusstsein zu weichen schien. Campion fragte sich, ob Val genauso reagieren würde wie sein Vater, oder ob das Mitwissen um das Geheimnis die Last vom Gemüt des alten Mannes nehmen würde.

Seine Überlegungen wurden von Motorengeräusch gestört, und als er aus dem gegenüberliegenden Fenster blickte, sah er Sanderson einen Wagen aus der Garage fahren.

Irgendetwas an diesem höchst gewöhnlichen Vorgang versetzte ihn in unmäßige Erregung.

Ein Sturm zog herauf, und die brütende Hitze, die den ganzen Tag über geherrscht hatte, wurde schier unerträglich. Sanderson ging ins Haus, und Campion konnte den Wagen mit Muße betrachten. Er sah auf dem Vordersitz ein sehr flexibles Seil, in Abständen geknotet. Er machte sich Gedanken, und sein blasses Gesicht, das durch das vergitterte Fenster lugte, trug einen Ausdruck fast kindlichen Unbehagens. Da war etwas im Gange, da lag irgendetwas in der Luft.

Das Geräusch eines Schlüssels, der im Schloss umgedreht wurde, ließ ihn herumfahren.

Mrs. Shannon betrat forsch den Raum. Sie trug noch immer die Reitkleidung, in der er sie vorhin auf dem Hof gesehen hatte, und hielt die Peitsche in der Hand. Die Beine leicht gegrätscht stand sie mit dem Rücken zur Tür und musterte ihn herausfordernd.

Campion spürte sofort die extreme Stärke ihrer Persönlichkeit, die sich zum ersten Mal gegen ihn allein richtete. Er war im Verlauf seiner kurzen und einigermaßen buntscheckigen Karriere schon oft kraftvollen und unerquicklichen Persönlichkeiten begegnet, doch niemals in Gestalt einer Frau, und das war es, was ihn vorübergehend verunsicherte.

»Sie haben sich heute nicht rasiert«, bemerkte sie unvermittelt. »Männer sollten auf sich halten. Ich will nicht, dass Sie noch länger in dieser Dachkammer bleiben. Gehen Sie da hinein, ja.«

Campion folgte mit gekränkter Miene ihrer Aufforderung und ließ sich durch eine Reihe ähnlicher Kammern treiben, bis er in einem mit Heu bestreuten Raum Halt machte, der womöglich noch heißer und staubiger war als die Kammer, die er verlassen hatte.

Auch die kleine, vergitterte Öffnung, die anstelle eines Fensters auf die Heide hinausging, änderte daran nichts.

Mrs. Shannon folgte ihm hinein und schloss die Tür.

»Ich will Sie hier drin haben, weil man beide Türen von außen verriegeln kann«, erklärte sie. »Nun, junger Mann, weshalb sind Sie hergekommen?«

Campion überlegte.

»Ihre Bemerkung über mein Unrasiertsein schmerzt mich«, sagte er. »Aber keiner Ihrer Freunde wollte mir ein Rasiermesser anvertrauen. Früher mal habe ich einen Bart getragen.«

Mrs. Shannon lächelte sauer – wie üblich.

»Ich habe schon von Ihnen gehört«, erwiderte sie. »Unverfrorenheit scheint Ihre starke Seite zu sein. Es tut mir Leid, dass Sie sich auf diese Sache eingelassen haben. Sonst wären Sie wahrscheinlich recht amüsant gewesen. Da Sie aber offenbar nichts zu sagen haben, ist mir ganz klar, was Sie hier wollen. Dass Sie hier gefangen gehalten werden, gibt Ihnen gegenüber Ihren Auftraggebern eine erstklassige Ausrede für Ihr Versagen.«

Campion grinste.

»Alle Achtung! Das ist eine gute Idee. Wie sind Sie zu diesem verblüffenden Schluss gelangt?«

Mrs. Shannon blieb ungerührt.

»Es ist schade, dass Sie sich ihrer nicht werden bedienen können«, meinte sie. »Sandy findet, dass Sie viel zu viel wissen, als dass man Sie laufen lassen könnte. Ich habe mich noch nie um Geld erpressen lassen, und ich werde jetzt ganz gewiss nicht damit anfangen.«

»Es muss an den Leuten liegen, mit denen Sie verkehren«, sagte Campion verächtlich. »Meine Gewerkschaft verbietet Erpressung. Ich hatte keine Ahnung, dass ich hier Dauergast werden sollte. Sie verlangen doch hoffentlich nicht von mir, eine eiserne Maske zu tragen.«

Mrs. Shannon zog ausdrucksvoll die Brauen hoch, entgegnete jedoch nichts.

Campion sprach weiter.

»Ich vermute, Sie beabsichtigen mich hier so lange festzuhalten, bis Sie mit Ihrem Londoner Auftraggeber alles geregelt haben?«

Die Frau warf ihm einen durchbohrenden Blick zu.

»Sie wissen ganz genau, dass wir noch nichts erreicht haben«, sagte sie. »Sie haben das sehr geschickt inszeniert, all das Theater um den falschen Kelch. Ein bisschen kindisch, aber ziemlich wirkungsvoll. Wir haben eine Menge Zeit dadurch verloren.«

Campions blasse Augen glitzerten.

»Sie sind also dahinter gekommen? Tüchtig, tüchtig. Klein Albert hat sich nicht genug Mühe gegeben, wie ich sehe. Ach, ach, ach! Was werden Sie jetzt tun? Eine Schatzsuche veranstalten und Preise verteilen? Ich mache mit und sage Ihnen, wo es wärmer wird.«

»Ich finde Unsinn nicht witzig«, versetzte Mrs. Shannon. »Ich habe überhaupt wenig Sinn für Humor«, fügte sie mit verblüffender Offenheit hinzu.

»Nun, das ist wenigstens originell, das muss man zugeben«, sagte Campion galant. »Darf ich Ihnen einen Vorschlag machen? Nehmen Sie den Kelch, den Sie bereits haben. Er war im Kelchhaus, solange es ihn gibt. Geben Sie ihn Ihren Auftraggebern. Falls die meckern, können Sie aufrichtig antworten, dass es sich Ihres Wissens um den einzig existierenden Gyrth-Kelch handelt. Ich glaube, sie würden zahlen.«

»Jetzt werden Sie amüsant«, sagte Mrs. Shannon. Sie zündete sich eine Zigarette an, die sie einem Päckchen aus ihrer Tasche entnommen hatte. »Sie scheinen nicht besonders gut informiert zu sein. Der falsche Kelch wurde vorgestern zum Tower zurückgeschickt. Ich weiß, wo der echte Kelch ist, und ich werde ihn mir holen.«

»Mit Matt Sanderson, Fingers Hawkins, Natty Johnson, dem Major, dem lieben kleinen Moggie und so weiter. Da wird auf der Lohnliste nicht viel für Sie übrig bleiben. Mutter, lohnt es sich denn? Vater will auch seinen Anteil haben, nicht wahr.«

Mrs. Shannon hörte auf zu rauchen; die Zigarette hing schlaff zwischen ihren schmalen Lippen.

»Ich leite die Aktion«, sagte sie. »Man ist an mich herangetreten, und sowohl die Verantwortung als auch die Entlohnung ist meine Sache.«

Campion schwieg eine Weile. Dann hustete er, schlug die Augen zu ihr auf und sah sie ernst an.

»Falls Sie wirklich für alles verantwortlich sind, wird die Situation äußerst ungemütlich und schwierig. Grob gesagt: Um die Sache zufrieden stellend zu beenden, wird einer von uns – oder auch wir beide – ziemlich endgültig von der Bildfläche verschwinden müssen.«

»Das«, versetzte Mrs. Shannon geistesabwesend, »ist mir auch schon aufgegangen. Sie kommen hier nicht lebend heraus, mein Freund.«

»Drohungen!«, höhnte Campion. »Wird es nicht Zeit, dass Sie mich anzischen? Sie sind mir überlegen, weil Sie für die Rolle richtig kostümiert sind. Geben Sie mir einen Schnurrbart, und ich bin auch ein Schurke.«

Das Tageslicht nahm allmählich ab, aber noch konnte er ihr Gesicht erkennen, wenn auch nicht die feineren Nuancen ihres Mienenspiels.

»Es würde mich interessieren«, sagte sie unvermittelt, »wer Sie beauftragt hat. Die Gyrths, nehme ich an. Wie haben die überhaupt Wind von der Sache bekommen? Tja, es tut mir Leid, dass sie ihr Geld zum Fenster hinausgeworfen haben. Dabei sind sie ohnehin knapp bei Kasse.«

»Sie brauchen wohl selbst Geld?«, fragte Campion ruhig.

»Natürlich. Ich habe bereits zwei Vermögen durchgebracht«, antwortete Mrs. Shannon weder prahlerisch noch bedauernd. »Deshalb muss ich mir ein neues zulegen. Sie glauben doch nicht, dass ich mich von einem kleinen Schnüffler wie Ihnen daran hindern lasse?«

»Sie unterschätzen mich«, stellte Campion bestimmt, aber höflich fest. »Mannesmut, Intelligenz und Findigkeit sind meine Stärken.«

Zum ersten Mal während des Gesprächs wurde er lauter. Sofort erscholl unter seinen Füßen das Geräusch von Hufen, gefolgt von mehreren dröhnenden Tritten gegen Holz, die das Gebäude erzittern ließen.

»Bitter Aloes«, erklärte Mrs. Shannon bedeutungsvoll. »Sie ist in der Box direkt unter uns. Sie befinden sich in guter Gesellschaft. Aber sprechen Sie nicht zu laut – sie kann Fremde nicht ausstehen und gerät leicht aus der Fassung.«

»Sie ist auch zur Dame des Hauses nicht besonders freundlich«, bemerkte Campion etwas gedämpfter. »Sie haben vorhin miteinander im Hof gespielt wie zwei Kätzchen. Ich dachte, sie würde Sie mit den Vorderhufen treffen.«

»Voriges Jahr hat sie einen Jungen getötet.« Mrs. Shannons Stimme klang ausdruckslos. »Ich hätte sie erschießen lassen müssen, aber ich habe mich da herauslaviert. Das kleine Biest hat sie erschreckt. Ich war dabei. Es war kein schöner Tod. Ihre Hufe waren wie Stahlhämmer.«

Campion zog den Kopf ein.

»Sie haben eine Vorliebe für sonderbare Haustierchen«, äußerte er. »Fingers Hawkins und Bitter Aloes geben ein prächtiges Paar ab. Aber lassen wir das Geplänkel und wenden wir uns ernsteren Dingen zu. Zunächst einmal – ich frage natürlich nur aus reiner Neugier: Wie wollen Sie ungeschoren davonkommen?«

»Was sollte mich daran hindern? Sie scheinen zu vergessen, warum ich mich auf das Geschäft überhaupt eingelassen habe. Meine Position ist unangreifbar. Ich kann ungestraft gehen, wohin es mir passt, und ich kann mich mit beliebig vielen rauen Kerlen umgeben, ohne Aufsehen zu erregen. Das ist der Vorteil, den man in meinem Beruf und bei meiner Reputation genießt.«

»Aha. Und dieser Ihrer Reputation im Verein mit Ihrer verzweifelten finanziellen Lage verdanken Sie den Kontakt, wie wir Geschäftsleute das nennen? Aber was ich gemeint habe, war: Wie wollen Sie es anstellen, dass kein Verdacht auf Sie fällt? Werden Sie hier wohnen bleiben?«

»Warum nicht? Ein bloßer Verdacht kann eine Stellung wie meine nicht erschüttern. Selbst wenn mich die Polizei verhaften sollte – wieso hätte ich einen Goldpokal stehlen sollen, der unverkäuflich ist, wie Sie ja sicher wissen? Und ich bin nicht die Sorte Frau, die Nippes sammelt. Von meinen Auftraggebern weiß die Polizei nichts. Sobald ich den Kelch habe, kann ich tun und lassen, was ich will. Die Gyrths werden nicht wagen, den Verlust hinauszuposaunen. Ich kann mir offen gestanden nicht vorstellen, warum die Polizei mich belästigen sollte, und was die Leute denken, ist mir schon lange gleichgültig. Glauben Sie mir, ich habe schlimmere Skandale überstanden, als diese Sache jemals auslösen wird.«

Campion schwieg und sie warf ihm durch die Düsternis einen forschenden Blick zu.

»Nun?«

»Ich habe daran gedacht, wie klug sie sind, diese Ihre Auftraggeber«, sagte er langsam. »Sie haben Recht, Sie sind unangreifbar. Es gibt tatsächlich nur eine einzige Schwachstelle in Ihrem Plan.«

»Und die wäre?«

»Ich«, antwortete Campion bescheiden. »Sehen Sie, ich kenne die Regeln der *Societé* genauso gut wie Sie. Ich nehme an, Sie haben vor, mich zu töten.«

»Ich kann nicht zulassen, dass Sie in meine Angelegenheiten hineinpfuschen. Aber ich habe nicht vor, Sie zu töten. Ich habe vor, Sie töten zu lassen.«

»Dies ist also Suffolk«, sagte Campion. »Chicago ist ja nichts dagegen! Ich möchte ja nicht dauernd Einwände erheben, aber wird Ihnen meine Leiche auf Ihrem Grundstück nicht etwas mehr als ein gesellschaftliches Ärgernis sein? Ich weiß, dass die Polizei nett und nachsichtig ist, aber bei Mord hört der Spaß auf. Wollen Sie mich im Garten vergraben oder in die Bucht werfen? Verraten Sie es mir doch!«

Als die Frau keine Antwort gab, sprach er weiter.

»Bevor wir indes zur Sache kommen, muss ich meine Gesangsübungen absolvieren. Hören Sie sich das mal an.«

Er warf den Kopf zurück, und der schrille Vogelschrei, der am vergangenen Abend über die Heide gedrungen war, erscholl nun in der kleinen Kammer. Die vergitterte Öffnung über Campions Kopf ließ den Laut ungehindert in denHimmel steigen. Noch einmal schrie er, und das Pferd in der Box unter ihm schlug wild aus.

Mrs. Shannon begann zu lachen.

»Falls Sie sich auf das Zigeunerpack verlassen, dann muss ich Ihnen anständigerweise mitteilen, dass ich es heute Morgen vertrieben habe. Sie sind allein. Sie haben Ihre Karten sehr schlecht ausgespielt. In der Tat«, fügte sie plötzlich ernst geworden hinzu, »Sie sind so ein jämmerlicher Versager, dass Sie anfangen, mir auf die Nerven zu gehen.«

Campions Augen hinter den Brillengläsern blickten hart und besorgt, aber der Ausdruck liebenswerter Arglosigkeit war auf seinem Gesicht geblieben.

»Da wir schon von Versagern sprechen – wo ist Ihr Erfolg? Sie sind nicht besser dran als am Anfang. Sie haben ja nicht einmal den Kelch.«

»Es ist doch völlig klar, wo er sich befindet«, sagte Mrs. Shannon gedehnt. »Es war dumm von mir, dass ich nicht früher daran gedacht habe. Natürlich ist er in der Geheimkammer im Ostflügel, von der so viel Aufhebens gemacht wird. Das ist mir sofort aufgegangen, als ich erkannte, dass der Kelch in der Kapelle nur ein Ersatz ist. Ich werde den echten Kelch noch heute Abend an mich bringen.«

Sie sprach mit einer Bestimmtheit, die jede andere Möglichkeit als absurd abtat. Campion erstarrte.

»Ach so«, sagte er leise.

Er nahm die Brille ab und steckte sie in die Tasche. Es wurde schon sehr finster in der Dachkammer, und obwohl er nicht ganz unvorbereitet war, wurde er doch von ihrem unvermittelten Angriff überrumpelt. Er sah den Arm in dem weißen Blusenärmel hochfahren, und im nächsten Moment taumelte er unter einem Schlag mit der Gerte gegen die Wand unter der vergitterten Öffnung.

Undeutlich nahm er Stimmen von draußen wahr, aber ihm blieb keine Zeit zum Nachdenken. Mrs. Shannon schlug mit der gleichen kaltblütigen Geschicklichkeit und tödlichen Genauigkeit auf ihn ein, mit der sie die Stute bezwungen hatte, die unten in der Box wild stampfte. Er riss die Arme hoch, um sein Gesicht zu schützen, und taumelte, unbarmherzig von ihr getrieben, rückwärts in eine Ecke.

Sie tastete mit dem Fuß den heubedeckten Boden ab. Schließlich fand sie, was sie suchte. Mit einer einzigen heftigen Drehung ihrer Ferse stieß sie den Riegel der Heuschütte zurück und Campion stürzte in den Wirbel wild schlagender Hufe hinunter.

Instinktiv streckte er die Hände aus, um sich zu retten, und seine Finger erfassten den Rand der Luke.

Einen scheußlichen Moment lang hing er in der Luft. Mrs. Shannon, die sich bückte, um die Falltür hochzuziehen, kickte seine Finger mit dem Fuß beiseite wie einen Stein, der ihr im Weg lag.

Dann schloss sie die Luke und schob den Riegel vor.

24

Bitter Aloes war über das unvermittelte Eindringen in ihrer Box genauso entsetzt wie Campion über seinen ebenso unvermittelten Sturz. Sie bäumte sich auf, schlug heftig mit den Vorderbeinen in die Luft und scheute zurück. Diese kurze Atempause war es, die Campion das Leben rettete.

Etwa einen Meter unter der Decke war quer über eine Ecke eine altmodische eiserne Heuraufe angebracht, tief genug, dass das Pferd sich je nach Bedarf sein Futter holen konnte.

Nachdem Campions Finger durch Mrs. Shannons Fußtritt den Halt verloren hatten, fiel er hinunter und landete in dem niedrigen hölzernen Futtertrog. Als Bitter Aloes sich über ihm aufbäumte, drückte er sich in eine Ecke, um den wild schlagenden Hufen so weit wie möglich auszuweichen, und dabei stieß sein Kopf an die Sprossen der Heuraufe. Die Stute, von Angst und Erregung angetrieben, stellte sich noch einmal auf die Hinterbeine.

Campion sprang hoch und zog sich in die Heuraufe hinauf, bis er schließlich darin kauerte, Kopf und Schultern unter der verriegelten Falltür eingezwängt. Bitter Aloes schnappte keine zwei Handbreit unter ihm nach seinen Füßen. Sogar in diesem Moment musste Campion die boshafte Einfachheit von Mrs. Shannons Plan bewundern. Ein Fremder, zu Tode getrampelt und wahrscheinlich nicht mehr wiederzuerkennen, in der Box eines Rennpferdes gefunden, würde in den Köpfen der Geschworenen nur einen Gedanken hervorrufen, besonders, wenn die Dame die nötigen Beweise liefern würde: nämlich dass er den Stall aus unlauteren Motiven betreten hatte. Zwölf brave, aufrechte Suffolk-Männer würden das für einen Fall von ausgleichender Gerechtigkeit halten.

Kopf und Schultern brannten ihm noch von den Peitschenschlägen, und sein Körper wurde taub von der unnatürlichen Haltung, die er nicht viel länger würde aushalten können, aber er lauschte konzentriert. Bitter Aloes hatte sich allmählich beruhigt, aber er hörte sie in der Dunkelheit noch immer zornig schnauben und mit dem Schweif schlagen. Vom Hof her drangen schwache Geräusche zu ihm herein: Mrs. Shannon und ihre Spießgesellen machten sich zum Aufbruch bereit. Es war ihm klar, dass sie nach einem bestimmten Aktionsplan vorging, und sein Herzschlag setzte aus, als er daran dachte, dass der Tower nur von Val und einer Hand voll Dienern geschützt wurde. Einem Überraschungsangriff wären sie nicht gewachsen. Kein einfacher Raubüberfall, sondern ein von einer Gruppe ausgewählter Spezialisten ausgeführter Raub. Diese Meister ihres Fachs konnten gar nicht scheitern, zumal sie ziemlich genau wussten, wo sie ihre Beute zu suchen hatten. Sobald der Coup gelungen war, würde es selbst für Scotland Yard unmöglich sein, die Bande aufzuspüren.

Nicht minder wütend auf sich selbst als auf die Frau, richtete sich Campion vorsichtig in der Raufe auf und versuchte, die Falltür aufzustemmen. Da knarrte es unheilvoll, und er merkte mit Entsetzen, dass es die Stützen des eisernen Korbes waren, die nachgaben, und nicht die Falltür.

Er ließ von seinen vergeblichen Anstrengungen ab und kauerte sich wieder zusammen, während Bitter Aloes, von dem Geräusch erschreckt, sich abermals aufbäumte.

In diesem Moment hörte er Schritte über seinem Kopf. Jemand schlich oben herum. Er duckte sich in die Ecke, da er befürchtete, Mrs. Shannon sei zurückgekehrt, um nachzusehen, ob die Stute ihr Werk verrichtet hatte. Seine Angst wuchs, als der Riegel zurückgeschoben wurde und die Falltür herunterzuklappen begann.

Gleich darauf durchdrang der Strahl einer Taschenlampe das Dunkel und das Pferd scheute erneut und schlug wild gegen die Außenwand der Box. Campion verhielt sich ganz still, obwohl ihn tausend Krämpfe plagten.

Die Falltür öffnete sich noch ein Stückchen und eine weiche amerikanische Stimme raunte: »Hallo, Campion, sind Sie da?«

Der junge Mann zuckte so heftig zusammen, dass die Stützen unter ihm krachten.

»Professor Cairey!«, flüsterte er.

»Also doch.« Der Lichtstrahl richtete sich auf sein Gesicht. »Ich dachte, sie hätte Sie schon erwischt. Gedulden Sie sich eine Minute, bis ich die Falltür hinuntergelassen habe. Dann können Sie sich heraufziehen.«

Nachdem Campion sich mit Hilfe des Professors hinaufgeschwungen hatte, schloss dieser die Falltür ab und schob den Riegel vor.

»Höchste Zeit, dass ich vorbeigekommen bin«, meinte er. »Was ist mit denn mit Ihrem Gesicht passiert? Hat das Pferd das getan?«

»Nein, seine Herrin«, antwortete Campion bitter. »Sie haben mir das Leben gerettet, Professor. Wie sind Sie denn bloß hierher gelangt?«

Der alte Mann stand auf und staubte sich die Knie ab, bevor er antwortete. In der Kammer war es heller als unten in der Box und Campion konnte seine adrette kleine

Gestalt erkennen und das scharf abgegrenzte Dreieck seines weißen Spitzbartes.

»Mir war etwas eingefallen,« sagte der Professor leise. »Ein Punkt, den Sie möglicherweise übersehen hatten. Deshalb bin ich mit dem Fahrrad herübergekommen. Ich habe Sie nämlich hier vermutet, nachdem Penny mir erzählt hatte, dass sie bei den Zigeunern war. Ich habe die Heide abgesucht, bis ich Ihren Wagen fand. Dann war ich meiner Sache sicher. Übrigens, Ihre Reifen sind zerschnitten worden.«

Campion starrte ihn noch immer an, als könnte er seinen Augen nicht trauen, und der Professor sprach mit der gleichen ruhigen Präzision wie bei einem ganz normalen Gespräch in seiner Bibliothek.

»Ich wollte der Dame heute Nachmittag meine Aufwartung machen,« berichtete er. »Aber sie hat mich nicht vorgelassen. Zum Glück war draußen kein Mensch zu sehen. Ich vermutete, dass man Sie irgendwo eingesperrt hatte, und beim Anblick der Stallungen fiel mir auf, was für ein geeignetes Gefängnis sie abgeben würden. Also habe ich mich in einer leeren Box versteckt. Ich bin seit etwa zwei Stunden hier.« Er legte eine Pause ein und fügte dann leise hinzu: »Sehen Sie, meiner Meinung nach ist es dringend erforderlich, dass Sie noch heute Abend in den Tower zurückkehren.«

»Was hat Sie ausgerechnet hierher, an diese Stelle, geführt?« fragte Campion, von der verblüffend sachlichen Haltung des alten Herrn noch immer erstaunt.

Der Professor lachte leise.

»Ich habe in einer Box gewartet, bis ich die Frau mit einem Pferd herumalbern sah. Himmel! Ich dachte schon, sie treibt es zu mir herein! Deshalb bin ich schleunigst eine Leiter ins Obergeschoss hochgeklettert, und es dauerte keine Viertelstunde, da habe ich Sie mit ihr sprechen hören. Mein Gehör ist nicht mehr so gut wie früher, und ich habe nicht alles mitgekriegt. Aber ich habe gehört, wie Sie durch die Luke gefallen sind und sie hinausgegangen ist. Es gelang mir nicht gleich, die Tür zu öffnen, und es dauerte eine Weile, bis ich heraushatte, wo Sie stecken. Der Rest ist Ihnen bekannt. Ich bin Damen gegenüber nicht gern unhöflich, aber die Frau ist anscheinend ein wahres Teufelsweib.«

Campion betastete die Striemen auf seinem Gesicht.

»Ich bin geneigt, Ihnen zuzustimmen«, sagte er.

Der Professor berührte ihn am Arm.

»Sie müssen sich beeilen. Sorgen Sie sich nicht um mich. Ich komme schon ungeschoren zurück. Falls unsere Freunde einen Angriff auf den echten Kelch vorhaben, dann werden sie ihn noch heute Nacht wagen. Deshalb bin ich hergekommen. Es gibt da noch einen Brauch, von dem Sie vielleicht nichts wissen. Der alte Peck hat mich schon vor Monaten darauf hingewiesen. Ich wollte es Ihnen längst erzählen, aber in dem allgemeinen Durcheinander bin ich nicht mehr dazu gekommen.«

Er dämpfte die Stimme noch mehr.

»Die Geheimkammer im Tower hat ein Fenster, aber keine sichtbare Tür, wie Sie wissen. Nun brennt aber in der Nacht nach dem fünfundzwanzigsten Geburtstag des Erben ein Licht in dem Fenster, vom Einbruch der Dämmerung bis zum ersten Hahnenschrei. Sehen Sie«, sprach er eilends weiter, ohne auf Campions unterdrückten Ausruf einzugehen, »in alten Zeiten wurde immer ein großes Fest gefeiert, so dass alle Fenster des Hauses hell erleuchtet waren, aber diesmal gibt es kein Fest. Jeder, der zwischen zehn Uhr abends und der Morgendämmerung hinschaut, sieht, wo sich die Kammer befindet. Ist das klar?

Aber das ist noch nicht alles. Bestimmt werden heute Abend Vorbereitungen getroffen, die Tür zu enthüllen. Falls jetzt jemand den Tower überfiele, dürfte er eine ziemlich sichere Vorstellung davon bekommen, wo sich die Kammer befindet. Es kann dreißig Jahre dauern, ehe sich wieder so eine Gelegenheit bietet. Ich finde, Sie sollten dann zur Stelle sein.«

Campion schwieg eine Weile. »Ich habe mir schon gedacht, dass da ein Licht entzündet wird«, sagte er dann. »Aber ich hätte nie vermutet, dass es so lange brennen würde. Von diesem Brauch habe ich nichts gewusst. Sie haben Recht. Ich habe mich in der Zeit verschätzt.« Er eilte ans Fenster. »Wahrscheinlich sind sie schon fort.«

Der Hof war verlassen, aber der große Wagen stand noch vor dem Haus.

»Wir müssen hier weg«, drängte er. »Wir nehmen den Weg, den Sie gekommen sind.«

Sie stiegen über die Leiter in der benachbarten Dachkammer in die darunter liegende leere Box. Gleich fluchte der Professor leise.

»Es ist zugesperrt!«, sagte er. »Wir müssen wieder hinauf und oben herumgehen. Wenn wir hier nicht rauskommen, ist alles aus.«

»Der Raum über dem Tor hat ein Fenster«, sagte Campion. »Ich war den ganzen Tag dort eingesperrt. Ich glaube, ich könnte durch das Fenster hinausklettern.«

Glücklicherweise waren die Türen der Bodenkammern nicht abgeschlossen, und sie umrundeten den ganzen Hof, bis sie wieder in dem Raum über dem Tor anlangten. Dort blieb Campion wie erstarrt stehen, und der Professor trat, ein wenig außer Atem, neben ihn. Von irgendwo draußen drang ein höchst eigenartiges Geräusch herein.

»Himmel!«, hauchte der Professor. »Was ist das?«

Doch Campion stand schon am Fenster.

»Gute alte Mrs. Sarah!«, frohlockte er. »Ich habe mir doch gleich gedacht, dass diese Zigeunervertreibung nur ein Bluff war.«

Er packte den Professor am Arm und zerrte ihn ans Fenster.

Was sie sahen, war ungewöhnlich. Der Abglanz eines düsteren Sonnenuntergangs glühte noch über der Heide, und der Wind schwoll allmählich an. Ein riesiges Ding, das sich schwarz vom Himmel abhob, raste mit wachsender Geschwindigkeit auf den Gebäudekomplex zu. Als es näher kam, konnten sie gerade noch erkennen, was es war: Der alte Kremser, der Penny tags zuvor im Zigeunerlager aufgefallen war, brauste, überladen mit wild gestikulierenden Gestalten, auf die Stallungen zu.

Der Wagen verschwand hinter der Mauer, doch im nächsten Moment erscholl ein berstendes Krachen, als das Eisentor aufgesprengt wurde. Der Kremser kam wieder in Sicht, riss im Vorbeifahren dem vor dem Haus stehenden Automobil ein Rad ab und blieb in der Durchfahrt stehen, über der sich Campion und der Professor befanden. Der Lärm war höllisch. Die schrillen Zigeunerstimmen vermischten sich mit dem Kreischen der Bremsen und den zornigen Flüchen der Mitglieder von Mrs. Shannons kuriosem Haushalt, die herausstürzten, um sich auf die Eindringlinge zu werfen und Bitter Aloes trug durch rasende Hufschläge gegen die Holzverkleidung ihrer Box zum allgemeinen Lärm das ihrige bei. Unzählige Gestalten schwärmten von dem schweren Fahrzeug aus und drangen in Haus und Stallungen ein.

Mrs. Shannons Gefolgschaft verteidigte sich und ihr Eigentum vor diesem unerwarteten Angriff mit der ihr eigenen Rohheit.

Der Professor, der die Gitterstäbe umklammert hielt und wie gebannt hinaus starrte, pfiff leise durch die Zähne.

»Solche gemeinen Tricks habe ich auch noch nicht gesehen«, entrüstete er sich.

Campion ging nicht gleich darauf ein. Er mühte sich mit dem anderen Fenster ab, dessen Rahmen er im Verlaufe des Tages vorsorglich gelockert hatte.

»Sie haben mein Signal gehört«, sagte er endlich, während er immer wieder kräftig an den Gitterstäben zerrte. »Ich habe es schon vor Wochen mit ihnen abgesprochen. Ich hätte nie gedacht, dass sie so gründliche Arbeit leisten würden. Falls sie ein Zeichen bekämen, sollten sie angreifen. Falls nicht, sollten sie um zehn Uhr eintreffen. Lugg hat ihnen das Zeichen gestern überbracht. Sie haben also den ganzen Tag gewartet.«

»Ich höre keine Schüsse«, bemerkte der Professor, während er den Kampf mit fast knabenhafter Begeisterung beobachtete.

»Sie benutzen keine Feuerwaffen.« Campion musste die Stimme erheben, als klirrende Fensterscheiben und splitterndes Holz das Getöse noch vergrößerten. »Sie mögen keine. Ihre eigenen Methoden sind genauso wirksam, vielleicht ein bisschen schmutziger. Wer gewinnt?«

»Schwer zu sagen«, fand der Professor. »Ich kann sie nicht unterscheiden. Aber der Angriff auf den Tower scheint abgewehrt zu sein. Ich sehe Mrs. Shannon nirgends.«

Er verstummte abrupt, als ein Pistolenschuss den allgemeinen Lärm übertönte.

»Ich wette, das ist Sanderson«, sagte Campion. »Mit dem wird es noch mal ein böses Ende nehmen.«

»Egal, wer es ist, sie haben ihn«, meldete der Professor.

Er machte eine Pause. »Hören Sie einen Wagen?«

»Bei diesem Krach höre ich überhaupt nichts«, brummte Campion, während er einen Gitterstab entfernte.

»Hören Sie, Campion, da draußen wird ja regelrecht gemordet! Werden Ihre Zigeuner nicht Schwierigkeiten haben, sich dafür zu verantworten? «

»Es wird niemand umgebracht, nur kampfunfähig gemacht.« Während er das sagte, zwängte Campion sich durch das Fenster. Er traf Anstalten, sich aus der schmalen Öffnung hinunterzulassen. »Sie bleiben vorläufig hier, Professor. Ich werde unten die Tür aufriegeln und Sie herauslassen. Falls mir etwas zustoßen sollte: Sie sind Orlandos Freund, und jeder Zigeuner wird sich Ihrer annehmen. Merken Sie sich Orlando. Ich knöpfe mir Mrs. Shannon vor.

Ich werde Ihnen nie vergessen, was Sie heute Abend für mich getan haben, Professor.«

Er ließ sich fallen und landete in der Mitte des Kremsers, der im Moment eine Oase der Ruhe in dem Tumult bildete, und tastete nach irgendeiner Waffe. Sein Fuß stieß an etwas Hartes, er griff mit der Hand danach und bekam eine Flasche zu fassen. Er wickelte sich das Taschentuch um die Hand und packte die gläserne Keule am Hals. Dann sprang er geduckt vom Wagen und eilte, die Tür der zum Obergeschoss führenden Stiege aufzuriegeln.

»Alles klar, Professor!« rief er leise in das Dunkel hinauf.

Als er gerade ums Haus herumschleichen wollte, gewahrte er eine Gestalt, die mit erhobener Hand auf ihn zu schoss. Er streckte den Arm aus, um den Schlag abzuwehren.

»Jacob?« fragte er scharf.

Der Mann ließ den Arm sinken.

»Orlando?«

»Höchstpersönlich«, sagte Campion. Und als er den Zigeuner in den schützenden Schatten gezogen hatte: »Wo ist die Donna?«

»Abgehauen«, erwiderte der Zigeuner prompt. »In einem kleinen roten Auto. Der Kerl mit der Knarre wollte mit ihr weg, aber wir haben ihn geschnappt.«

»Abgehauen?«, wiederholte Campion. »Allein?«

Der Mann zuckte die Achseln.

»Keine Ahnung. Ich glaube nicht. Das kleine rote Auto hat neben der Seitentür gestanden, und sie ist damit abgehauen, wie wir angekommen sind. Ist schon seit zehn Minuten weg. Hat eine Seilrolle mitgenommen. Ein paar von den Jungs sind ihr nach, glaube ich, aber sie ist weg.«

»Ich werde sie einholen«, sagte Campion zu dem Zigeuner. »Ich weiß bloß noch nicht, wie. Hör mal, Jacob, da oben ist ein alter Mann, ein guter Freund von Orlando. Sorg dafür, dass er wegkommt. Grüß mir Mrs. Sarah. Wir sehen uns auf dem Jahrmarkt in Hull, wenn nicht schon früher. Pfeif deine Leute zurück und haut ab.«

Der Zigeuner nickte und verschwand lautlos über die Treppe hinauf, um sich um den Professor zu kümmern.

Campion sprintete über den Hof, der mit zerbrochenen Flaschen und Teilen von zerrissenen Kleidungsstücken übersät war. Ein einziger Gedanken beherrschte sein Denken: Mrs. Shannon und die Seilrolle.

Hoffnungsvoll betrat er die Garage und blickte sich um. Zu seiner Bestürzung enthielt sie nichts außer dem bewusstlos hingestreckten Matt Sanderson. Der Wagen vor dem Haus, der mittlerweile völlig demoliert war, und der kleine rote Flitzer, in dem Mrs. Shannon dem Tower entgegenfuhr, waren anscheinend die einzigen Fahrzeuge gewesen, die die Garage je beherbergt hatte. Sein eigener Wagen, der weit draußen auf der Heide stand, war dem Professor zufolge nicht einsatzfähig, und der Kremser, mit dem die Zigeuner gekommen waren, würde sich nur unter Aufbietung aller Kräfte von zwölf Männern aus dem Hof manövrieren lassen.

Das Transportproblem schien unlösbar, und dabei kam es gerade jetzt vor allem auf Schnelligkeit an. Telefonieren war zwecklos, denn aus Erfahrung wusste er, dass das Durchschneiden von Telefonleitungen der Auftakt eines jeden Zigeunerüberfalls war. Er würde zum Lager gehen müssen, um sich von Mrs. Sarah ein Pferd zu leihen.

Kaum hatte er sich in nordöstlicher Richtung auf den Weg gemacht, da hörte er Schritte. Er blieb stehen und drehte sich um.

Ein Mann, der ein Pferd führte, kam rasch näher und rief leise: »Orlando!«

»Bist du es, Joey?«

Campion hatte die Stimme von Mrs. Sarahs Sohn, dem Pferdemann der Benwell-Sippe, erkannt.

»Jacob schickt mich. Der alte Mann, den er bei sich hat, sagt, du willst weg. Ich leihe dir das da.« Der Zigeuner deutete mit dem Kopf auf das Pferd. »Aber sei vorsichtig mit ihr. Für eine halbe Stunde ist sie zahm. Danach kann sie wieder wild werden. Ein schönes Tier, nicht?«

Campion begriff augenblicklich. Joey, der mehr Geschäftssinn als Kampfgeist besaß, hatte die Gelegenheit genutzt, Mrs. Shannons Boxen zu plündern, ein Tun, bei dem ihn sein Verwandter ertappt und schnurstracks Campion zu Hilfe geschickt hatte.

Als er sich dankbar aufs Pferd schwingen wollte, fiel sein Blick auf den einen weißen Vorderfuß. Er zuckte instinktiv zurück.

»Mann, du hast Nerven!«, sagte er. »Das ist Bitter Aloes.«

»Die ist in Ordnung« behauptete Joey. »Läuft eine halbe Stunde lang wie ein Lämmchen. Kannst dich auf mich verlassen. Ich hab ihr was gegeben.«

Campion besah sich den starken, seidigen Kopf mit den nach vorn gerichteten Ohren und den nun sanften Augen. Die Stute war nicht gesattelt. Es schien ihm heller Wahnsinn, so einen Ritt zu wagen.

Der Zigeuner reichte ihm seine Ginsterrute.

»Beeil dich«, flüsterte er. »Lass sie laufen, wenn du sie nicht mehr brauchst. Ich kriege sie schon wieder, mit was Bestimmtem in der Hand, dem folgt sie meilenweit. Du willst nach Sanctuary, was?«

Campion blickte über die Heide. Nach Sanctuary waren es ungefähr fünf Meilen Luftlinie. Mrs. Shannon konnte ihr Ziel schon erreicht haben.

»Danke, Joey«, sagte er leise. »Und ob ich nach Sanctuary will!«

Geschmeidig schwang er sich auf den glänzenden Rücken von Bitter Aloes.

25

Es war eine helle, windige Sommernacht. Streifen indigoblauer Wolken trieben am blassen, sternenbesetzten Himmel dahin und die Luft hatte sich nach der drückenden Hitze des Tages abgekühlt.

Campion nahm nicht viel davon wahr, während er querfeldein galoppierte. Bitter Aloes war durch Joeys Rosszauber ziemlich fügsam geworden, aber sie war noch immer nervös und eigensinnig. Campion, der mit seinen langen, dünnen Beinen ihren Rumpf umklammerte, hoffte zuversichtlich, dass es für die versprochene halbe Stunde dabei bleiben würde.

Nach dem ersten atemberaubenden Galopp über die Heide vergaß er die Launen der Stute und konzentrierte sich auf sein Ziel.

Als er die Straße erreichte, schlug irgendwo eine Turmuhr elf, und er gab es auf, der Straße zu folgen. Die Zeit war zu knapp. Kurzerhand setzte er über eine Hecke, die eine der ausgedehnten Weiden umfasste, die zwischen ihm und dem Tower lagen. Bitter Aloes nahm den Sprung geschmeidig wie eine Katze. Er machte sich keine Illusionen über sein Tun. Ein von einem Zigeuner präpariertes Pferd im Dunkeln auf unbekanntem Terrain zu reiten war mehr als leichtsinnig.

Glück und sein untrüglicher Orientierungssinn leiteten ihn sicher über die Wiesen auf eine Anhöhe, und endlich sah er jenseits des Tales den Tower gegen den Himmel aufragen.

Im obersten Stockwerk des Ostflügels brannte ein

Licht. Deutlich zeichnete sich das Fenster in der Dunkelheit als rundes, rötlich strahlendes Pünktchen ab.

Obwohl er es erwartet hatte, erschrak er. Das Licht brannte sehr hoch oben, und er hatte nicht gedacht, dass die Fenster so weit hinaufreichten. Doch plötzlich entsann er sich der eigenartigen, kreisrunden Verzierung über dem Mittelfenster des Flügels, einer Öffnung, die vom Boden aus wie eine tief eingesetzte Schmuckplatte gewirkt hatte.

Während er hinüberstarrte, erregte etwas auf dem Grundstück seine Aufmerksamkeit, und als er hinschaute, sah er die Scheinwerfer eines Autos, das in die Zufahrt einbog. Gleich darauf waren sie nicht mehr zu sehen. Panik erfasste ihn. Er drückte der Stute die Fersen in die Seiten, und sie sprang nervös bebend nach vorn.

Einen Moment lang befürchtete er, die Kontrolle über Bitter Aloes verloren zu haben, aber sie beruhigte sich, als der lange Galopp hangabwärts an ihren Kräfte zehrte. Am Fuß des Hügels ließ er sie über einen Graben setzen, und weiter ging es über die schmale Straße; die Hufeisen der Stute schlugen Funken auf den Pflastersteinen. Die kleine weiße Pforte am Rande des Parks nahm sie mühelos, und die starke Steigung beeinträchtigte ihr Tempo kaum. Die Wirkung von Joeys Mittel begann nachzulassen, von Zeit zu Zeit warf sie erregt den Kopf hoch, als irritierte sie der Zügel.

Campion bemerkte es kaum. Vor dem Blumengarten sprang er von ihrem Rücken, und sie schlug nach ihm aus, als er durch die Pforte verschwand und zum Haus hinauflief.

Schweißtropfen standen ihm auf der Stirn und der Ausdruck seines Gesichts war nicht mehr naiv. Vor mindestens einer Viertelstunde war ein Wagen in die Zufahrt eingebogen und hatte die Scheinwerfer sofort ausgeschaltet. Selbst bei halsbrecherischem Tempo konnte Mrs. Shannon die zwölf Meilen lange, kurvenreiche Strecke nicht schneller zurückgelegt haben.

Sie musste jetzt irgendwo in der Nähe sein. Campion war auf alles gefasst. Mrs. Shannon standen zahlreiche Möglichkeiten offen.

Er blickte über den weiten Rasen hinweg zum Tower hinüber.

Das einzelne rote Auge, ein bedeutsamer und stummer Zeuge des sagenumrankten Geheimnisses der Gyrths, starrte auf ihn nieder. Hinter diesem Auge ruhte der Kelch, beschützt von etwas Unbekanntem, von einem unfassbaren und vielleicht furchtbaren Hüter, den wahrscheinlich nur drei noch lebende Menschen je gesehen hatten. Campion hatte Dutzende von ›plausiblen Erklärungen‹ gehört; in berühmten Klubs wurde verstohlen darüber gesprochen; Verfasser bedeutender Memoirenwerke ergingen sich in dunklen Andeutungen über unsagbare Schauerlichkeiten. Selbst Val hatte sich offensichtlich gescheut, über dieses Geheimnis nachzudenken.

Campion fragte sich, wie viele Augen heute Abend voll gespannter Erwartung auf den Tower gerichtet sein mochten. Zwar waren Mrs. Shannon Experten samt und sonders handlungsunfähig gemacht worden. Aber es mussten noch andere da sein, die darauf lauerten, den Kelch in Sicherheit zu bringen. Denn die Dame selbst würde sich fern halten, aus Angst, erkannt zu werden, und würde den Angriff aus einiger Entfernung leiten.

Vorläufig war alles friedlich. Im ganzen Gebäude brannten nur noch zwei andere Lichter, beide im Westflügel, und zwar im Salon und in der Bibliothek. Die Räume des Personals lagen im Dunkeln; die Dienerschaft war zweifellos zeitig zu Bett geschickt worden. Campion vermutete Penny allein im Salon; Val saß wahrscheinlich mit seinem Vater und dem alten Geistlichen in der Bibliothek. Und irgendwo in der Dunkelheit starrte eine Gruppe völlig skrupelloser und kaltblütiger Leute zu dem einzelnen strahlenden Fenster des Turmes empor.

Sorgsam bemüht, sich im tiefen Schatten zu halten, schlich Campion über den Rasen.

Die unheimliche Stille des Gartens rings um ihn erfüllte ihn mit Unbehagen. Er hätte schwören können, dass sich jemand zwischen den Bäumen und Büschen, die den Rasen einfassten, bewegte. Wieder blieb er stehen und stand stocksteif. Ganz sicher hatte sich irgendwo etwas geregt. Instinktiv blickte er auf. Das alte Haus zeichnete sich schwarz vor dem Nachthimmel ab. Wie magisch wurden seine Augen von dem runden Fenster angezogen. Dann zuckte er zusammen. Direkt oberhalb des Fensters, über den Zinnen des Ostflügels hob sich eine stehende Gestalt klar vom Himmel ab.

Campion wartete regungslos in der verzweifelten Hoffnung, es sei Val oder dessen Vater, doch da glitt etwas Dünnes schlangengleich über den roten Lichtkreis. Als er seine Augen anstrengte, um zu erkennen, was es war, ging ihm allmählich ein Licht auf. Es handelte sich um ein dünnes Seil mit Knoten in regelmäßigen Abständen.

Er rannte auf das Haus zu. Sein erster Impuls war, den Colonel zu alarmieren, doch als er vor dem Ostflügel anlangte, sah er sofort, wie der Eindringling sich Zutritt verschafft hatte. Eines der mit Holzlatten vergitterten Fenster stand offen. Ohne Zögern kletterte Campion hindurch und schlich über den fliesenbelegten Boden des Bankettsaals zur Halle, wo eine gewaltige Wendeltreppe sich in die Dunkelheit emporschraubte.

Er huschte die Stufen hinauf; das Holz knarrte beängstigend unter seinem Gewicht. Die Treppe wand sich die ganze Höhe des Turmes hinauf. Ganz oben wurde sie schmaler, und alsbald wehte ihm die kühle Nachtluft ins Gesicht.

Die schwache Helligkeit hinter der offen stehenden Tür über seinem Kopf deutete darauf hin, dass er sich dem Dach näherte. Er verharrte und lauschte. Im Haus war es totenstill. Geräuschlos erklomm er die restlichen Stufen und trat schließlich aus dem mittleren Türmchen auf das flache Steindach des Turmes.

Er blickte rasch um sich, jederzeit mit einem plötzlichen Überfall rechnend. Doch soviel er sehen konnte, war der Ort menschenleer. Mit dem Rücken zur Wand schob er sich um das Türmchen herum. Ein eisiges Gefühl des Grauens stieg in ihm hoch. Er war ganz allein.

Eine Bewegung, fast wie das Vorbeihuschen eines Schattens direkt vor ihm, ließ ihn vorschnellen. Dabei streifte sein Bein etwas straff Gespanntes, das von der mittleren Fahnenstange bis über den Rand der Brustwehr reichte. Er berührte es mit der Hand. Es war ein Seil mit Knoten darin.

Da wurde ihm schlagartig klar, dass eingetreten war, womit er nie gerechnet hatte: Wer immer den Diebstahl ausführte, er tat es ganz allein.

Schweißtropfen traten ihm auf die Stirn. Es gab nur einen lebenden Menschen, der den Versuch wagen würde, nur einen Menschen, dem die Beute das Risiko wert war. Er begab sich an den Rand des Turmes und zog die Taschenlampe heraus, die er bis dahin wohlweislich nicht benutzt hatte.

»Halt«, sagte er fest. »Kommen Sie lieber zurück.«

»Scheren Sie sich zum Teufel!«, sagte Mrs. Shannon.

Er beugte sich über die Brüstung und richtete den Strahl der Taschenlampe nach unten. Obwohl er nichts anderes erwartet hatte, verursachte ihm der Anblick Übelkeit. Mrs. Shannon klebte an der Mauer des Turms wie eine Fliege an der Wand. Ihre kräftigen Hände umklammerten das Seil, an dem sie hing, wie Stahl, während sie sich mit müheloser Präzision mit den Füßen hinabtastete. Knapp einen halben Meter unter ihr verströmte das runde Fenster seinen roten Lichtschein. Bei Tag war die Höhe schwindelerregend, bei Nacht war der Erdboden nicht zu sehen, und Campion war froh darüber.

Er stützte sich auf die Brustwehr und blickte auf Mrs. Shannon hinunter. Während er auf sie hinabstarrte, zwang sich ihm ein Gedanke auf. Mrs. Shannon war die Agentin des Ringes; die Verantwortung lastete ausschließlich auf ihren Schultern. Sollte sie verunglücken, würde die dem Kelch drohende Gefahr automatisch gebannt sein.

Das Seil, das sie vor einem Sturz in die Tiefe bewahrte, lag unter seiner Hand. Falls es sich aus seiner Verankerung am Fahnenmast lösen sollte…

Unverwandt hielt er den Blick auf sie gerichtet. Sein Gewissen hätte ihm hundert moralische Rechtfertigungsgründe für ihre Hinrichtung geliefert, denn es wäre eine Hinrichtung gewesen, das gestand er sich freimütig ein. Es gab Punkte in Mrs. Shannons Vergangenheit, die keine englische Jury trotz allen Wohlwollens gegenüber Frauen entschuldbar gefunden hätte. Er umklammerte die Steine, bis seine Knöchel weiß hervortraten.

»Kommen Sie zurück«, befahl er. Er richtete den Lichtstrahl voll auf ihren gesenkten Kopf. »Kommen Sie zurück, bevor Sie in den Raum blicken, sonst kappe ich das Seil, das schwöre ich.«

Kaum hatte er das ausgesprochen, erschrak er über die

Bedeutung seiner Worte. Sobald Mrs. Shannon, die Agentin des einflussreichsten Syndikats der Welt, das begehrte Kleinod erblickte, konnte es keine Macht der Welt vor ihrem Zugriff retten. Sie musste daran gehindert werden, das Fenster zu erreichen.

»Ich kappe das Seil«, wiederholte er.

»Das wagen Sie nicht«, sagte sie. »Dazu fehlt Ihnen der Mut. Zurück. Um Sie kümmere ich mich später.«

Sie glitt gemächlich noch ein Stück tiefer.

»Kommen Sie zurück!« Campions Stimme klang drohend. »Halten Sie sich fest. Ich ziehe Sie herauf.«

Er packte das Seil und stemmte die Füße gegen den Boden, aber sie war schwer, und er spürte instinktiv, dass er es trotz der Knoten nicht schaffen würde.

Mrs. Shannon, die bewegungslos am Seil hängen geblieben war und offensichtlich auf einen solchen Versuch vorbereitet war, lachte ihn offen aus.

»Kümmern Sie sich um Ihren eigenen Kram! Wenn Sie sich schon einmischen müssen, dann rufen Sie einen Diener zu Hilfe!«

Ihre Stimme klang etwas entfernter, und daran erkannte er, dass sie sich weiter hinunterhangelte. Er beugte sich abermals über die Brüstung. Er sah, dass ihre Füße bereits von dem roten Schein des Fensters angestrahlt wurden.

»Kommen Sie zurück!«, rief er heiser. »Kommen Sie zurück, um Gottes willen!«

»Einen Moment.«

Die Worte erreichten ihn nur leise, denn sie hatte sich noch ein Stück hinuntergelassen und spähte zum Fenster hinein.

Es entstand eine Pause, die eine Ewigkeit zu dauern schien. Campion, der vorgebeugt den Lichtstrahl seiner Taschenlampe auf die kauernde Gestalt auf dem Seil gerichtet hielt, verspürte etwas von dem Beben, das ihren Körper durchlief. Das rote Licht fiel auf ihr Gesicht, und er sah ihre Schultern zucken, wie sie so dahing, anscheinend fasziniert von dem, was sie sah.

Dann war ihm, als hörte er von irgendwo unter sich einen schwachen, kaum wahrnehmbaren Laut. Es war ein Laut, so undeutbar und leise, dass Campion glaubte, sich getäuscht zu haben. Doch dann hörte er deutlich, wie Mrs. Shannon »nein, nein!« schrie.

Das letzte Wort ging in einem schaudernden Atemholen unter, und sie schwang am Seil herum, an dem sie mit gestreckten Armen hing. Eine Sekunde lang kehrte sie ihm ihr Gesicht zu. Er sah auf ihre gebleckten Zähne und weit aufgerissenen, leeren Augen. Er beugte sich vor.

»Festhalten!« beschwor er sie, unbewusst flüsternd. »Festhalten!«

Doch da verloren ihre erschlafften Finger den Halt, er hörte das grässliche Zischen des Seils, als es blitzschnell zwischen ihren Händen hindurchglitt, und sie sank grauenerregend langsam tief, tief hinunter in die Finsternis.

Dumpf schlug der Körper unten auf den Steinplatten auf, und dann – Stille. Der Hüter des Kelches hatte den Schatz bewahrt.

26

Der ›East Suffolk Courier and Hadleigh Argus‹ brachte am 7. Juli folgenden Artikel:

BEDAUERNSWERTES UNGLÜCK IN SANCTUARY.

Am vergangenen Samstag fand im Gasthaus ›Zu den drei Trommlern‹, in Sanctuary-by-Tower unter dem Vorsitz von Dr. J. Cobden, Distriktcoroner, die gerichtliche Untersuchung des Todes von Daisy Adela Shannon (44), wohnhaft Heronhoe Stables, Heronhoe, statt, die in der Nacht des 2. Juli, während einer Geburtstagsfeier, vom Turm im Ostflügel des Schlosses der Familie Gyrth in die Tiefe stürzte.

Die Tote wurde von Campion, einem Gast des Towers, gefunden. Campion, wohnhaft Bottle Street 17, London W 1, sagte aus, er sei gegen 23.25 Uhr über den Rasen gegangen, als er eine Gestalt auf dem Dach des Turmes bemerkte. Er dachte, es handle sich um einen Angehörigen der Familie und rief hinauf. Als er keine Antwort erhielt, wurde er stutzig, und seine Besorgnis wuchs, als er feststellte, dass eines der Bankettsaalfenster offen stand. Er lief ins Haus und stieg die Treppe zum Dach hinauf.

Campion sagte ferner aus, dass er oben auf dem Dach niemanden vorfand. Nachdem er wieder hinuntergelaufen war, fand er die Tote am Fuß des Turmes, auf den Steinplatten liegend. Er verständigte sofort die Familie.

Die Aussage von Sir Percivals Butler, Roger Arthur Branch, und diejenige von Reverend P. R. Pembroke, Pastor in Sanctuary, der sich zur Zeit des Unfalls im Tower befand, decken sich mit Campions Angaben.

Dr. A. H. Moore, wohnhaft in Sanctuary, nannte als Todesursache Gehirnerschütterung infolge Schädelbruchs. Der Tod war sofort eingetreten.

Für die Identifizierung sorgte W. W. Corton, Tierarzt, wohnhaft The Kennels, Heronhoe.

Wachtmeister Henry Proudfoot gab zu Protokoll, er sei in der fraglichen Nacht um 23.45 Uhr in den Tower gerufen worden, wo er auf dem Dach des Turmes ein am Fahnenmast befestigtes Seil fand, das er bei der Verhandlung vorlegte.

David Cossin, wohnhaft Hadleigh, Bury Road 32, Einzelhändler, identifizierte das Seil als dasjenige, welches er der Verstorbenen am 18. oder 19. Juni diesen Jahres verkauft hatte. Auf die Frage, ob das Seil stark genug sei, das Gewicht eines menschlichen Körpers zu tragen, äußerte der Zeuge die Ansicht, dies sei zweifellos der Fall.

Sir Percival, vom Coroner gefragt, ob er die Anwesenheit der Verstorbenen zu so später Stunde auf seinem Besitztum erklären könne, gab eine verneinende Antwort. Er habe die Verstorbene nur flüchtig gekannt, und sie sei nicht zur Großjährigkeitsfeier seines Sohnes geladen gewesen, die mit Rücksicht auf den erst kurz zurückliegenden Todesfall in der Familie lediglich im kleinsten Kreis abgehalten wurde.

Laut zusätzlicher Aussage von Wachtmeister Proudfoot wurde ein roter zweisitziger Sportwagen – später anhand der amtlichen Kennzeichen als Eigentum der Verstorbenen identifiziert – in einem Gebüsch an der Zufahrt gefunden. Die Scheinwerfer waren ausgeschaltet.

Auf Befragen äußerte der Wachtmeister die Vermutung, die Verstorbene habe versucht, sich auf den mittleren Fenstersims im vierten Stock des Turmes hinunterzulassen, wo einem volkstümlichen Aberglauben zufolge an-

lässlich eines Geburtstages in der Familie irgendwelche Rituale stattfinden sollten. Proudfoot entschuldigte sich beim Vorsitzenden für die Erwähnung gewöhnlichen Klatsches, verlieh jedoch der Meinung Ausdruck, die Verstorbene habe den schwindelerregenden Abstieg nur aufgrund einer Wette gewagt, die sie mit jemandem eingegangen war, der sich nicht gemeldet hatte. Die Verstorbene sei in der ganzen Gegend als Sportlerin berühmt gewesen, und es sei bekannt, dass sie sich öfter auf ähnliche Unternehmungen eingelassen habe.

Der Coroner erklärte den Geschworenen gegenüber, er sei geneigt, die logisch ausgeklügelte Erklärung des Wachtmeisters zu akzeptieren, da sie mit großer Wahrscheinlichkeit den wirklichen Vorgängen nahe komme. In dem Bemühen, ein für eine Frau ihres Alters beispiellos leichtsinniges Husarenstück auszuführen, habe sie zweifellos einen Schwindelanfall erlitten und sei infolgedessen in die Tiefe gestürzt.

Die Geschworenen befanden auf Tod durch Unfall, und der Sprecher Mr. P. Peck sen. schloss sich mit ein paar wohl gesetzten Worten dem vom Coroner ausgedrückten Bedauern an.

Die Beerdigung findet morgen, Dienstag, in Heronhoe statt.

»In der Tat eine schlüssig ausgeklügelte Erklärung«, bemerkte Campion, als er die Zeitung aus der Hand legte. »Passen Sie auf, Val, der gute Proudfoot bringt es noch zum Sergeant, ehe wir wissen, wie uns geschieht.«

Er streckte sich im Liegestuhl aus und verschränkte die Arme hinter dem Kopf. Penny, Beth, Val und er saßen unter den Bäumen am Rande des Rasens. Es war ein strahlender Morgen ein paar Tage nach den Vorgängen, die der ›Argus‹ so treffend geschildert hatte. Die Abenteuer der vergangenen Wochen hatten ihre Spuren bei den jungen Leuten hinterlassen, aber es gab auch Anzeichen dafür, dass sich die Spannung gelockert hatte.

Val strahlte seit seinem Geburtstag ein neues Verantwortungsgefühl aus. Penny fand, dass er nun endgültig erwachsen zu sein schien. Sie und Beth waren restlos glücklich. Wie sie so in den bequemen Stühlen lagen, wirkten sie mit den nackten Armen und langen, schlanken Beinen wie Schulmädchen.

Lediglich Campion sah etwas ramponiert aus. Sein Gesicht war noch von den Striemen entstellt, die Mrs. Shannons Peitsche hinterlassen hatte, doch abgesehen davon trug er wie immer einen Ausdruck liebenswerter Naivität zur Schau.

»Fast genauso brillant berichten sie über die Zigeuner«, sagte Penny, nachdem sie die Zeitung vom Gras aufgehoben hatte. »Allem Anschein nach ›wurde auf der Heide von Heronhoe von Landfahrern ein Überfall auf unerwünschte Camper verübt. Die Landfahrer sind seither verschwunden, und einige der verletzten Camper wurden ins Polizeikrankenhaus überführt.‹ Albert, das haben wohl Sie veranlasst. Ach, wenn man sich vorstellt, dass alles wieder gut ist!« Sie seufzte wohlig. »Mir kommt das Ganze nur noch wie ein Schauerstück vor, in dem Sie den Helden gespielt haben.«

»Dass ich nicht lache«, entgegnete Campion. »Der Professor war der Held. Lugg verfertigt eine illustrierte Dankadresse, die wir ihm überrreichen wollen. Sie beginnt mit ›Ehrenwerter Sir und Professor‹, und enthält alle Ausdrücke, die er je vor Gericht gehört hat. Da wimmelt es nur so von ›Verkommenheit‹, ›niederen Beweggründen‹ und ›beispielloser Verderbtheit‹. Er verkehrt natürlich alles ins Gegenteil. Das wird ein umwerfendes Dokument, wenn es mal fertig ist. Vielleicht überlässt euch der Professor eine Kopie davon als Hochzeitsgeschenk.«

Er grinste Val und Beth an, die sich ganz unbefangen an den Händen hielten. Sie lächelten einander zu und Campion sprach weiter.

»Wenn der Professor nicht gewesen wäre, hätte Mr. Albert Campion zweifellos in einer anderen Eigenschaft fungiert, und ein strengerer Coroner als Doktor Cobden würde moraltriefende Vorträge über die Gefahren leichtsinnigen Betragens halten. Der Professor ist ein ganzer Kerl, wie man so schön sagt. Wie geht es übrigens den beiden Papas?«

»Glänzend«, gab Penny Bescheid. »Ich habe etwas Nettes gesehen, als ich am Fenster der Bibliothek vorbeikam. Sie hatten sich doch eingeschlossen, weil sie über tiefe archäologische Geheimnisse sprechen wollten. Tja, als ich vorbeiging, standen zwei Fauteuils am offenen Fenster, zwei Zigarrenrauchwölkchen kräuselten sich, und Vater las ganz versunken im ›New Yorker‹ und der Professor vergnügte sich mit ›Punch‹. Einfach süß.«

»Also geradezu ein Händedruck über den Atlantik hinweg«, stellte Campion fest.

Beth lachte.

»Und wie sie einander die Zigeuner und Tante Dis Ungezogenheit vergaben, das war goldig.«

»Ich weiß«, sagte Penny. »›Mein Verehrter!‹ ›Unsinn! Mein Verehrter!‹ ›Sie müssen Rebhühner schießen kommen!‹ ›Ich bitte Sie! Sie müssen sich unbedingt ein paar Rosen bei uns schneiden!‹ Wie kleine Jungen. Sind wir nicht reizende Nachbarn? Wisst ihr, dass ich mich zum ersten Mal in diesem Sommer richtig wohl fühle? Weil es mir gerade einfällt: Albert, wann haben Sie mit Ihrer dicken Mrs. Sarah das alles so geschickt ausgemacht? Ich habe gestern Abend im Bett vergeblich versucht dahinter zu kommen.«

»Respektlose Göre!«, schalt Campion schockiert. »Sie könnte Sie dafür verhexen! Ich habe der Dame an dem Abend einen Besuch abgestattet, als Lugg so sonderbar indisponiert zu Hause eintraf. Ich war natürlich schon früher, im Anfangsstadium des Falles, bei ihr, weil ich schon damit gerechnet hatte, dass ich früher oder später ein bisschen Unterstützung brauchen würde, und sie daher gebeten hatte, sich zur Verfügung zu halten. Da Mr. Sanderson in Heronhoe logierte, schien mir die Heide ein günstiger Ort zu sein. Mrs. Sarah stimmte zu. Sie wusste gleich, wo sich der Spaß abspielen würde.«

»Dann waren Sie Mrs. Shannon von Anfang an auf der Spur?«, fragte Val.

»Nun, ja und nein. Ich dachte, sie könnte ihre Hand mit im Spiel haben. Kurz bevor ich Mrs. Shannon besuchte, zog ich an allen einschlägigen Stellen Erkundigungen über sie ein, und danach blieben mir nicht mehr viel Zweifel. Sie war bis über beide Ohren verschuldet, und der Jockey-Club hatte bereits ein wachsames Auge auf sie, weil sie sich bei den Rennen mehrfach unerlaubter Praktiken bedient hatte. Was für eine Frau!«

Val blickte ihn erstaunt an.

»Sie sprechen, als hätten Sie sie bewundert!«

»Man musste sie bewundern.« Campion strich sich nachdenklich über das Gesicht.

Val schnitt eine Grimasse.

»Ich habe sie nie gemocht. Übrigens ich habe nie verstanden, warum sie Mrs. Munsey auf Tante Di gehetzt hat. Aus welchem Grund?«

Campion überlegte.

»Das hat mich am Anfang auch schwer beschäftigt«,

gestand er. »Aber die Dorfhexe selbst hat mich auf die Spur gebracht. Sehen Sie, Val, Ihre Tante hat bei all ihrer Dummheit den Kelch keine Sekunde lang aus den Augen gelassen, außer wenn er in seiner Nische stand, halb versteckt hinter den Eisenstäben. Arthur Earle, ihr kunstfertiger Freund, beklagte sich wahrscheinlich im Hauptquartier über die Wachsamkeit seiner Gastgeberin, und Mrs. Shannon, die von Mrs. Munseys Eigenheiten und der Vorliebe Ihrer Tante für nächtliche Spaziergänge wusste, kam auf die Idee, der guten Lady einen Schrecken einzujagen, von dem sie sich einige Tage lang würde erholen müssen. Während dieser Zeit konnte der enttäuschte und seines Modells beraubte Künstler eventuell die Erlaubnis erhalten, mit dem Zeichnen des Kelchs fortzufahren.

Ein Mann wie Arthur war sicher auch darauf aus, ihn zu wiegen und ganz gründlich zu untersuchen, was er wohl kaum in Gegenwart Ihrer Tante tun konnte. Zum Pech für alle Beteiligten war Mrs. Munsey ein bisschen zu viel für Ihre Tante, und das Vorhaben scheiterte.«

Penny seufzte.

»Arme Tante Di. Mr. Pembroke kümmert sich um die Munseys. Wissen Sie das? Sie werden in ein Heim müssen, die beiden, sagt er.«

Vals Gedanken befassten sich noch immer mit dem Mechanismus von Mrs. Shannons ursprünglichem Plan.

»Ich nehme an, sie hatte vor, mich zu bestechen und den Kelch durch eine Kopie zu ersetzen? Campion, wir stehen tief in Ihrer Schuld.«

Sein Freund überhörte den letzten Teil der Bemerkung.

»Das glaube ich auch«, stimmte er zu. »Später kamen der Major und Sanderson, um selbst die Lage zu sondieren. Ich vermute, dass der Major der Sachverständige war, der herausfand, dass das Stück im Kelchhaus nicht der richtige Kelch war. Mir war nie so elend zumute wie damals, als Stanislaus mich anrief und mir sagte, dass ihnen die Kopie in die Hände gefallen sei. Das war ein geschickt ausgeführter Raubzug. Wenn der Bobby vor der Tür etwas mehr Erfahrung gehabt hätte, wäre das allerdings nicht passiert.«

Penny, die sich in der Wärme dehnte wie ein Kätzchen, lächelte ihn spitzbübisch an.

»Wenn ich es recht bedenke, Albert, dann machen Sie viel zu wenig Reklame für sich. Zum Beispiel die Sache mit Vals Entführung. Wenn man eine Erklärung von Ihnen verlangt, behaupten Sie einfach, Sie hätten ihn in einer Garage abgeholt, ihn zurückgefahren und auf einem Feld abgeladen, weil Sie es eilig hatten, nach London zu Ihrem Buchmacher zu kommen. Sie müssen lernen, Ihre Geschichten spannender aufzubauen. Ein paar dürre Sätze genügen nicht.«

»Aber es stimmt alles«, sagte Campion sanft. »Als Inspektor Oates mir telefonisch mitteilte, dass Val dem Kofferräuber nachgerannt war, musste ich doch annehmen, dass er mit dem Dieb zurückgekommen wäre, wenn er ihn erwischt hätte; und wenn er nicht zurückkam, mussten die Freunde des Diebes Val erwischt haben. Daher« – er strahlte sie durch die dicken Brillengläser an – »hielt Val sich vermutlich als unwillkommener Gast bei jemandem vom Schlage Mr. Matthew Sandersons oder dessen Kumpanen auf. Wissen Sie, sie wollten ihn nicht in der Nähe haben. Sie bildeten sich ein, den Kelch erbeutet zu haben, und hatten sie den erst einmal an der richtigen Adresse abgeliefert, dann hatten sie nichts mehr zu befürchten. Ich habe stark angenommen, dass sie Val irgendwo deponieren und einfach liegen lassen würden.«

Beth riss die braunen Augen auf.

»Aber sie hätten ihn töten können!«, rief sie.

»Kaum«, meinte Campion. »Für einen Mord hat man die Höchststrafe zu erwarten, und da überlegen unsere Ganoven zweimal, bevor sie jemanden beseitigen. Und was tat unser Held, nachdem er blitzartig zu dieser Erkenntnis gelangt war? Er holte sein kleines Auto aus der Garage und machte sich auf die Reise.«

Er legte eine Pause ein.

»Es dürfte Ihnen allmählich aufgegangen sein, dass meine Freunde nicht alle das einzig Wahre sind. Und da fand ich doch tatsächlich in des einen Hinterhof unseren jugendlichen Liebhaber, selig auf einem Haufen alter Autoreifen ausgestreckt liegen, wie er nur darauf wartete, irgendwo hingefahren und ausgesetzt zu werden. Ich erleichterte den Aufsicht habenden Herrn um seinen Gast, bewunderte das neue Kleid seiner Frau, küsste das Baby und kehrte nach Hause zurück. Es war so beschämend einfach, dass ich nicht den Mut fand, es Ihnen zu erzählen, selbst wenn ich Zeit dafür gehabt hätte, und da ließ ich ihn dort, wo Beth ihn früher oder später finden musste, und fuhr weiter zu unserer lieben Freundin, die mir allmählich Kopfzerbrechen bereitete. Wissen Sie, wo Sie lagen, Val? In Ernie Walkers Garage. Er ist auf solche Sachen spezialisiert. Er war der Zweite, bei dem ich nachgeschaut habe. Nein, Penny, bedauerlicherweise kann ich in diesem Falle meinen Lorbeerkranz nicht mit dem Gefühl rechtschaffener Zufriedenheit tragen, wie es meine Gewohnheit ist. Dem Professor und den Benwells gebührt die Anerkennung. Die Art, wie sie mit der Bande aufgeräumt und sich verflüchtigt haben, macht mir meine eigene Ungeschicklichkeit erst richtig bewusst. Jacob ist ein feiner Kerl, aber Joey ist ein Zauberer. Die Stute war ziemlich gefügig, als ich sie ritt, und ich muss Ihnen leider auch die Illusion rauben, Penny, dass ich ein verwegener Reitersmann bin. Joey hatte wohl schon seit Tagen ein Auge auf Bitter Aloes geworfen, und bei erstbester Gelegenheit verließ er das Getümmel und schlüpfte mit irgendeinem ekligen Gebräu in der Hand zu ihr in die Box. Ganoven benutzen Injektionen, aber ich denke mir, er hat andere Methoden.«

»Ich mache mir keine Illusionen mehr über Sie «, sagte Penny. »Ich finde, Sie gehören in eine Heilanstalt. Als ich hörte, jemand sei vom Turm gefallen, war ich fest davon überzeugt, dass Sie es wären. Ja, in eine anständige, gemütliche Heilanstalt mit vielen netten, freundlichen Wärtern, die über Ihre Reden lachen, und wo Lugg Sie bemuttern kann. Ich weiß nämlich zufällig, dass Ihre Geschichte von dem Vermögen, das Sie von Ihrem Onkel, dem Bischof, geerbt haben, ausgemachter Unsinn ist. Lugg behauptet, der Bischof habe Ihnen hundert Pfund und ein paar gute Bücher hinterlassen.«

»Schmach über Lugg«, sagte Campion. »Das hat man davon, wenn man sich als wohlhabender Amateur ausgibt. Tut mir Leid, Val, aber wir müssen diesem vorwitzigen Geschöpf die Wahrheit sagen. Ja, mein Schatz, der arme, einfache Gentleman ist ein Profi. Ich habe natürlich im Auftrag gehandelt.«

»Im Auftrag?«, wiederholte Val. »Wer hat Sie beauftragt? Unser alter Herr kann es nicht gewesen sein, denn Sie sind bestimmt äh – furchtbar teuer.«

»Unvorstellbar«, bestätigte Campion stillvergnügt. »Nur die Reichsten im Land können sich meine Dienste leisten. Aber ich brauche schließlich ein immenses Einkommen, um mein Heer von Spionen und meine fürstlichen Büros zu unterhalten, von Lugg, meinem berüchtigten Heloten, ganz zu schweigen.«

»Er lügt«, sagte Penny gähnend. »Schade, dass Sie nicht doch beauftragt waren. Sie haben so viel für uns getan. Ich finde, Sie sollten etwas davon haben. Ich würde Ihnen meine Hand antragen, wenn ich wüsste, ob ich es aushalten könnte, mit Ihnen unter einem Dach zu leben. Ooh!« rief sie plötzlich. »Seht nur!«

Was sie zu diesem Ausruf veranlasst hatte, war eine herrliche Limousine, deren lang gestreckte graue Karosserie im Sonnenschein glänzte, als sie fast lautlos die Zufahrt heraufführ und vor das Portal glitt.

Im Fond des Wagens saß mit durchgedrücktem Kreuz eine einzelne, aristokratisch schlanke Gestalt.

»Da ist er«, sagte Penny. »Deshalb wirst du, Beth, wenn du zum Lunch bleibst, mit Albert und mir im Frühstückszimmer essen. Deshalb hat Branch seinen Festtagsfrack angezogen, und deshalb haben wir die Flagge gehisst. Hier kommt der Ehrengast.«

Beth beugte sich im Sitzen vor.

»Warum isst du nicht mit diesem Lord Dingsda?«, fragte Beth verwundert

»Weil es ein uralter Brauch ist«, erklärte Penny. »Nicht das Essen, sondern die ganze Angelegenheit. Wir erscheinen erst züchtig zum Tee.«

»Lassen wir den ehrenwerten Würdenträger einmal aus dem Spiel«, sagte Val. »Kommen wir lieber auf Ihre sensationelle letzte Eröffnung zu sprechen, Campion, derzufolge Sie die Freuden des Landlebens nicht aus privaten, sondern aus professionellen Gründen genossen haben. Falls das stimmt, darf ich dann fragen, wer sich an Sie gewandt hat und von wem Sie sich ein Honorar erhoffen?«

»Ach, ich werde mein Trinkgeld schon bekommen, nur keine Angst«, versicherte Campion.« Mein Auftraggeber ist ein ausgesprochen spendabler Mensch.«

Er verstummte.

Über den Rasen kam, gesetzt und ungefähr so graziös wie ein Zirkuselefant, Lugg auf sie zu. Als er sich näherte, sahen sie, dass sein ungeheures Gesicht einen fast ehrfurchtsvollen Ausdruck trug.

»Sir«, sagte er rau zu seinem Brotgeber, »haben Sie gesehen, wer gekommen ist? Sie sollen gleich ins Haus flitzen und sich in der Bibliothek melden. Donnerschlag«, stöhnte er, »und Sie haben nur Flanellhosen an. Und die Schuhsohlen sind auch fast durch.«

Campion erhob sich.

»Keine Sorge, Lugg. Ich glaube nicht, dass er sich darüber aufhalten wird.«

Penny erholte sich als Erste von der Verblüffung, die alle erfasst hatte.

»Sie?« fragte sie. »Er will Sie sehen? Warum denn bloß?«

Campion schaute die drei mit leicht vorwurfsvollem Blick an.

»Ich dachte, Sie hätten es längst erraten«, sagte er. »Er ist mein Auftraggeber. Wenn alles gut geht, lade ich Sie alle heute Abend zu Hering und Bratkartoffeln ein.«

27

Um halb vier am Nachmittag, als die grelle Sonne das Rautenmuster der Fensterscheiben auf dem blanken Parkett der Bibliothek des Colonels nachzeichnete und damit etwas von der trägen Hitze des Gartens in den großen, nüchternen Raum hereinbrachte, standen fünf Männer um den schweren Tisch herum, auf dem eine vergilbte, geschichtsträchtige Urkunde entrollt wurde.

Das große Haus war angenehm still. Vögel zwitscherten im Efeu und eine Hummel summte vor den Scheiben, aber die dicken Mauern hielten erfolgreich alle Geräusche häuslicher Tätigkeit fern. Die Luft roch nach der leichten Muffigkeit alter Lederbände, vermischt mit dem Duft der Blumen draußen in den Beeten vor dem Fenster.

Der vornehme Fremde, ein hochgewachsener, grauhaariger Mann mit kalten blauen Augen und einer sonderbar trockenen, kleinen Stimme, räusperte sich formell.

»Es ist wirklich nicht nötig, dass ich das alles lese, Colonel«, sagte er. »Schließlich haben wir das schon mehrmals miteinander durchgesehen. Man wird nur an sein Alter erinnert. Jede Lesung bedeutet, dass wieder eine Dekade verstrichen ist.«

Er seufzte und schenkte Campion und dem Professor, die nebeneinander standen, ein schwaches, unerwartet schüchternes Lächeln. Der alte Amerikaner verfolgte alles aufmerksam, sein Nebenmann hingegen fingerte verlegen an seiner Krawatte und lächelte dümmlich. Val stand an der Seite seines Vaters, sein Gesicht war todernst, und eine leichte Nervosität hatte von ihm Besitz ergriffen. Die

Erinnerung an seinen ersten Besuch der Geheimkammer nach Mrs. Shannons Tod war noch frisch. Sir Percival war umgänglicher als Campion oder der Professor ihn je erlebt hatten. Das Mitwissen seines Sohnes um das Geheimnis der Kammer schien die Last halbiert zu haben, die für ihn allein ein bisschen zu schwer gewesen war.

»Ich denke, diese Klausel allein genügt«, sprach der Besucher weiter und legte den Zeigefinger auf eine Rubrik am unteren Rande der Urkunde. Er räusperte sich abermals und begann gedämpft und ausdruckslos vorzulesen.

»›*Und besagter Abgesandter Ihrer Allergnädigsten Majestät oder der Erben soll hinaufgehen in die Kammer, begleitet vom Herrn des Hauses und seinem ältesten Sohne, so dieser ein genügend Alter erreichet, und sollen sie ihm zeigen und nachweisen zu seiner Satisfaktion, dass das Kleinod, welches ihnen anvertraut von der Krone, ganz und unversehret ist, damit Uns Kunde wird, ob sie treu und in Ehren gehalten das anvertraute Gut. Dieses soll geschehen beim Licht des Tages, so weder Kerze noch Lampe notwendig sei, zu zeigen die wahre Beschaffenheit besagten Gefäßes.*

Des Weiteren befehlen Wir, dass in bösen Zeiten oder in solchen Tagen, wann dem Hause Gyrth sollt Gefahr drohen, der Hausherr zween Zeugen gestatt, mitzugehen, Mannen brav und treu, so geschworen haben, alle Geheimniss zu bewahren, wie das Kleinod beschaffen und wo es verwahret wird.

Versehen mit Unserer Hand und Siegel, Tage…‹ und so weiter. Ich denke, damit ist der Sache Genüge getan, Colonel.«

Seine leise Stimme erstarb. Er rollte das Pergament zusammen und reichte es dem Hausherrn, der es in einer Schatulle einschloss.

Der Besucher wandte sich an Campion und den Professor.

»Mannen brav und treu«, sagte er lächelnd. »Natürlich ist mir klar, mein lieber Albert, dass ›solche Tage, wann dem Hause Gyrth sollt Gefahr drohen‹ streng genommen der Vergangenheit angehören. Aber ich stimme gewiss mit dem Colonel darin überein, dass wir diese – äh –archaische Formel etwas großzügiger auslegen dürfen. Es scheint mir die einzige Vergütung zu sein, Professor, die wir Ihnen für Ihre unschätzbare Hilfe in dieser unseligen und unerquicklichen Affäre anbieten können.«

Der Professor winkte ab.

»Es gibt nichts, was eine größere Ehre für mich wäre.«

Campion öffnete den Mund, um zu sprechen, überlegte es sich jedoch anders und schwieg.

Sir Percival entnahm seinem Schreibtisch ein kleines eisernes Gerät, das wie ein winziges Brecheisen aussah, und führte sie aus der Bibliothek. Sie folgten ihm durch die Halle und den langen steinernen Korridor in den selten benutzten Bankettsaal im Ostflügel. Unterwegs begegneten sie keinem Menschen. Branch hatte das Personal in dessen eigene Räume im Westflügel verbannt. Penny und Beth warteten diskret im Salon.

Im kühlen Schatten des großen Saales blieb Sir Percival stehen und drehte sich mit einem etwas verlegenen Ausdruck in den sehr blauen Augen um. Der Besucher nahm ihm die unangenehme Pflicht ab.

»Der Colonel und ich«, begann er, nachdem er seine Worte mit dem nun vertrauten Räuspern eingeleitet hatte, »sind der Meinung, dass wir uns in diesem Falle unbedingt an die Tradition halten sollten. Der Eingang zu der – äh – Kammer ist – und war immer – ein streng gehütetes Geheimnis. Ich bin sicher, keiner von Ihnen wird sich beleidigt fühlen, wenn ich Sie bitte, mir Ihr Taschentuch zu geben und mir zu gestatten, Ihnen damit die Augen zu verbinden.«

Der Professor zog ein voluminöses Seidentuch heraus, das sich als geeigneter erwies als Campions weißes Batisttuch. Das Verbinden der Augen wurde mit großer Ernsthaftigkeit vorgenommen.

Vals Hand zitterte, als er den Knoten hinter Campions Kopf band, und ein Teil seiner Nervosität übertrug sich auf die anderen. Schließlich sollten sie ein Geheimnis von nicht alltäglicher Größe teilen. Campion hatte nicht vergessen, was für ein Gesicht Mrs. Shannon gemacht hatte, nachdem sie durch das Fenster der Schatzkammer gespäht hatte.

Auch der Professor war ungewöhnlich erregt. Man merkte, dass er trotz seines unermesslichen Schatzes an archäologischen Kenntnissen keine Ahnung hatte, was ihn erwartete.

Sie sahen nichts mehr, aber sie hörten den Besucher sprechen.

»Val, nehmen Sie bitte Campions Arm, ich kümmere mich um den Professor. Colonel, würden Sie bitte vorausgehen«

Val fasste Campion unter und sie schlossen sich als Letzte der kleinen Prozession an.

»Vorsicht.« Vals Stimme drang undeutlich an Campions Ohr. »Hier beginnt die Treppe.«

Sie begannen zu steigen, und abermals knarrte das Holz unter seinen Füßen. Immer höher ging es hinauf. Es gab so viele Windungen, dass Campion fast sofort die Orientierung verlor. Er hatte schon viele merkwürdige Abenteuer erlebt, aber dieses sonderbar schleppende Vorwärtsschwanken war enervierender als alles, was er bis jetzt gekannt hatte. Neugier ist eine ganz normale menschliche Regung, aber es kam ein Zeitpunkt, da er wünschte, das Rätsel möge, wenigstens für ihn, auf immer ungelöst bleiben. Er hörte vor sich den Professor schwer atmen und begriff, dass es nicht die steile Treppe war, die dem alten Mann zu schaffen machte.

Val drückte seinen Arm stärker.

»Warten Sie«, flüsterte er fast unhörbar.

Dann folgte eine Periode der Stille, dann gingen sie weiter. Als die Treppe zu Ende war, überquerten sie einen Steinfußboden. Danach wurde wieder Halt gemacht. Die Luft roch noch immer frisch und das Vogelgezwitscher klang ganz nah.

»Stufe«, wisperte Val, als es wieder vorwärts ging. »Kopf einziehen. Ich muss hinter Ihnen gehen.«

Campion tastete sich eine schmale, steinerne Wendeltreppe empor, und nun wurde die Luft stickiger, und es roch schwach, kaum wahrnehmbar, nach Gewürzen. Er hörte Eisen auf Stein schaben und betrat ebenen Boden. Val hielt sich dicht hinter ihm. Abermals schabte das Eisen, dann trat völlige Stille ein. Seine Kopfhaut prickelte. Er ahnte, dass er sich in einem sehr engen Raum befand und spürte instinktiv, dass außer ihnen noch etwas da war, etwas unvorstellbar Kaltes, Grauenhaftes.

»Nehmen Sie die Binden ab.«

Er war sich nie sicher, ob Sir Percival oder der Gast gesprochen hatte. Die Stimme war unkenntlich. Er fühlte Vals eisige Finger am Knoten an seinem Hinterkopf zerren. Dann fiel das Batisttuch von seinen Augen.

Das Erste, was er wahrnahm, als er blinzelte, war der ungewöhnliche rote Schein, der den Raum erfüllte, und er wandte sich instinktiv nach der Lichtquelle um, dem runden Fenster mit der wuchtigen Randeinfassung, in das irgendwann einmal eine blutrote Glasscheibe eingesetzt worden war. Draußen schien die Sonne so stark, dass das winzige Gelass mit glitzernden roten Stäubchen erfüllt zu sein schien.

Campion wandte sich vom Fenster ab und schrak heftig zusammen. Das Geheimnis der Gyrth hatte sich ihm enthüllt.

Direkt unterhalb des Fensters, unmittelbar im einfallenden Licht, stand ein kleiner steinerner Altartisch, und davor kniete, zum Greifen nahe, eine Gestalt in voller Rüstung.

Während Campion wild klopfenden Herzens hinstarrte, schien sich das Licht auf die Gestalt zu konzentrieren. Sie war riesengroß, und er dachte erst, es sei nur eine ungeheuer große schwarze Rüstung, für einen Mann von legendärer Statur gefertigt, doch als sein Blick langsam die gewaltigen Arme abwärts glitt, sah er die Hände, knorrig, gelb und formlos wie knotige Weidenwurzeln. Zwischen ihnen, auf der Altarplatte, ruhte der Gyrth-Kelch, dessen Herkunft sich hinter den Schleiern der Sage verlor.

Es war eine kleine, flache Schale aus dem rotem Gold der englischen Gebirgsbäche gewaschen, lange bevor die Römer ins Land kamen. Eine kleine, flache Schale, deren getriebenes Rund noch die Spuren des Hammers eines längst zu Staub zerfallenen Goldschmieds aufwies und auf deren rotem Grund ein Häufchen ungeschliffener Rubine lag wie Blut, immer noch bewacht von dem ersten Messire Gyrth.

Campion hob den Blick langsam zum Kopf der Gestalt und stellte mit Erleichterung fest, dass das Visier geschlossen war. Der Kopf war zurückgeworfen, die stumme Eisenmaske zu dem Fenster empor gewandt, durch das Mrs. Shannon gespäht hatte.

Tiefe Stille herrschte in der kleinen Kammer mit den uralten Wandmalereien und dem staubbedeckten Bodenbelag aus bunten Fliesen. Die Tür, durch die sie eingetreten waren, blieb hinter dem Mauerwerk verborgen. Campion drehte sich noch einmal um und gewahrte ein großes Schwert an der Wand hinter der knienden Gestalt. Das gewaltige Heft bildete ein Kreuz hinter ihrem Kopf.

Als Campion die Gestalt anstarrte, überfiel ihn das unheimliche Gefühl, sie könnte sich jeden Moment bewegen, die mumifizierten Hände könnten das Schwert von der Wand reißen und gegen die vermessenen Fremden erheben, die seine Wache störten. Er war sehr erleichtert, als er Sir Percivals leise Stimme vernahm.

»Wenn Sie bereit sind, meine Herren…«

Sonst wurde kein weiteres Wort gesprochen. Val legte Campion wieder die Augenbinde an, abermals schabte Metall auf Eisen, und die Prozession machte sich auf den Rückweg. Der Professor stolperte ein-, zweimal auf der Treppe, und auch Campion schlotterten ein wenig die Knie. Nicht dass der Anblick besonders grauenerregend gewesen wäre oder dass ihn Widerwillen gegen den einsamen Hüter erfüllt hätte, der ewige Wache vor dem hoch geschätzten Kleinod hielt. Aber von diesem Riesen aus al ten Zeiten war etwas Übermenschliches ausgegangen, etwas Beklemmendes, was ihn mit fast abergläubischer Scheu erfüllte, und er war froh, dass Penny nichts davon wusste, dass sie in einem Hause leben und lachen konnte, das in seinen Mauern dieses sonderbare Stück Geschichte barg, von dem sie nichts ahnte.

Sie schwiegen noch immer, als sie im Tageslicht des alten Bankettsaales standen. Sir Percival warf einen Blick auf seine Uhr.

»Wir treffen uns mit den Damen in fünfzehn Minuten

auf dem Rasen zum Tee«, sagte er. »Mrs. Cairey hat mir ihr Erscheinen zugesichert, Professor.«

Der alte Mann staubte sich geistesabwesend die Hände ab. Sie waren mit Mörtel und Spinnweben bedeckt. Campion führte den Professor in sein Zimmer.

Kein Wort über die Kammer war gefallen, denn jeder spürte, dass jede Bemerkung darüber Fehl am Platze war.

Erst in Campions freundlichem Zimmer fiel die Spannung von ihnen ab.

»Allmächtiger«, sagte der Professor, in einen Sessel am Fenster sinkend. »Allmächtiger!«

Campion blickte über den Rasen. Ein weißer Tisch, umgeben von Gartenstühlen, stand unter den Bäumen. Branch näherte sich bereits mit einem Teewagen, auf dem das beste Silber funkelte und ein Service in der Sonne glänzte, das schon alt war, als Pennys Großmutter noch ein Mädchen war. Mrs. Cairey, Beth und Penny, alle drei reizend anzusehen in ihren geblümten Chiffonkleidern, bewunderten weiter hinten die Blumenbeete. Es war ein charmantes Bild aus dem zwanzigsten Jahrhundert, friedlich und unsagbar wohltuend, unfassbar weit entfernt von der Welt, aus der sie eben gekommen waren. Erfreulich klang das Klirren des Porzellans zu ihnen herüber, als Branch den Tisch zu decken begann.

Lugg störte ihre Ruhe, als er etwas unhöflich hereinkam. Er brachte auf einem Tablett Gläser, einen Siphon und eine Karaffe.

»Branch schickt mich mit dem Zeug herauf«, tat er kund. »Ich täte was trinken. Ein guter Schluck kann nie schaden.«

Sogar der Professor, der sich mit Rücksicht auf die Prinzipien seiner Frau mit einem Whisky-Soda pro Tag begnügte, akzeptierte dankbar den angebotenen Drink.

Lugg druckste herum und suchte offensichtlich nach einem passenden Anfang für ein Gespräch.

»Die können dort unten nicht genug protzen«, begann er. »Ich hab dem Mädel, wo ich ein Auge drauf geworfen hab, den ganzen Nachmittag beim Silberputzen geholfen. Der alte Branch hat mich keine Sekunde lang aus den Augen gelassen. Der hat die Löffel mindestens ein halbes dutzendmal gezählt. Ich hab nicht anders können, als das da einzustecken.«

Nicht ohne Stolz legte er eine feine Zuckerzange auf die Kommode.

Sein Herr schaute ihn empört an.

»Legen Sie mir Ihren widerlichen Knochen nicht zu Füßen!«, sagte er. »Was soll ich damit anfangen?«

»An meiner Stelle zurücklegen«, erwiderte Lugg, ohne mit der Wimper zu zucken. »Wenn man Sie dabei sieht, ist es nicht so schlimm. Ich muss an mein Strafregister denken. Gegen Sie liegt nichts Schriftliches vor.«

»Fort mit Ihnen«, sagte Campion. »Ich werde Sie als Modell an einen Hersteller von Plüschtieren verkaufen. Im Übrigen können Sie nach dem Tee meine Sachen packen. Wir fahren morgen Früh nach London zurück.«

»Sie sind also fertig?«, fragte der Professor aufblickend.

Campion nickte.

»Es ist aus. Die bewussten Leute werden sich an ihre Regeln halten. Ihr Agent ist tot; damit ist der Fall beendet. Ich habe vorhin mit dem alten Hohlkreuz gesprochen. Er ist überzeugt, dass wir nie mehr von ihnen hören werden. Der Maharadscha hat seinen Spaß gehabt. Die Leute sind schließlich eher Kunstkenner als Kriminelle. Hier haben sie eine so deutliche Schlappe erlitten, dass sie ihre Aufmerksamkeit eine Zeit lang wieder den Museen auf dem Kontinent zuwenden werden, vermute ich.«

»Ich verstehe.« Der Professor schwieg eine Weile. Dann runzelte er die Stirn. »Ich frage mich –«

Er brach ab.

Campion schien den unausgesprochenen Gedanken zu erfassen, denn er wandte sich an Lugg.

»Sie können zu Audrey zurückkehren. Wenn Sie noch einmal etwas klauen, erzähle ich ihr von dem Pin-up-Bild, das Sie unter Ihrem Kopfkissen aufbewahren.«

Nachdem sich die Tür hinter dem immer noch schmollenden und neugierigen Lugg geschlossen hatte, fuhr Campion fort.

»Anfangs konnte ich nicht begreifen, warum mir mein teurer Chef nicht gleich etwas von dem zweiten Kelch gesagt hat. Jetzt ist mir alles klar. Er ist ein Mann von äußerst konservativer Denkweise, und nach dem ehrfurchtgebietenden Schweigegelübde glaubte er vermutlich, keine andere Wahl zu haben, als mich selbst dahinter kommen zu lassen. Das hat die Dinge anfangs kompliziert, aber ich bin mir nicht sicher, ob es uns letztlich nicht doch die Sache erleichtert hat.«

Der Professor nickte unaufmerksam. In Gedanken beschäftigte er sich noch immer mit dem Erlebnis vom Nachmittag.

»Was für ein schönes, schönes Stück«, sagte er. »Es klingt vielleicht ein bisschen grausam, aber als ich heute den Kelch sah, kam mir in den Sinn, dass er im Laufe der letzten fünfzehnhundert Jahre weiß Gott wie viele Dieben und neidische Menschen das Leben gekostet hat. Campion, ich gestehe, ich fand, er war es wert.«

Campion gab keine Antwort. Ihm spukte derselbe Gedanke im Kopf herum, der ihm gekommen war, als er mit den anderen in dem kleinen, ausgemalten Gelass gestanden und den Kelch und seinen Hüter betrachtet hatte.

Was hatte Mrs. Shannon durchs Fenster erblickt, was sie alle nicht gesehen hatten? Sie war weder eine schreckhafte Frau gewesen, noch hatte sie viel Phantasie gehabt. Er sprach laut, fast ohne sich dessen bewusst zu sein.

»Was hat sie bloß gesehen, als sie durchs Fenster schaute? Warum hat sie ›nein‹ gesagt? Zu wem hat sie es gesagt? Warum hat sie das Seil losgelassen?«

Er verstummte. Draußen auf dem Rasen näherten sich plaudernde Frauenstimmen. Campion zerbrach sich noch immer den Kopf.

»Ich begreife das nicht«, klagte er.

Der Professor blickte zu ihm auf.

»Ach, das?«, sagte er. »Das ist doch ganz klar. Das Licht fiel direkt auf die Gestalt. Der Kopf war zum Fenster empor gerichtet, wenn Sie sich entsinnen.«

»Ja, aber –« wandte Campion ein und schwieg.

»Ja«, sagte der Professor nachdenklich. »Ich glaube, es ist völlig klar. Am Abend des Geburtstages, als sie hineinschaute, war das Visier offen. Sie hat sein Gesicht gesehen. Und das, fürchte ich, kann ein schrecklicher Anblick sein.«

»Aber sie hat gesprochen! Sie hat gesprochen, als ob sie jemandem geantwortet hätte. Und ich habe etwas gehört, das schwöre ich.«

Der Professor beugte sich vor und sprach mit ungewohntem Nachdruck.

»Mein lieber Junge. Ich will Ihnen nur eines sagen: Es ist nicht gut, über solche Dinge nachzudenken.«

Das gedämpfte Schlagen des Gongs unten in der Halle durchdrang die Stille.

ENDE

MARGERY ALLINGHAM

George Abbershaw lässt sich überreden, am Wochenende das geheimnisumwobene Haus Black Dudley an der Küste vor Suffolk zu besuchen. Hätte er gewusst, dass er dort unter Einsatz seines Lebens einen Mord aufzuklären hat, wäre er bestimmt nicht gekommen. Zum Glück unterstützt ihn Albert Campion, der sich als scheinbar harmloser Gast unter die Gesellschaft gemischt hat ...

»Margery Allingham sticht ins Auge wie strahlend helles Licht. Alles, was sie schreibt, ist von vollendeter Form.«

Agatha Christie

5392

GOLDMANN

MEISTERWERKE DER KRIMINALLITERATUR

5470

5393

2141

3124

GOLDMANN

ELLIS PETERS

»Pures Lesevergnügen! Ellis Peters' Romane haben einfach alles.«

The Armchair Detective

2130

GOLDMANN

GOLDMANN

Das Gesamtverzeichnis aller lieferbaren Titel erhalten Sie im Buchhandel oder direkt beim Verlag.
Nähere Informationen über unser Programm erhalten Sie auch im Internet unter:
www.goldmann-verlag.de

★

Taschenbuch-Bestseller zu Taschenbuchpreisen
– Monat für Monat interessante und fesselnde Titel –

★

Literatur deutschsprachiger und internationaler Autoren

★

Unterhaltung, Kriminalromane, Thriller
und Historische Romane

★

Aktuelle Sachbücher, Ratgeber, Handbücher und Nachschlagewerke

★

Bücher zu Politik, Gesellschaft, Naturwissenschaft und Umwelt

★

Das Neueste aus den Bereichen
Esoterik, Persönliches Wachstum und Ganzheitliches Heilen

★

Klassiker mit Anmerkungen, Anthologien und Lesebücher

★

Kalender und Popbiographien

★

Die ganze Welt des Taschenbuchs

★

Goldmann Verlag • Neumarkter Str. 18 • 81673 München

Bitte senden Sie mir das neue kostenlose Gesamtverzeichnis

Name: ______________________________

Straße: ______________________________

PLZ / Ort: ______________________________